JN000483

北緯43度のコールドケース

伏尾美紀

Fushio Miki

KODANSHA

北緯43度のコールドケース

装幀　松 昭教（bookwall）

装画　草野 碧

プロローグ

沢村《さわむら》の胸騒ぎは、頂点に達しようとしていた。

瀧本《たきもと》はいったいどうしてしまったというのだろう。

「もっとよく考えてみろ!」

瀧本は吠《ほ》えると同時に、自分の拳《こぶし》を机に叩《たた》きつけた。

取調室の空気が震えた。

取り調べを受けている男の顔に、恐怖の色が浮かんだ。

瀧本は今にも相手の喉笛に食らいつきそうな距離まで顔を近づけた。

「本当はお前なんだろう。お前がこの子を殺して、遺体を倉庫に遺棄したんだろう」

違う。瀧本は、こんな粗っぽい取り調べ方をする刑事ではなかった。いや、むしろ忌避していた人ではなかっただろうか。

「ち、違いますって。俺は見ただけですよ」

男が必死の形相で瀧本の言葉を否定した。

「嘘《うそ》をつくな!」

瀧本の怒鳴り声が、またしても取調室の空気を震わせる。

違う。これは沢村の知る瀧本ではない。

初めて言葉を交わしたあの日から、瀧本は刑事としても人生の先輩としても、一貫して尊敬すべき人物であったはずなのに――。

瀧本たちの姿が磨りガラスを通したように歪んでいく中、沢村の意識はいつしか過去へと遡っていった。

それは去年、二〇一七年の四月のことだった。札幌《さっぽろ》ではまだ、桜の開花宣言も出ていなかった。

「沢村依理子《よりこ》と申します。本日よりお世話になります」

沢村がそう頭を下げた時、その人はわざわざ椅子から立ち上がると、几帳面《きちょうめん》に背広のボタンを留めて沢村よりも深く腰を折った。

「瀧本です。こちらこそよろしくお願いします」

きちんとした人だ。それが瀧本に対する沢村の初対面の印象だった。

正確に言うなら、瀧本とは初対面というわけではない。

沢村は警部補への昇進を機に、現場研修という名目でこの所轄へ配属となった。その前は北海道警察本部の刑事企画課に所属していて、そこでは同じフロア内に、瀧本の古巣である捜査第一課も同居していたのだ。

刑事企画課はいわば裏方の仕事で、現場に出ることは一切ない。だから同じフロアにいるとは言っても、捜査一課の刑事たちは別世界の住人でしかなかった。

彼らの凄《すご》みのある顔つきは、外部の人間が気安く近寄ることを拒絶し、その態度には一課の刑事というプライドが滲《にじ》み出《で》ていた。そんな彼らと言葉を交える機会など、沢村にはほとんどなかったのだ。

中でも瀧本は、一課でもっとも近寄りがたい古参の巡査部長、という印象があった。

しかし、沢村より半年早く配属されていた彼が「自分もここでは係長と同じく新参者です。一緒に頑張っていきましょう」と笑ってみせた時、この瀧本との出会いが、自分の運命を変えるかもしれないという漠然とした予感に包まれた。

そしてその日から、沢村は瀧本を師として、現場捜査のイロハを学んでいくこととなったのだ。

現場に残された証拠の見分け方、犯人の動機を推理する方法、聞き込みの極意、そして取り調べの方法まで、瀧本は彼が持つ知識と経験を余すことなく教えてくれた。

ある時、瀧本はこんな話を語った。

「取り調べられる側はそりゃもう死に物狂いなんですよ。特に殺人などの凶悪犯の場合、罪を認めれば死刑になる可能性だってありますから。だから彼らは必死で抵抗するわけです」

その抵抗を切り崩すのが取り調べる側の技術ということになるのだが、結局は取り調べる者と取り調べられる者との間に生まれる信頼が、自供の鍵を握るのだと瀧本は教えてくれた。

だが沢村にはピンと来なかった。

取り調べる側の警察官と取り調べられる側の犯罪者との関係は、どこまで行っても平行線でしかなく、そこにどうやって信頼が生まれる余地などあるのだろうか。

だがその答えはすぐに明らかとなった。

ある日、老人ばかりを狙ってひったくりを繰り返していた若い男が捕まった。男の手口は荒っぽく、ついにひったくる際に被害者の老人を自転車で数メートルほど引きずって、全治二週間の怪我《けが》を負わせるという事件を起こしてしまった。

しかし若者は当初「知らねえ」「だりい」「関係ねえ」と暴言を繰り返して、自分の罪を反省する素振りさえ見せなかった。

瀧本はそんな若者であっても、時間を掛けて距離を詰めて行こうとしていた。その忍耐強さは、補佐官として同席した沢村でさえじれったくなるほどだった。そしてこんな若者に心が通じるとは、到底思えなかった。

しかし気が付けば、二人はいつしか釣りの話で盛り上がるようになっていた。会話の糸口はなんだっただろうか。若者が奪ったお金でルアーを買ったとか、そんな話だったはずだ。

夏の日に家族で出かけた渓流釣り。釣り上げられたヤマメがキラキラと水しぶきを上げる様や、歓声を上げる少年と家族の間を、涼やかな風が穏やかに吹き抜けていった様まで、若者は目を輝かせながら瀧本に語って聞かせた。

それは、さほど幸せだったとは言えない若者の、人生でもっとも楽しかった時期の思い出だったのだ。やがて若者はそれまでとは打って変わって素直になると、犯行の全てを自供し、泣きながら被害者への謝罪の言葉を口にした。

そんな若者を瀧本は穏やかな眼差《まなざ》しで見守っていた。そこには確かに信頼と呼べるようなものが存在した。

だが沢村がもっと驚いたのは、取り調べが終わって「瀧本さんが釣り好きとは知りませんでした」と声をかけた時だった。

「いや、自分は釣りをしたことはないんですよ」と言って眠そうな目を細めた瀧本の机には、釣りに関する書籍や雑誌が山のように積み上がっていた。

沢村はこの時初めて、刑事という仕事に魅力を覚えるようになった。

これまで警察の仕事に、夢や憧れを抱いたことはない。むしろ他に選択肢がない中で、仕方なく選んだ道だった。

それでも、警察官になって七年目で警部補になったということは、上から期待されているのだろうという自負はあったし、将来の幹部候補と呼ばれることに抵抗もなかった。

しかし瀧本と出会ったことで、そうした沢村の意識には明らかな変化が生まれようとしていた。

沢村は今年の誕生日で三十六歳になる。一度は人生の袋小路《ふくろこうじ》に迷い込んだと思ったが、この歳《とし》でようやく新たな人生の目標が見えてきたのだ。


そして、二〇一八年一月四日の今日という日を迎えることとなった。

署内にはまだどことなく正月気分が残っていた。だが盗犯係の一人の刑事が血相を変え、沢村たち強行犯係の元へとやってきて、様子は一変した。

盗犯係は今朝、一人の侵入窃盗犯を任意で引っ張ってきていた。

その男が見た、と言うのだ。

「何を?」

瀧本が尋ねた。

「子供の遺体」

え、と沢村のみならず、その場にいた全員の顔に緊張の色が走った。

「どんな子だ？」

「そいつの話じゃ、小学校の低学年くらいの女児だそうです」

「女児……」

瀧本の顔色が変わったように見えた。

「俺が直接話を聞く。いいな？」

瀧本にしては珍しく、相手に有無を言わせぬ口調だった。

子供の遺体が発見されればそれは確かに重大事件だ。しかしいつもの瀧本であれば、もっとじっくり相手の話を聞いてから行動に移すはずだ。

何かとんでもないことが起ころうとしているのではないか。

そんな胸騒ぎに襲われたせいなのか、瀧本と一緒に取調室に入った時、小物一つない殺風景な室内がやけに暗く、重苦しい空気に包まれているように感じられた。

中にいた男の名前は及川正巳《おいかわまさみ》と言い、侵入窃盗の前科があった。

及川の正面に座った瀧本は、及川が女児の遺体を発見したという経緯について質問を始めた。

及川は考え込む様子を見せながらも、自分が窃盗を目的に問題の倉庫に侵入した時の詳細を語り始めた。

瀧本は時おり質問を挟んだものの、ほとんど静かに及川の話に耳を傾けていた。

それはなんらいつもと変わらない取り調べの光景だった。

自分の不安は単なる取り越し苦労だったのだろうと思い始めた時、及川の話がいよいよ、遺体を発見した時の状況に差し掛かった。

「――しばらく倉庫の中をうろついて、奥の方に何か黒い物があって……」

及川がいったん言葉を区切った。緊張のためか、顔が蒼白《そうはく》に見える。

「中に子供がいました。色が白くて、人形みたいで、最初本当に人形かと思いました。でもよくよく見ると子供で、俺、びっくりして……」

「子供って言うのは、何歳くらいだ？」

「多分、小学校の低学年くらいかな、と」

「どうしてそう思った？」

「うちの娘より、ちょっと大きいくらいで……」

「娘さん、幾つだ？」

「六歳です。今年の春から小学校です」

「遺体には触ったか？」

「と、とんでもない」及川は激しく頭を振った。「あれを見つけた後はもう夢中で、車を停《と》めておいた場所まで走って戻りました」

「どうして遺体を見つけてすぐ、警察に通報しなかった？」

「前《マエ》があるから、妙な疑いかけられそうで……」

無精髭《ぶしょうひげ》に覆われた及川の顔に、後悔とも取れるような苦悶《くもん》の表情が浮かんだ。

「女房には話したんです。うちの娘と同じくらいかもって。そしたら、早く警察に連絡しろってせっつかれました。でもね、そうすると娘の入学式が見られないなあ、とかいろいろ考えちゃって……、すんませんでした」

及川がいきなり、頭を深く垂れた。沢村も思わずメモを取る手を止めた。

取調室内に静寂が落ちる。及川の背後の小さな明かり取り窓から差し込んだ陽光に、白い埃《ほこり》が舞っているのが見えた。

その静寂を打ち破るように、瀧本は背広の内ポケットから、くたびれた手帳を取り出した。そして中にしまってあった一枚の写真を、及川の目の前に突き出した。

写真は角に皺《しわ》が寄り、もう何年も手帳の中にしまわれていたようだった。沢村の位置からでは、何が写っているのかまでは確認できない。

「遺体の子供、この子じゃなかったか？」

及川の顔に困惑の色が広がった。

「いやあ、俺が見たのはもっと大きな——」

「ちゃんと見ろ」

及川の言葉を瀧本が遮った。大きな声ではないが、悪さをした子供を窘《たしな》めるような響きがあった。

「お前が見たのは、この子供だったんじゃないのか」

瀧本が重ねて聞く。今度は明らかに相手を威圧し、何が何でもそうだと認めさせようという強引さが滲み出ていた。

いつもの瀧本とは明らかに様子が違う。沢村には瀧本が何かを焦っているように感じられた。

「ち、違います。そんなちっちゃな子じゃなかったですよ」

及川が慌てたように反論した。

ちっちゃな子――？

ここへ入る時に感じた胸騒ぎが蘇《よみがえ》ってきた。

ぎしっと椅子の軋《きし》む音がして、やおら瀧本が立ち上がった。

何をする気だろう。沢村の不安は高まっていった。

瀧本はむしり取るようにネクタイを緩め、机に両手をつき、及川の顔を覗《のぞ》き込《こ》むようにした。

「渡瀬《わたせ》勝《まさる》という名前に心当たりは？」

「渡瀬勝ですか。いえ、知りません」

渡瀬勝……？　突然出てきた名前に、沢村も戸惑いを隠せなかった。

誰だろう。どこかで聞いたような覚えもあるが思い出せない。

「本当か。お前の知り合いや、情報源からこの名前を聞いたことは？」

「ありません」

「もっとよく考えてみろ！」

瀧本が吠えると同時に、取調室の空気が震えた。

及川が竦《すく》み上《あ》がるのがわかった。

「し、知りませんて。本当ですって」

及川は今にも泣き出しそうな顔で、助けを求めるように沢村を見つめてきた。

だが沢村は呆然《ぼうぜん》とするばかりで、取調室の片隅で息を潜めていることしかできなかった。

目の前では瀧本の強引な取り調べが続いていた。

違う。ここにいるのは沢村の知る瀧本ではない。何かが瀧本を変えてしまった。だがそれがなんなのかわからなかった。

戸惑うばかりの沢村の脳裏に、ある漠然とした予感が浮かび上がってきた。

それは、今日のこの出来事が、自分と瀧本の未来を大きく変えることになるだろうという、そんな恐ろしい予感だった。

一

札幌市内を通り、洞爺湖《とうやこ》方面へ走る国道二三〇号線のうち、札幌市中央区を起点に、南区簾舞《みすまい》と呼ばれる地域までの区間を「石山通《いしやま》」と呼ぶ。道幅の広い片側二車線の道路だが、冬場は雪で路面が凍結し、渋滞が発生した。

沢村たちが所属する中南《なかみなみ》署はそんな石山通に面し、裏手には小学校が隣接する場所に位置し、道警では中規模な警察署の一つだった。

札幌市中央区の一部と南区全域をカバーし、そこには定山渓《じょうざんけい》温泉や札幌国際スキー場など観光客にもお馴染《なじ》みの場所も含まれていて、札幌では最も広範なエリアを管轄する署でもあった。

ただしその人口密度は低く、凶悪犯罪の発生件数も少ないという特徴がある。そんなこともあってか、中南署全体にはどことなくのんびりとした雰囲気があった。

だが自分たちの管轄内で子供の遺体が発見された今は、沢村たち強行犯係のみならず、中南署全体がこれまでにない緊張に包まれていた。

遺体が見つかった現場は札幌市南区南沢《みなみさわ》にある自動車修理工場、『あきやま整備板金工場』の古い倉庫だった。

中南署から現場までは、車なら三十分程の距離だ。署を出発した時には、日没までには着けるだろうと計算していたが途中で渋滞に摑《つか》まってしまった。

「うん、事故か？」

それが署を出てから、初めて瀧本が発した一言だった。

助手席の沢村も前方に目を凝らした。ちかちか明滅する赤色灯らしきものが見えてきた。やはり交通事故のようだ。

「参ったな。これじゃ抜けられん」

瀧本が呻《うめ》いた。前にも後ろにも車がびっしり詰まって、迂回《うかい》しようにも身動きが取れない状況だった。やがてのろのろと数十メートル進んだところで、前の車がウィンカーを出しながら右車線に寄り始めた。防寒具で完全防備した誘導係の警察官が、左車線を走る車に右へ寄るよう、ニンジンと呼ばれる誘導棒を振っている。

瀧本がウィンカーを上げ、右車線に割り込みさせてもらう。沢村は振り返って、後ろのドライバーに頭を下げた。前方の車が一車線に並んだことで、左車線の視界が開けた。交通機動隊のパトカーと、警察の事故処理車が停車していた。電光掲示板で『事故』と表示してある。場所はちょうど、信号機のある交差点だった。信号待ちの白いワンボックスカーに、後続の青い軽乗用車が追突したようだ。

北海道の冬の交通事故では、ドライバーがどんなに慎重に運転していようとも、こうしたいわゆるもらい事故が多発する。

だから冬道は嫌いなのだ、と沢村は肩を竦めるように、事故現場を見送った。

事故渋滞を抜けると、車列がスムーズに動き始めた。その代わり、瀧本がまた黙り込んでしまった。及川の取り調べが終わってから、ずっとこんな調子だった。

写真に写っていたのは誰なんですか？

そして渡瀬勝とは何者なんですか？

聞きたいことは山程あった。しかし瀧本の態度は、その全ての質問を拒絶しているようにしか見えなかった。

沢村は暗くなっていく周囲の光景にぼんやり目をやりながら、瀧本との会話の糸口を探ろうとした。

瀧本は中南署へ来る前は、道警本部の捜査第一課の刑事だった。二十代で刑事となり、三十歳を待たずに一課に配属となっただけでも凄いのだが、これまでに数々の難事件を解決していて、一課長ですら一目置くほどの優秀な刑事だった。

そんな瀧本が所轄へ異動してきた理由は二つある。一つは骨休めだ。

一課の仕事は花形と呼ばれる一方、激務であることでも知られている。ひとたび捜査本部が立てば捜査員たちは署に泊り込みで、事件解決まで休みなく働くのだ。

そんな生活が何年も続くと、体調を壊したり、家庭生活がうまくいかなくなったりと、様々な問題を抱える者たちが増えてくる。

そこで何年間か一課を経験した者は、骨休めとして所轄に異動となるのだ。

この時の異動については、例えば自分は釣りが好きだから海に近い所轄がいいとか、実家に近い所轄がいいとか、本人の希望が通ることが多い。

瀧本は十数年前に札幌市内に家を買い、そこで家族と過ごしたいという希望もあって、市内の所轄を希望したのだと言う。そんなことからも、凶悪事件の少ない中南署はまさにうってつけだった。

そしてもう一つの理由は、捜査技術の継承だった。それは全国の警察が抱える問題の一つでもあり、殊《こと》に団塊世代が大量に退職した後、いかに若手捜査員へ捜査技術を継承させるかといったことは、どこでも頭の痛い問題だった。

警察学校で捜査の基本やノウハウは教わっても、いわゆるベテラン捜査員の経験や直感といったものを、科学的に継承する方法はなかった。

捜査技術を覚えるのに一番手っ取り早いのは、優秀な教官の指導の下で、数多くの現場を経験することなのだ。

沢村はそんな瀧本の下で学ぶうち、自分も将来は瀧本のような刑事になりたいという思いを抱いたばかりだった。

だからこそ、つい数時間前に起こった出来事が信じられなかったのだ。

〈渡瀬勝という名前に心当たりは？〉

〈渡瀬勝ですか。いえ、知りません〉

〈本当か。お前の知り合いや、情報源からこの名前を聞いたことは？〉

〈ありません〉

〈もっとよく考えてみろ！〉

沢村は運転する瀧本の横顔をそっと窺った。

刑事企画課にいた頃、一番近寄りがたいと思っていた古参の巡査部長。いま沢村の隣に座っているのは、その頃の瀧本だった。

＊

沢村たちが現場に到着したのは、夕方の六時を少し回ったところだった。

現場の自動車修理工場は、住宅街から少し外れた場所に建っていた。周囲に空き地が目立つのは、修理工場という仕事柄、昼間は車のエンジン音や作業の音で、かなりの騒音が発生するからだろうか。

及川の供述にもあったが、周辺は街灯も少なく、普段のこの時間ならほぼ真っ暗だろうと推察された。いまは工場の敷地《しきち》の辺りを、複数台の投光器が照らし、煌々《こうこう》と光っている。

現場には規制線が張られ、大勢の野次馬とマスコミの面々が、遠巻きに現場を窺っていた。その側には、赤色灯を光らせた警察車両が複数台停車し、制服警官たちが警戒にあたっている。

警察官の誘導に従い、瀧本は車を停めた。車から降りる時、沢村は一瞬迷って、マフラーは車内に残していくことにした。年末のセールで買ったばかりの、カシミアのマフラーを汚したくなかった。

降りた途端、切ったばかりの襟足を、北風がすり抜けていった。慌ててコートの襟を立て、顔にかかった黒髪を直した。手入れが楽だからと夏の感覚でショートボブにした髪型を、今さらながらに恨めしく思った。

やっぱり、マフラーを取って来ようかと立ち止まった時、隣の車両から課長の根津《ねづ》が出てきた。

「ご苦労さん」

片手を上げて、根津が白い息を吐き出した。その格好はダウンコートにマフラーを巻き、毛のついた耳当てまでして、完全防寒を決め込んでいる。北海道育ちだが道南の江差《えさし》町出身のため、寒さには弱いと以前から零《こぼ》している。

「お疲れ様です」

沢村は頭を下げた。根津の登場は意外だった。課長の中には、現場へ出るのが好きな者もいるが、根津は現場のことはいつも、統括係長である奈良《なら》に任せきりだ。奈良を信頼していると言えばそうだし、管理職になって現場に出るのが億劫《おっくう》になった、とも言える。特に寒い冬の現場では。

「機捜はどうしたんですか？」

沢村は事件現場には必ず、真っ先に駆け付けるはずの機動捜査隊の姿がないことに気づいた。

「さっき引き上げた。後はうちで引き継ぐ」

機動捜査隊の役割は、初動捜査で犯人検挙に繋《つな》げることだ。文字通り彼らはその機動力を生かして、普段から覆面パトカーで市内を流し、事件の一報を受けると、いち早く現場に急行する。しかし今回、事件発生から既に五日経《た》ち、犯人がまだ、近くに潜伏している可能性は薄い。会社関係者や近隣住民への聞き込みからも、有力な情報は得られていなかった。こうなるともっと大規模な捜査が必要となり、この先は機動力より物量が物を言うことになる。

「帳場が立つんですか？」

「明日の午後には、捜査会議が開かれるはずだ」

それならば捜査本部が立つまでは、沢村たち所轄の担当事件ということだ。

「現場を見たいんですが」と瀧本。

「ああ。鑑識もそろそろ終わりそうだ」

その時、根津の携帯が鳴った。相手を確認して、根津は険しい顔で電話に出た。

「はい、根津です。お疲れ様です」

その口調から察するに、相手は彼より階級が上の人物に違いない。根津は車に戻り、ドアを閉めた。通話の内容は聞こえなかったが、恐らく捜査本部に関する打ち合わせか何かだろう。

沢村たちはその場を離れ、規制線のすぐ側まで行った。敷地の一番手前に、白い二階建ての建物が見えた。あれが会社事務所だ。その隣に修理工場があり、『あきやま整備板金工場』と、目立つ看板が掲げられている。その横に新しい倉庫があり、そして敷地の北側奥、ブルーシートで入り口を塞がれた、赤さびたトタン屋根の建物が、少女の遺体の見つかった倉庫だ。

敷地内にはまだ、本部の鑑識課員たちの姿が見えた。彼らの仕事が終わらなければ、沢村たちでも倉庫内に入ることはできなかった。

瀧本が近くにいた一人の鑑識課員を手招きした。

「いいかい？」

「倉庫以外ならもう入れますよ」

口ぶりから、二人は以前から面識がありそうだった。

「収穫は？」

「厳しいですね」

鑑識課員は、全身に疲労を滲ませながら答えた。

「ゲソ痕や指紋も駄目か？」

「完全に採取できるものはありませんでした。例の目撃者、かなり中を物色してったようです。照合したら全部奴《やつ》のだろうってくらいそこら中歩き回って、べたべた触りまくって。遺体に触らなかっただけ御の字でしたね」

「タイヤ痕は？」

「そっちも駄目です。大晦日《おおみそか》から元日の夜まで大雪だったじゃないですか。しかもあれ、見てくださいよ」

鑑識課員があれ、と顎をしゃくった先には、小型の黄色いホイールローダーが停まっていた。北海道では、除雪用に自前の重機を保有している会社は珍しくない。

「二日と三日に分けて、あれで敷地内を綺麗《きれい》に除雪したそうです」

仮に雪に埋もれた犯人の遺留品が残っていたとしても、除雪作業の後で見つけ出すにはかなりの困難が予想された。

「排雪は終わったのか？」

「いえ、まだ。幸いと言えば幸いですが、とんでもない量ですよ、あの雪山」

通常、重機で集められた雪は四トントラックなどに積み込み、札幌市指定の雪堆積場に運ばれる。年始ということもあってか、まだ敷地内に堆《うずたか》く積まれたままで、その周囲にも黄色いテープが張り巡らされていた。

科学捜査は年々進歩し、雪の上に残された足跡やタイヤ痕を採取することも可能になった。だがあの雪山の中からどうやって、遺留品や犯人の痕跡を探し出すのだろうか。沢村にはまるで見当がつかなかった。

「それで、どうだ。殺しか？」

「いま、検視官が調べてます」

「終わったら声をかけてもらえるか？」

「わかりました」

鑑識課員と別れた直後、オーナー宅の方から、寒そうに両手を擦り合わせながら奈良が歩いてきた。

「おう、ご苦労さん」

奈良の鼻の頭が寒さで赤くなっていた。階級は沢村と同じ警部補だが、先任ということで統括係長という役職が付いている。現場では彼が事実上の指揮官だった。

「どうだ？」と瀧本。

「大した情報はないな」

瀧本と奈良は同じ高校の柔道部で、先輩後輩という間柄だ。警察は階級が全てと言っても、年長者や学校の先輩が敬われる社会でもあった。おまけにこの二人は捜査でも長年コンビを組み、会話にもその近しい関係性が現れていた。

「ひとまず移動しようや。オーナーに許可は取った。事務所の会議室を使わせてくれるそうだ。詳しいことはそこで話す」

三人は並んで、現場のテープを潜った。


建物の一階は事務室になっていて、奈良は手探りで壁のスイッチに触れた。明るくなった室内には事務机と、周りには事務用ロッカーが並んでいる。部屋の隅に共用と思われるデスクトップ型パソコンとプリンターが見えた。金目の物はそれくらいだった。

奈良はまっすぐ北側の窓に近づいて、ブラインドを上げた。

そこからは現場の倉庫がよく見えた。昭和に建てられたのか、今どき珍しいトタン張りの建物で、そこら中に浮いた錆《さび》が黒っぽい染みのように見え、あちこちに継ぎはぎもされていた。

沢村は倉庫を見つめながら、及川の証言を思い起こしていた。

事務所内を物色中にエンジン音に気づいて、ブラインドの僅かな隙間から外を窺った。するとライトを消した一台の車が倉庫の前に停車し、中から一人の人物が降りてきた。そして車から荷物らしきものを取り出すと、倉庫内に運び、再び車で走り去った。その間時間にして十分もかからなかった、という話だった。

月の無い晩で、灯は事務所玄関前の常夜灯のみ。犯人の顔や乗っていた車の車種まで特定するには至っていない。

「及川の狂言って線はどうだ、瀧さん」

「それは薄いな。あいつの供述には一貫性があった。そもそも取調室で嘘を吐き通せるほどのタマじゃない」

奈良と瀧本は、及川が自分で遺体を捨てた可能性を疑っていたようだ。

事件の第一発見者を疑え。それは昔から変わらぬ事件捜査の鉄則だ。

とすれば瀧本が取調室で見せたあの態度も、及川の狂言を疑っていたからだ、と考えることができた。

しかし瀧本の様子が変わったのは、あの写真を見せてからのことであり、激しさを増したのは渡瀬勝の名前を出した時だった。

やはりこれはただの子供の死体遺棄事件ではない。

沢村はそう確信した。

何人かの鑑識課員が証拠保管用のケースを抱えて、倉庫から出てきたのが見えた。投光器の灯に照らされて、彼らの長い影が倉庫に映し出されている。彼らが動くたび、影も一緒にゆらゆらと辺りを徘徊《はいかい》した。

「おい、行くぞ」

背後から奈良に声をかけられて、沢村は我に返った。

二階にある会議室には会議用の長テーブルと、パイプ椅子が数脚置いてあった。暖房はついていないが、外にいるよりかなりマシだ。

ようやく人心地ついて、沢村は手袋を脱いで指先に息を吹きかけ、両手を擦り合わせた。

パイプ椅子にそれぞれ腰を下ろし、奈良が鼻を一つ啜《すす》ってから、懐の手帳を取り出した。

「機捜から引き継いだ情報は多くない。まずオーナー夫妻の話だ。事件当夜の十二月三十日は仕事納めだった。そのためいつもより早い十七時に会社を閉め、一時間ほど従業員たちと納会をした後、十八時頃に自宅へ引き上げた。夜はいつも通り午後十一時頃に就寝したが、夜中にガラスの割れる音や自動車のエンジンの音など、不審な物音は聞いていない」

及川の侵入の手口は焼き破りというものだ。ガラスをバーナーなどで炙《あぶ》った後、冷却スプレーを吹きかけて瞬間的に冷やす。それからハンマーで叩くと、ガラスは一瞬で割れて、音もほとんどしないのだ。エンジン音についても、オーナー宅と会社とは百メートル程離れており、室内にいてはエンジン音に気づかなかったとしても無理はなかった。

「窓ガラスの割れに気づいたのは一月一日の昼過ぎ。除雪のため、オーナーがホイールローダーの鍵を事務所に取りに入った時だ。すぐに警察に連絡したが、特に盗《と》られたものもなく、盗犯の連中も事務所の指紋を採取しただけで、倉庫までは調べてない」

その時に遺体を見つけていれば、もう少し手がかりはあったかもしれない。だが事務所への侵入窃盗で倉庫を調べなかったからと言って、盗犯係に落ち度はなかった。

「倉庫の鍵についてはなんて？」

「普段から施錠はしてなかったそうだ。オーナー曰《いわ》く、ガラクタばかりで、盗まれるようなものもなかったんだとさ。近々取り壊す計画もあったらしい」

沢村は問題の倉庫の隣に、真新しい倉庫が建っていたことを思い出した。及川も初めはこちらの倉庫に目を付けたらしいが、頑丈な鍵が付いていて断念したそうだ。

そこで謎の人物が、古い倉庫に運び込んだ荷物の正体が気になったと言う。もしやあれは金目の物だったのではないか、と閃《ひらめ》いたというのは、いかにも窃盗の常習者らしかった。

「ここの従業員は皆、施錠してないことは知ってたのか？」

「そのようだ」

沢村は自分の手帳を取り出し、及川が供述の中で、倉庫の鍵に言及していた部分を確認して奈良に報告した。

「及川の話では、遺体を捨てた犯人は施錠されていないことを知っていた節があります」

「従業員の線が濃厚ってことか？」

「ただ、及川がこの会社に目を付けたのは、仲間内の情報だとも話していたので、従業員以外にも鍵のことを知っていた者はいたかもしれません」

「及川の盗犯仲間の線も洗ってみる必要がありそうだな」

沢村は奈良の言葉をメモに残した。それから、防犯カメラなどの設置状況を尋ねた。

「カメラどころか防犯装置の類は全くない。だから及川みたいな常習犯にも目を付けられたんだろう」

「それで、オーナー夫妻にガイシャの心当たりは？」

再び瀧本が質問した。

「夫婦の間には四十代の息子が一人いる。既婚であの家に同居。子供も一人いるが、その子は小学生の男の子だ」

「従業員の家族は？」

「従業員や知り合いにも、遺体と同じ年ごろの女の子を持つ人物には心当たりがないそうだ」

奈良の説明は以上だった。目ぼしい情報は上がってきていないと、前置きした通りの状況だった。

「犯人の逃走経路はどうですか？」

沢村の質問に奈良がやや厳しい顔になった。

「まだわかってない。この住宅街を北へ抜けて市街地に向かったとすれば手がかりも多いが、もし南へ抜けて山側へ向かったとなれば、コンビニやすれ違う車もほとんどないからな」

及川の証言を元に、遺体を遺棄したと思われる人物の特徴などは、既に札幌市内全署に手配されている。

身長百五十センチから百六十センチくらい。小柄で細身。

車は小型のミニバンタイプ。色は白、グレー、クリームなどの淡い色。以上。

正直、これだけの情報で犯人を追跡することは困難だった。遺棄された日から今日で五日が経っていることも、追跡を難しくさせている。

そしてもう一つ、奈良が指摘した通り、この辺りの地形も捜査を難しくしている要因だった。事件現場となったここ南区は札幌市の南の境にあり、背後には恵庭《えにわ》岳や樽前山《たるまえさん》が広がり、観光シーズンを除いては昼間でも交通量は多くない。

逃走車両の追跡に用いられるNシステムは、交通量の多い国道や高速道路には設置されているが、この辺りの山道までカバーしているとは思えなかった。

本格的な捜査はまだこれからとは言え、犯人に繋がる情報があまりに少なすぎた。

三人が揃《そろ》って沈黙した時、休憩室のドアがノックされた。現れたのは、さっき瀧本と言葉を交わしていた鑑識課員だ。

「瀧本さん、検視官が呼んでます」

「わかった」瀧本が立ち上がり、沢村を振り返った。「係長も一緒に来てください」

沢村は頷《うなず》いた。少しほっとした。いつもの瀧本に戻っているような気がしたからだ。

会議室を出ようとして、奈良を振り返った。

「奈良さんは行かないんですか？」

「俺はいい。あんまり大勢で押しかけても嫌がられるだけだ」

奈良が言った通り、犯罪現場への立ち入りは、刑事であっても誰もが許されるわけではなかった。大勢が立ち入って、現場の証拠が台無しになっては困るからだ。鑑識が終われば立ち入りが許可されることはあったが、それでも限られた人数しか許されていなかった。


案の定、瀧本と一緒に倉庫へ向かうと、入り口にいた背の高い鑑識課員が、沢村に迷惑そうな視線を向けてきた。

「瀧本さん一人でって話でしたが……」

「検視官には俺から話すよ」

だから、いいだろう、と言う様に、瀧本が相手の肩に手を置く。

「しょうがないですね」

諦め顔で、鑑識課員が二人を中に入れた。用意されたヘアキャップ、手袋、靴カバーなどを身につけた二人に、最後に使い捨ての作業マスクが渡された。会話の時はそれで口を覆うようにと、鑑識課員からくどいほど注意を受けた。鑑識課員が最も恐れるのは、証拠品の汚染だ。

それで過去、何度未解決になった事件があったことか。

沢村は口元に宛がったマスクを手で押さえながら、瀧本に続いて倉庫の中を進んでいった。中は投光器で照らされ、無数の埃が舞い、オーナーの話の通り、ガラクタしか無いように見えた。

長く油も差されていないようなコンプレッサーや油圧式ジャッキの他、何に使うのか見当もつかない工具類と、錆《さ》びたボルトやナットがぎっしり詰まったオイル缶。無造作に巻かれたケーブルの束など、沢村の目にはゴミの塊にしか見えないものも、無数に置いてあった。だが、及川のような窃盗犯にかかれば、これでもお宝の山と言えるのだろう。

倉庫の奥に、鑑識の青い上着を着て、しゃがみこんでいる人物がいた。あれが検視官だ。

遺体は既に遺体収納袋に入れられ、担架に乗せられていた。収納袋の膨らみは、大人のそれの半分くらいしかない。沢村の動悸《どうき》が早くなった。

沢村が警察官になって初めて遺体と対面したのは、一年目の交番勤務の時だった。一人暮らしの老人で、発見までに数日かかったこともあって、部屋中に腐敗臭がまん延していた。

だが同僚の中には、もっと酷《ひど》い遺体に遭遇した者がいた。発見が遅れたため、ほとんど原形を留《とど》めぬ有様《ありさま》だった遺体を、吐き気を堪えながら処理したと聞かされた時には、しばらく肉料理が食べられなくなった。

「検視官」

瀧本の呼びかけに顔を上げた男は、縁なしの眼鏡の奥で素早く沢村を捉えた。

「瀧さん一人だと思ったんだがな」

「うちの沢村係長です。今回は勉強ということで、頼みます」

「沢村です」

沢村は一礼した。

「ああ、いろいろ噂《うわさ》は聞いてる」

検視官は素っ気なく言って、作業に戻った。

噂、か。検視官のような態度には、もう慣れっこだった。

沢村は三十歳で警察官になった。それまでは弌英《いちえい》大学の大学院に通い、博士号まで取ったが大学には残らなかった。いわゆる博士崩れというやつだ。

「殺しですか？」

「わからんよ、まだ」

瀧本の問いに、検視官はむすっと答え、収納袋のファスナーを開け、袋を左右に開いた。少女の遺体が現れた。少女は衣服を身につけていなかった。ざわつくような衝撃が、沢村の体を通り抜けていった。

「性的に暴行を受けたんですか？」

咄嗟《とっさ》にそんな質問が口をついていた。

「痕跡はない」

沢村はほっとしながら、自分の無神経な言葉を反省した。これだから、博士崩れなどと陰口を叩かれてしまうのだ。

気を取り直し、手を合わせてから改めて少女の顔を覗き込んだ。最初の衝撃が収まってしまうと視野が広がり、遺体の状況を冷静に観察することができた。

一瞬、人形が横たわっているのかと錯覚するほど、愛らしい顔立ちの少女だった。長い睫《まつ》毛《げ》、彫りが深く、唇は子供らしく丸みを帯び、口角が軽く持ち上がって、僅かに微笑《ほほえ》んでいるかのようだ。肩の辺りで広がったまっすぐな黒髪。前髪は眉のところで切り揃えられ、市松人形を思わせる。だが違和感があった。遺体にしては肌の色が白すぎるのだ。そして微笑むような唇には、薄っすら紅《う》の色が残っていた。

「もしかして、化粧ですか?」

「よく気づいたな。白粉《おしろい》、いやいまはファンデーションか」

それから検視官が少女の手を取った。指先が紫に変色している。まぎれもない。チアノーゼだ。

死因は窒息だろうか。沢村は瀧本を窺った。彼はじっと遺体の顔を見つめて、何も反応しなかった。

沢村は瀧本の視界を遮らないよう遺体の側にしゃがみこみ、少女の首元を覗き込んだ。目的は吉川線、つまり首を絞められた被害者が、抵抗のために自ら首を引っ掻いたりしてできた傷跡を探すためだ。だが少女の皮膚には傷跡どころか、シミ一つ見つからなかった。

少し移動して違う角度から見ると、明かりが反射して首のところがキラキラしているのがわかった。少女の首には霜が付着していた。首ばかりではない。体全体の皮膚の表面に、薄く張り付くように氷の膜ができていた。

年末から今日にかけては、日中でも氷点下の気温が続き、トタンの壁に遮られた倉庫内の温度も上がらなかったことが原因だろう。

検視官が傍らの証拠品保管ボックスから、ビニール袋を二つ取り出した。中にそれぞれ、白く細い、繊維状の物が見える。

「遺体の口の中と爪の間から、僅かだが繊維が見つかった」

「なんの繊維ですか？」

「さあな。シーツか枕か、毛布の一部かもしれん」

「誰かに口を塞がれたということですか？」

何者かに口に毛布などの布を押し付けられた際、暴れて口内に布の繊維が残ることがある。

「そう、結論を急ぐな」

検視官の厳しい声が、倉庫内に響いた。その口調は検視官というより、経験を重ねた刑事のそれだった。

そうだった。この検視官も元捜査一課の刑事だった人物だ。

「すみません」

現場経験もなく、試験の成績だけで、警部補になったと思われたくない。そう気負うあまり、先走ってしまう悪い癖が出てしまった。

「断片的な情報に振り回されると見立てを誤るぞ。死因については解剖を待ってからだ」

少し口調を和らげた検視官が、三人から少し離れたところに置かれたビニール袋の方へ顎をしゃくった。

「それが仏さんの包《くる》まってた毛布だ」

沢村は立ち上がって、毛布へ近づいた。毛布はピンク色で、動物のようなキャラクターが描かれていた。

「サニーちゃん……」

サニーちゃんは、子供から大人まで、誰もが知る人気のキャラクターだ。沢村が小さい頃、妹の部屋にも置いてあった。見た目は真っ白いポメラニアンなのだが、キャラクターの生みの親のデザイナー曰く、サニーちゃんは違う星から来た妖精で、地球の子供たちに愛されるよう、ポメラニアンの姿をしているのだそうだ。

「毛布は新品ですか？」

「いや、洗って何度か使われたようだな」

沢村は毛布から何か犯人の痕跡が出てくることを祈った。

「それと後頭部のここに外傷があった」検視官が自分の左後頭部の辺りを示した。「直径五センチくらいの皮下出血だ」

皮下出血とは、いわゆるたんこぶのことだ。

「誰かに殴られたということですか？」

検視官がじろりと、沢村を上目遣いで見やった。

「だから結論を急ぐなと言ってるだろう。全く、師匠に似てせっかちだな」

いま説明するから黙ってろ。そうぶつぶつ言いながら、検視官は丁寧に遺体を横向きにすると、少女の後頭部の髪をかき分け、皮下出血の跡を露《あら》わにした。

「ぱっと見、骨折はない。こういう場合、鈍器で殴られる以外にも、誤って高いところから落ちたか、自分で転んだか、いまの時期なら、凍結路面で、仰向けにひっくり返ることだって珍しくない」

「でも、それなら、頭部以外にもどこかに痣《あざ》ができたり、擦り傷ができたりしませんか？」

雪道で転倒した場合、咄嗟に体を庇《かば》って手をついたりするので、傷は頭部以外にもできるのだ。

「ほう、よく勉強してるな」

皮肉ともなんともつかない口調で、検視官は再び、少女の右手を取り上げた。遺棄から五日経って、死後硬直はとうに解けていた。

「ここを見ろ」

沢村が目を凝らすと、二の腕から肘にかけて、僅かに擦過傷が確認できた。

「これは死後についたやつだ」

「じゃあ、自分で転倒したわけじゃない……」

「そこの床を見ろ」

検視官が顎をしゃくった先には、鑑識の番号札が置かれ、うっすらと、何かを引きずったような痕が残っていた。

「犯人が遺体を引きずったんでしょうか？」

沢村のそれはほとんど独り言だった。不思議な気がした。

この遺体を引きずる必要がどこにあったのだろう。

遺体の年頃の子供なら、体重はせいぜい二十キロ台の前半か、半ば程度だろう。それくらいなら引きずらずに運べたのではないか。

及川の供述によれば犯人は小柄だったと言う。力もあまり強くなかったということか。

沢村はとりあえずいま感じたことを、記憶の片隅に留めておくことにした。

「他に、暴行や虐待の痕跡はありますか？」

「ない。栄養状態も悪くない。虫歯も一本もない。誰に保護されてたかは知らんが、大切にされてたことは間違いないだろう」

検視官の言葉は、この場の状況に相応《ふさわ》しくないものに聞こえた。少女が生前どんなに大切に育てられていようと、いまは遺体となって、古い倉庫の片隅に打ち捨てられているのだ。これが大切にされていた結果だとしたら、むご過ぎる仕打ちだ。

沢村は背後にいる瀧本を振り返った。彼はここへ来てからほとんど口を開いていない。

本来なら沢村が検視官に行った質問は、瀧本が行うはずだった。

好意的に解釈すれば、沢村に経験を積ませるために、敢《あ》えて黙っているのだと受け止めることもできた。

だが恐らくそうではないだろう。なぜなら彼の視線はここへ来た時からずっと、遺体の少女の顔に注がれたまま、現場の状況に目を配る様子がなかったからだ。

「瀧本さん、何かありますか？」

沢村が水を向けた。

一瞬間を空けて、ようやく瀧本は口を開いた。

「死亡推定時刻は？」

その間も瀧本は少女の顔から目を逸《そ》らさなかった。

「そう急《せ》かさないでくれるか」

検視官は相変わらず、虫の居所が悪いような顔で答えた。

「係長さん、死亡推定時刻を判定する方法は？」

いきなり質問を振られた。沢村は咄嗟に思いついた答えを口にした。

「直腸温度と死斑、角膜の混濁状況、そして腐敗の進行具合ですか？」

「ということは？」

またも検視官が、沢村を試してきた。答えを探しながら、ふと自分のうなじに、鳥肌が立っていることに気がついた。ここはかなり寒い。そして少女の体は霜に覆われている。

「この環境ではいずれの方法でも、死亡推定時刻を正確に割り出すことは困難、ということですね」

外気温の低さは、遺体の変化を遅らせるのだ。

「遺体が発見されるまで、この中は天然の冷凍庫だった。おまけに遺棄されてから今日で五日だ。詳しいことは解剖待ちだよ、瀧さん」

検視官が話を締め括《くく》って、遺体収納袋のファスナーを閉めようとした。

「司法解剖はいつ終わりますか？」再び瀧本が尋ねた。

「年明けはいつも立て込んでてな」

検視官は暗に時間がかかると仄《ほの》めかした。司法解剖は警察ではなく、大学の法医学教室に依頼して行われる。北海道では北大や、旭川《あさひかわ》医大など限られた大学にしか法医学教室はなく、法医学者の数も少ないため、司法解剖には時間がかかるのだ。

「検視官、頼みますよ。これは特別な事件なんです」

瀧本が訴えた。投光器の灯の影となって、瀧本の顔の表情ははっきりしない。だが声の調子には、これまで聞いたこともないような必死さが窺えた。

「間違いないのか？」

検視官が抑えたような声で尋ねた。

「ええ、確信があります」

瀧本の答えは力強かった。

マスク越しに、検視官が大きく息を吐いた。

「そこまで言うならわかった。超特急でやってもらうよう頼んでみる」

瀧本の迫力に押されたのか、それまで素っ気なかった検視官が態度を変えた。

「ありがとうございます」

瀧本が頭を下げた。

沢村だけが一人、この状況を呑み込めずにいた。

特別な事件とはどういう意味なのだ。子供の遺体が見つかった。確かにこれは大事件だ。しかし二人の会話には、単にそれだけではない、もっと差し迫った緊張感が窺える。

よっこいしょ、と検視官が立ち上がった。膝の辺りの関節が音を立てた。唸《うな》りながら腰を伸ばし、大きく肩を回した。ずっと同じ姿勢で検視を行っていたので、筋肉が強張《こわば》っていたようだ。

「俺も今年の三月で定年だ。もしこの子が本当に陽菜《ひなた》ちゃんなら、なんとしてもホシを挙げたいもんだな」

陽菜ちゃん――？　ひなた……島崎《しまざき》陽菜――。

検視官のその言葉が、沢村の記憶の底からある事件を引きずりだした。

そして同時に、やっと渡瀬勝の正体がわかった。

渡瀬勝と陽菜。二つの名前にはある共通する事件があった。

いまから五年前の二〇一三年に起こり、世間を騒がせた島崎陽菜ちゃん誘拐事件だ。

事件は身代金《みのしろきん》の受け取りに現れた犯人の渡瀬勝が、電車に撥ねられて死亡するという衝撃的な幕切れを迎えた。渡瀬の死亡を受け、特捜班は陽菜の公開捜査に踏み切った。札幌全域はもちろん、全道の警察署を上げて、延べ一万人近くの警察官を動員し、徹底的に捜索したのだ。

だがおよそ一ヵ月に亘《わた》る捜索の甲斐《かい》なく、陽菜を見つけられないまま現在に至る。道警史上に残る、有名な未解決事件の一つだった。

＊

遺体を運び出そうとする検視官たちを残し、沢村と瀧本は外に出た。

外は一段と寒さが増していた。野次馬の数もめっきりと少なくなっている。テレビや新聞社の連中もほとんど姿を消していた。恐らく今頃は近所中に取材に回っている頃だろう。

空にはどんより厚い雲が垂れ込めていて、いつも以上に憂鬱な北国の冬の夜を演出していた。

　ふと瀧本を見やった沢村は、その横顔から生気が消えていることに気づいた。

「瀧本さん」

　沢村の呼びかけに、瀧本はようやく顔を上げた。だがその顔つきは、まるで記憶に靄《もや》がかかり、沢村が誰だかわからなくなってしまったかのように虚《うつ》ろだった。

　まただ、と沢村は妙な胸騒ぎを覚えた。ここへ来てから何度となく、瀧本はそんな顔を見せるようになっていた。

「どうかしましたか？」

　瀧本の意識をこちらへ引き戻そうと、声を少し張った。

　我に返ったように瀧本の顔に表情が戻った。

「すみません。ちょっと考え事をしてました」

「陽菜ちゃんのことですか？」

　一瞬躊躇《ためら》って、沢村は切り出した。瀧本が押し黙った。

「渡瀬勝。陽菜ちゃんを誘拐した犯人ですよね？」

　勇気を出して再び尋ねると、瀧本は黙って頷き、コートの中から例の使い込まれた手帳を取り出した。そして一枚の写真を見せてくれた。

「さっきの少女、似ていると思いませんか？」

　差し出された写真には見覚えがあった。誘拐当時、捜索にあたる警察官たちに配られ、総務課の壁にも貼ってあった陽菜の写真だ。

沢村は遺体の顔と、写真の顔を比較しようとした。似ていると言えば似ている。だが誘拐から五年近く経って、月日が少女の顔にどこまでの変化をもたらすものなのか。簡単に結論を出せるものではなかった。

そうか、この写真だったのか。瀧本が取調室で及川に見せたのは。

「瀧本さんはあの遺体が、陽菜ちゃんだと思ってるんですか？」

「そうです」

「ちょっと待ってください」

沢村は自分でも狼狽《うろた》えているのがわかった。

「あの遺体が陽菜ちゃんだとすると、これまでどこかで生きていたということになりますよね。事件には共犯者がいたと言うんですか？」

陽菜は誘拐当時三歳だった。そんな幼い子供が一人で生きてきたわけがない。つまり誰かが五年近くもの間、陽菜を育てていたことになる。そしてそれは、事件の関係者になるはずだ。

「恐らくそうでしょう」

瀧本の返答は歯切れが悪かった。

「あの当時、自分は一課で事件を担当しました。俺たちは事件を、死んだ男、渡瀬の単独犯行と見て捜査を進めていたんです」

となると、もし共犯者がいたとすれば、当時の捜査方針が間違っていたことになる。それは大問題だった。

沢村は言うべき言葉を探しながら、再び手の中の写真に目を凝らした。それは自宅の庭先で遊ぶ陽菜を写した物だ。ピンクのスカートに花の刺繡《ししゅう》が施されたカーディガン。カメラを向ける人物に笑いかけているその顔は、実に可愛《かわい》らしかった。

瀧本に写真を返そうとして、少女がカーディガンの下に着ている白いTシャツの図柄に沢村の目が留まった。

「これ、サニーちゃんですね」

「陽菜ちゃんはサニーちゃんが大好きだったんです。そのTシャツもお気に入りだったようで、誘拐された当時も着ていました」

「誘拐当時も……」

陽菜はサニーちゃんが好きだった。遺体を包んでいた毛布もサニーちゃん。もしあの遺体が陽菜だとしたならば、遺棄した犯人はその好みを知っていて、わざわざあの毛布を選んだと言うのだろうか。

〈大切にされてたことは間違いないだろう〉

検視官が漏らした言葉が蘇る。

奇妙な話だった。身代金目的で攫《さら》った子供を五年近くも大切に育てた挙句、どうして今になって殺す必要があったのだろう。

「共犯者はどうして――」

瀧本にその疑問をぶつけようとした沢村だったが、途中で口を閉じた。ひどく思いつめたような瀧本の表情に気づいたからだ。

彼の胸中が痛いほど読み取れた。解決できなかった事件への無念さと、無事に発見してやれなかった少女への悔恨の気持ち。それらが複雑に入り交じっているようだった。

瀧本の口から白い息が漏れた。ひどくくたびれて見える。

早く帰って休んだ方がいいんじゃないですか。

沢村がそう声を掛けるより早く瀧本が口を開いた。

「ちょっとこの辺を回ってきます」

そして、沢村の返事も聞かずに、瀧本は背を向けて歩き始めた。

何か声を掛けたかった。だが結局何も言葉は見つからなかった。

瀧本が新しい倉庫と修理工場の間の細い通りを歩いて、敷地の外へと消えていくまで沢村はその後ろ姿を見送っていた。

心配だった。本当は一緒に付いて行った方がいいのかもしれない。

だが瀧本がそれを望んでいないこともわかっていた。

*

その騒動に気づいたのは、沢村が事務所へ戻りかけてすぐのことだった。

「そこ、もっと下がって」

若い男性の大声が聞こえた。声の主は、背中に北海道警察とプリントされた濃紺の防寒服を着ていた。

「ここは私有地でしょうが。あんたらに排除する権利あんの？」

警官に食って掛かっている男がいた。背広の上に茶色のショートダウン。腕に赤い腕章をつけている。新聞記者だ。

また、面倒なのに絡まれて。

沢村はゆっくりと二人に近づいて行った。

現場警備は地域課の仕事だが、事件そのものは明日帳場が立つまでは所轄に責任がある。その現場で記者に勝手な真似《まね》をさせておくわけにもいかなかった。

「黄色い規制テープから入らないで。さっきから言ってるでしょう？」

「もし入ったら何？　逮捕でもするかい、お巡りさん」

「ちょっと、あんたねえ」

若い警察官が声を荒らげる。記者の挑発は見え見えだった。彼らはこうしてわざと相手を興奮させ、不用意な一言を引き出そうとする。

「逮捕するならさっさと逮捕してみなよ、お巡りさん」

「くそ……」

若い警察官はかろうじて、記者に摑みかからない程度の自制心を保っていた。しかしそろそろ限界だろう。あまり記者を調子づかせたくもない。沢村は記者に声をかけた。

「彼が逮捕しないのは、あなたの仕事を尊重してるからでしょう」

「尊重ねえ」

記者の視線が沢村に移った。新しい獲物が引っかかったという目をしている。見たことのない顔だった。まだ若そうだが、サツ回りというのには年を食い過ぎている。

「だったら、もう少し現場に近づけてくれてもいいんじゃないですか？　こんな遠くからじゃ、記事なんか書けやしないですよ」

沢村は近づきながら、腕章に書かれた社名を確認した。道日新聞か。北海道最大の発行部数を誇る地方紙の雄だが、道警とは昔から因縁の多い新聞社でもある。

「警察は事件を捜査するのが仕事、記者は記事を書くのが仕事。今は捜査中なの。だから警察官が規制線の外に出るよう指示をしたら、そこはプロとしてあなたも弁《わきま》えるべきじゃない？」

「あいにくそっちが言う様に行儀よくしてたら、こっちは仕事にならないもんでね。それで逮捕するっていうなら、してもらおうじゃないですか」

記者は挑発的な態度を隠そうともしなかった。だが沢村は相手と同じ土俵に乗る気などなかった。

「わかった。じゃあそうさせてもらってもいいけど、その前に逮捕された後のことを説明しておく。あなたは明日の朝、上司が迎えに来てうちの署長に頭を下げるまで、一晩署の留置所で過ごすことになる。そして当分の間、あなたとあなたの社は記者クラブへの出入りが禁止される。それこそ仕事にならないでしょうね」

記者は何かを思案するようにじっと沢村を見つめている。恐らく沢村が本気かどうか迷っているのだろう。

「でもここで自主的に後ろに下がればこのまま取材を続けることができて、明日の朝刊に間に合うように記事を書き上げることができる。どっちが得かわかるでしょう？」

記者は何か言いかけたが、代わりに小さく鼻を啜った。

「わかった。下がりますよ」

記者はおどけるように両手を上げた。

「でも驚いたな。強行犯係にもこんなお上品な刑事さんがいたんだ」

上品におをつけている時点で馬鹿にしているだろうと思ったが、沢村は無言で記者を見つめ返した。

記者はダウンのポケットから名刺入れを取り出し、沢村に一枚差し出した。

『道日新聞社会部　橋場《はしば》　貴仁《たかひと》』とあった。

「そちらは？」

黒い手袋を嵌《は》めた大きな手が差し出される。

「あいにく名刺は切らしておりまして」

橋場は面白くなさそうに口を窄《すぼ》めてから、ふと何かに気づいたような顔になった。

「言うと思った」

「そうか。お宅が噂の刑事さんか？　記者内で評判ですよ。弌英のドクター持ちが、ノンキャリの刑事なんかやってるって」

隣にいた若い警察官が、びっくりしたように沢村を見つめるのがわかった。

「ただの噂かと思ってたけど、本当にいたんですね」

「都市伝説じゃないことがわかって満足したでしょう。早く下がりなさい」

沢村はにこりともせず、橋場にもっと下がるよう手を振った。

沢村が挑発に乗って来ないためか、橋場は諦めたように一歩後退した。そこでまた立ち止まる。このまま引き下がっては、記者としての沽券《こけん》にかかわるとでも言いたげな顔つきだった。

「そう言えばさっき、近所を少し取材してみたんですがね。三十日はこの辺、ほとんどが留守だったようで収穫なしでしたよ。今度こそ解決するといいですね」

最後に皮肉っぽく笑って、橋場が踵《きびす》を返した。

沢村はその背を睨《にら》みつけた。

〈今度こそ――〉

短く息を吐いた。

マスコミはもう、今回の事件が陽菜ちゃん誘拐事件と関係あることを摑んでいるようだ。

「すみません、ありがとうございました」

若い警察官が頭を下げてきた。警察学校を出たばかりのような、つるっとした顔の巡査だ。

「あとよろしく」

沢村が背を向けようとした時だ。

「あの……」と巡査が呼び止める。

「何か質問？」

「本当に弐英卒なんですか？」

その顔にはありありと好奇心が浮かんでいる。

「早く持ち場に戻りなさい、巡査」

「は、はい」

沢村が口元を引き締めると、警官は慌てて敬礼し、小走りに遠ざかって行った。

事務所に戻ると、エアコンが稼働していた。温まった空気が直接降り注ぐ下で、奈良が揉《も》み手《で》をしながら足を踏み鳴らしていた。ほとんど脂肪がなく痩せすぎとも思える体には、火の気のない会議室で、じっと座っているのも辛《つら》かったようだ。

「いいんですか、勝手に？」

「人聞きの悪いこと言うな。許可は取った」

奈良が歯を剝くように笑った。相変わらず対外折衝力には、抜群の才能を発揮する。奈良は警察官然としたところがなく、作業着を着せれば、その辺の工務店の店主のような面構えだ。その外見も手伝って、初対面の相手であっても、容易に懐に入っていけるという特技があった。どちらかと言えば寡黙で、他人を寄せ付けない雰囲気のある瀧本とは、いい意味で対照的な警察官だ。

「瀧さんは？」

「少し、現場を歩いてくるそうです」

奈良はそれだけで得心したようだった。

「さっきそこで道日の記者に捕まったんですけど、彼らはもう何か摑んでるみたいですね」

「まあ、うちの署内にも口の軽いのはいるからな」

奈良の反応はあっさりとしたものだった。いちいち構ってはいられないということか。

「奈良さんも、あの遺体が陽菜ちゃんだと思いますか？」

「瀧さんに聞いたのか？」

「はい」

「いま行方不明者リストも当たってる。だが、十中八九、陽菜ちゃんだろうな」

「なぜです？」

「瀧さんがそう信じてるからだ」

長年の付き合いに裏打ちされた、絶対的な信頼を感じさせる口調だった。

捜査一課時代から、瀧本が取調官の時は、奈良が必ず補佐官を務め、『苫小牧《とまこまい》ＯＬ殺人事件』や『旭川公務員連続殺人事件』など、数々の難事件を解決してきた名コンビでもある。奈良の昇進異動でコンビは解消となったが、こうして所轄で再会したところにも、二人の運命的な絆《きずな》が感じられた。

「俺は当時、創成《そうせい》署の刑事一課にいた。身代金の受け渡し場所がＪＲ札幌駅だったから応援要員に駆り出されてな。結局そのまま捜査本部にも出ずっぱりになった。俺にも忘れられない事件だ」

奈良はエアコンの側を離れ、手近にあったパイプ椅子を引き寄せて腰を下ろした。沢村にも座るよう促した。

「やっぱり共犯者がいたということなんでしょうか？」

「多分な……」

奈良の顔が曇った。

「渡瀬が死んで、部屋の家宅捜索や携帯の履歴、過去からの交友関係、馴染みの飲み屋、元の職場や渡瀬に金を貸してたヤバい連中に至るまで、それこそしらみつぶしに調べた。だが共犯らしい人物は一人も浮かんでこなかった」

「女性関係はどうだったんですか？」

およそ五年もの間子供を育ててきたということは、共犯者が女性だった可能性もあるのでは、とふと思ったのだ。

「別れた女房は共犯の最有力だった。だが事件当時は既に再婚して、苫小牧にいた。アリバイもしっかりして、事件に関与したという証拠も見つからなかった。他には愛人や、馴染みの飲み屋の女たちも調べた。だがいずれもシロと断定された」

「そうなると共犯者は、行きずりの誰かということでしょうか？」

「だとしたらその行きずりの誰かは、およそ五年間も陽菜ちゃんを大切に養育してたってことになる。なんのために？」

「子供が欲しかったとか」

奈良が力なく笑った。

「それはすごい偶然だな。子供を欲しがった人物の前に、たまたま子供が現れたってか」

確かに奈良の言う通りだった。だがそうすると本当に動機がわからない。犯人はなぜ、攫った子供を五年近くも育ててきたのだろう。身代金目当てなら、その目的が達成されなかった時点で、子供を解放するか殺すか、そのどちらかを選択するはずだ。手元に置いておけばそれだけ、警察に捕まるリスクは高くなる。

「事件のこと、もう少し詳しく教えてもらっていいですか？」

事件当時、沢村は総務課にいて、報道された以外のことは知らなかったのだ。

*

誘拐事件は二〇一三年に起きた。場所は札幌市の北西部、小樽《おたる》市と隣接する手稲《ていね》区の住宅街だった。

札幌駅、新千歳《しんちとせ》空港駅に次いで乗降客が多いＪＲ手稲駅の南口から出て、手稲山方面へ歩いていくと、北海道神宮から分霊された軽川《がるがわ》神社が座し、そこから山側へ緩やかな坂道を上っていくと、札幌と小樽の間を結ぶ国道五号線に辿《たど》りつく。そして一本、通りを西に入った住宅街の一角に、島崎陽菜とその家族は暮らしていた。

島崎家は市役所に勤める父親の尚人《なおと》、母親のすみれ、そして当時三歳だった長女の陽菜と、尚人の母、歌子《うたこ》の四人家族だった。

事件が起こった六月二十七日は、朝から小雨模様で、午後には本格的な雨になるだろうという予報も出ていた。午後二時半頃、一旦雨が上がり昼寝から目覚めた陽菜は、母親と裏庭に出て遊び始めた。祖母の歌子は習い事のため不在だった。

母親が玄関のチャイムに気づいたのは、午後三時頃だ。エプロンのポケットに入れていた子機で応答する。「宅配便です」という男性の声で、母親は陽菜を残し、玄関に向かった。だがドアを開けると誰もいなかった。悪戯《いたずら》だと思って母親は庭へ戻った。その時、陽菜がいなくなっていることに気づいた。

その後、付近を捜したが見つからず、途中から雨も降り出してきたことから、帰宅した姑《しゅうとめ》と共に自宅近くの軽川公園通り交番へ駆け込んだ。それが午後四時十一分のことだ。

事情を聞いた警察官はただちに管轄の軽川署に連絡した。

軽川署は陽菜がいなくなる直前、「宅配便」を名乗る男性が、島崎宅を訪れていた点を重要視した。その後の調べで、同時間帯、付近を集配する運送会社はなかったことがわかった。そこで軽川署は、第三者による連れ去りも視野に、本部へ応援を要請した。

仮に誘拐だったとして、いたずら目的か、営利誘拐か。当初本部は悩んだが、いたずら目的なら大抵は行きずりの犯行であり、宅配便を装って母親をおびき出すといった手口から、営利誘拐の疑いを濃くした。そしてもう一つ、島崎家があの辺の地主だという点も考慮された。

誘拐事件では、犯人に極力、警察の動きを察知されないことが重要だ。しかし家の近くには交通量の多い国道が走り、少し離れたところには川も流れている。単なる行方不明だった場合は、早急に陽菜を保護する必要があった。

そこで警察は制服警官を私服で捜索に参加させることにし、同時に特捜班を島崎家に派遣して、誘拐事件に備えることにした。

だが陽菜がいなくなって丸一日経っても、犯人からの連絡はなかった。通常、身代金目的の誘拐事件では、犯人側が急いで金を必要とする事情を抱えていることが多く、犯行から一両日中には連絡があるものだ。特捜班の中に、誘拐事件ではないかもしれないという意見が広がり始める。

結局、上層部はあと一日待って犯人から連絡がなければ、公開捜査に踏み切ることにした。

そして特捜班が島崎家に詰めて三日目の午後、父親の勤める市役所に犯人からの連絡が入った。

市役所から連絡を受けた警察は、次に電話がかかってきた時は、島崎家の電話番号を教えるよう指示した。そしてその夜、犯人から島崎家に連絡があった。ボイスチェンジャーで加工された声で、身代金五千万円を要求する電話だ。

だが島崎家にそんな大金はなかった。島崎家の資産の大半は、すぐに現金化が難しい土地や建物だった。そこで捜査員からのアドバイスもあって、馴染みの信用金庫から土地を担保に金を借りることになった。

身代金の準備ができるまでの間に、渡瀬からは計十一回に亘って、状況を確認する電話があった。使われた携帯は全て同じトバシのものだったが、かけてくる場所は頻繁に変えられた。

『受け渡しは今日の午後五時三十分。場所はＪＲ札幌駅の北口だ。金は黒い旅行バッグに詰めて、父親が一人で持って来い。東改札の側に、旅行パンフレットを置いたスタンドがある。そのフラノラベンダーエクスプレスのパンフレットがある場所の前に、五時半きっかりにバッグをおけ。仲間を取りに行かせる。もし警察が仲間を捕まえたりしたら、娘は帰らないからな』

犯人は共犯者の存在を匂わせたが、特捜班はこれまでの状況から、誘拐を単独犯行と見ていた。だが陽菜を無事に保護することを最優先と考えて、受け渡し場所で犯人を確保することはせず、後をつける作戦を取ることになった。

だが問題は、受け渡し場所のＪＲ札幌駅だ。札幌駅はその広さも乗降客の数の多さでも、北海道最大の規模を誇り、道内各地から路線が乗り入れるＪＲ北海道の最重要拠点駅だった。

出入り口は大きく分けて、北口と南口との二つ。しかし他にパセオ、アピア、エスタと呼ばれるショッピングセンターや大丸デパートが隣接し、札幌市営地下鉄とも接続する。事実上、それら全ての出入り口に、見張りの捜査員を張り付けることは不可能だった。

そこで現金を入れるバッグの底を加工し、GPSを取り付けた。これなら途中で犯人を見失っても、追跡を続けることができた。

動員されたのは道警本部捜査第一課からは二個班、軽川署の刑事課、地域課、生活安全課の警察官たち、そして札幌駅を管轄する創成署と、鉄道警察隊にも応援を頼んだ。また駅という場所柄を考慮して、札幌市内の各署から、女性警察官の応援も手配された。

それぞれ、サラリーマン、観光客、学生、買い物客に扮《ふん》し、捜査員たちが指定の持ち場に待機した。彼らにあらかじめ出されていた指示は、犯人らしき人物を見つけても不用意に接近せず、必ず無線で本部に連絡することというものだった。犯人の追跡はあくまで特捜班が行うことになっていた。

受け渡し時刻の午後五時半が、刻々と迫っていた。もうすぐ帰宅ラッシュが始まる時間帯だ。駅は混雑し始めていた。捜査員たちはどこから現れるかわからない犯人を意識して、緊張の度合いを高めていった。

そこへ捜査員に付き添われて、父親の尚人が現れた。パンフレット置き場の側まで行くと、同行していた捜査員の一人はそれとなく尚人から離れ、隣のキヨスクで新聞を探すふりをした。また別の捜査員は、尚人の傍らを素知らぬ振りで通り過ぎ、向かいのパン屋に入った。

尚人は動揺を隠せぬ様子で、パンフレット置き場を眺めた。フラノラベンダーエクスプレスのパンフレットがあった。時刻は既に、五時半を回っている。予定なら尚人は足元にバッグを置き、その場を立ち去っていなければならなかったのだが、バッグを抱えたまま、その場に悄然《しょうぜん》と立ち尽くしていた。

周囲の捜査員たちに、本部から無線が飛ぶ。

「なんとかして父親にバッグを置かせろ」

そうは言ったって、というのが、捜査員たちの偽らざる本音だった。下手に動けば犯人に悟られてしまう。だがこのまま尚人がバッグを置かなければ、犯人は現れないかもしれない。仕方なく捜査員の一人が、尚人に接触しようとした時だった。

「島崎さん？」

一人の男が、尚人に声をかけた。マスクとサングラスで顔を隠した大柄な男だ。俄《にわ》かに現場に緊張が走った。

「マルタイらしき男を発見。全捜査員は指示があるまで持ち場を離れるな。繰り返す、全捜査員は指示があるまで持ち場を離れるな」

本部からの無線の声も、緊張をはらんだものになった。

「バッグ」

「あ、あの陽菜は、陽菜は無事なんでしょうか？」

「大丈夫だから、早くバッグ」

男はイライラした口調で、尚人からバッグをもぎ取った。

「む、娘を返してください。お願いします」

「わかったから、早く行って、行って」

追《お》い縋《すが》る尚人に、男は蝿《はえ》でも追い払うように手を振った。

男は何度も周囲を窺ってから、北口方面に向かって歩き始めた。捜査員たちは少し離れて、男の後を追った。

男はそのまま北口を抜けて外に出るのか、と誰もが思った時だ。男は突然進路を変えて、札幌駅の西側へ抜ける連絡通路を歩き始めた。そして途中の公衆トイレに立ち寄った。捜査員も遅れて中に入る。男は個室に入った。そして十分後、バッグの代わりにナイロン製のナップサックを背負って出てきた。

捜査員が男の出てきた個室を確認すると、マスクとサングラス、そしてお金を入れていたバッグが投げ捨ててあった。お金を入れ替えたのだ。これは特捜班にとっては痛い出来事だった。GPSが使えなくなったのだ。

捜査員たちの失望をよそに、トイレを出た男は西コンコースに入った。こちらにはミスタードーナツや、レストラン街、それに土産物店が広がっていて、東コンコースよりも人が溢《あふ》れていた。

男は人混みを縫うようにしながら、南口方面へと歩いている。そちらには札幌市営地下鉄があり、さらに人で混雑している。本部からもそれを警戒する指示が飛び、捜査員たちの意識もそちらへ向いた。

だが男は、十数台以上の改札機が並ぶ西改札まで来た時、やおらナップサックを背中からおろして、体の前に抱え込むように持ち直した。ナップサックには五千万円もの大金が入って大きく膨らんでいたが、男が大柄なせいかあまり目立たなかった。

そして次の瞬間だった。男は素早く向きを変え、自動改札機に向かって走り始めた。虚を突かれた捜査員たちは出遅れた。自動改札機のアラーム音が鳴り響く中、男は強引に改札を通り抜け、改札内に走り込んだ。

「こちら本部。改札内の全捜査員は犯人確保に向かえ」

本部から怒号が飛んだ。ＧＰＳが使えなくなった以上、ここで犯人を見失うわけにはいかない。捜査員たちは次々、改札内へ飛び込んでいった。

男を捕まえようと、反対側の東改札からも捜査員たちが走ってきた。それに気づいた男はすぐさま、上階のホームに続くエスカレーターを駆け上がった。エスカレーターの左側には大勢の利用者が乗っていたが、右側は空いていた。

「こちら西側一班。犯人は三番ホームに向かった模様」

「三番ホーム、誰かいないか。誰でもいい、犯人を確保しろ」

男に少し遅れて、捜査員たちもエスカレーターを駆け上がる。

「すいません、警察です。左に寄ってください」

友達同士、並んでエスカレーターに乗っていた若い女性たちが、警察官の怒号に悲鳴を上げた。

「早く、左に寄って」

捜査員は女性を押しのけるようにして、ホームへ駆け上がった。

ホームは電車待ちの乗客でごった返していた。通勤客に混じって、アジア系の旅行客の姿も見える。このホームからは主に、小樽行きの電車が出発する。小樽は外国人観光客にも人気の観光地なのだ。

捜査員たちはそんな雑然とした様子のホームを、犯人の姿を捜して回った。男は大柄で目立つ風体だ。おまけに大きなナップサックを抱えている。捜索はさほど難しくないと思われたが、なかなか見つけられずにいた。

時刻はあと少しで、六時になろうとしていた。アナウンスが聞こえた。間もなく三番ホームに、小樽行きの普通列車が進入してくることを告げる。ホームにはさらに、利用客の姿が増えていた。

その時、捜査員の一人が向かいのホームを指さした。

「あそこだ」

線路を挟んで向かい側の二番ホームの端、千歳側付近で、犯人が捜査員の一人ともみ合いになっていた。恐らく犯人は、混乱に乗じて階段を下り、向かい側のホームに上がったのだ。

「二番ホームの千歳側付近にマルタイ発見」

無線を受けて、捜査員たちは一斉に二番ホームへ走り出した。

その間、犯人は片手でナップサックを抱え、必死に捜査員の手を振りほどこうとしていた。捜査員も死に物狂いで、男を放すまいと力を振り絞る。ホームにいた利用客たちは、遠巻きにこの騒動を見つめていた。彼らの目には、乗客同士のトラブルとしか映っていなかったに違いない。

「放せ、てめえっ！」

男が渾身《こんしん》の力で、捜査員の手を振り払った。バランスを崩し、ホームの端までたたらを踏んだ。様子を見守っていた利用客の中から、危ない、といったような悲鳴が上がった。捜査員は咄嗟に手を伸ばし、柔道で言うところの奥襟を取る体勢に持ち込んだ。

そこへ電車の警笛が聞こえた。ようやくホームへ上がった捜査員の一人が、進入してくる電車に気づいた。

「まずい、誰か電車を止めろ」

その怒鳴り声は、電車が急ブレーキを掛ける音にかき消された。

奥襟を取られた犯人は、渾身の力を振り絞って捜査員の手から逃れた。入ってくる電車に気づいた風はない。再び手を伸ばした捜査員から、逃げるように身を翻した。一瞬、男が勝ち誇ったように笑った。だが次の瞬間、男の体は、速度を落として入ってきた電車の下へと、吸い込まれるように消えて行った。悲鳴と怒号、そして無数に舞い散った一万円札で、ホームは大混乱となった。

犯人と最後まで格闘を続けた捜査員は、さっきまで男を摑んでいた右手を見つめながら、その場に呆然と立ち尽くしていた。

電車の下に衣類の一部が引っかかって、男は百メートルほど引きずられる格好となった。どうにか車体の下から引っ張り出したが、既に心肺停止の状態で、病院で死亡が確認された。

その後の調べで、男は札幌市白石《しろいし》区に住む渡瀬勝と判明した。当時三十三歳の無職の男だった。渡瀬には消費者金融などから、八百万ほどの借金があった。

また自宅からは、身代金要求電話をかける際に使ったとみられるボイスチェンジャーとトバシの携帯、そしてＪＲの時刻表が見つかった。

だがその後幾ら探しても、共犯者に結びつく手がかりや、陽菜の居場所を示す手がかりは見つけられなかった。

そこで警察は陽菜の公開捜査に踏み切ることにした。もし共犯者がいた場合、追い詰められた犯人が陽菜を殺してしまう危険もあった。だが他に手段がなかったのだ。

陽菜の写真は、マスコミを通じて全国に公開され、大きな反響を呼んだ。だが陽菜は見つからなかった。捜索隊は徐々に縮小され、特捜班から引き継ぐ格好で結成された捜査本部も、三ヵ月後にひっそりと解散し、捜査は軽川署に引き継がれた。

さらにこの事件は、マスコミや世間から、連日のように批判を浴びた。最終的には犯人に死なれてしまうという痛恨のミスを犯したことで、捜査責任者だったキャリアの刑事部長が左遷され、捜査一課長と管理官も異動となっている。

道警にとっては、悔いの残る事件だった。

＊

奈良の説明を聞きながら、沢村には幾つかの疑問が残った。

「白石区に住んでいた渡瀬は、どうやって陽菜ちゃんに目を付けたんでしょう。手稲に知人でもいたんですか？」

「手稲に渡瀬の知人は見つかってない。ただ渡瀬は一時、引っ越し屋で日雇いバイトをしてたことがあった。手稲にも仕事で来てたことはわかってる。その時偶然見かけたのかもしれん」

「じゃあ、島崎家に目を付けたのは、たまたまだったということですか?」

雨の日の住宅街、祖母の歌子は不在。母子二人になったところで母親をおびき出し、陽菜ちゃんが一人になった隙に攫う。天気のせいで近所に人影はなく、攫った現場を誰にも目撃されなかった。

渡瀬にとっては実に有利な状況だったわけだ。

「誘拐後の渡瀬の足取りはどうだったんですか?」

「最初はほとんど手がかりなしだったが渡瀬が死亡したことで、事件がマスコミに報じられるようになった。そこで警察にある有力な目撃情報が寄せられた」

テレビのニュースで事件を知ったと言う女性が、渡瀬らしき人物が陽菜に良く似た少女を連れて、国道五号線方面へ歩いて行くのを見たと証言したのだ。

だがそこで渡瀬の足取りは途絶えてしまった。

「攫った子供を連れて、渡瀬は徒歩で逃げたんですか?」

現場近くにはJRの手稲駅があり、国道まで出ればバスも走っている。しかし誘拐犯が公共の交通機関を使って逃亡を図るとは考えにくい。

「当時、渡瀬は車を所有してなかった。レンタカーを借りた記録もない。JR手稲駅の防犯カメラにも姿は確認できなかった」

「じゃあやっぱりバスで逃げたということなんでしょうか?」

国道方面へ向かったということは、バスに乗った可能性は高かった。しかしバスの運転手や乗客からは、渡瀬と陽菜の目撃情報は出てこなかった。

「タクシーも当たってみたが、渡瀬たちを乗せたという運転手は見つからなかった。ただし、前日に渡瀬らしい男を乗せたという運転手は見つかってる」

その運転手は札幌駅から男を乗せ、手稲駅で男を降ろしたと証言した。渡瀬の写真を見せると、似ていると証言したのだ。その後、車内の防犯カメラ映像も確認して、男は間違いなく渡瀬勝と特定された。

「渡瀬は前日に下見に来てたんですね」

「そうだ。そしてもう一人、それを裏付ける住人が見つかった」

同じく事件の前日、島崎家の周りをうろつく一人の男を近所の住人が目撃していた。

「不審に思ったその人が男に声をかけると、島崎家について尋ねられたそうだ。大きな家だが、ここの人は何をやってるんだとか、奥さんはどんな人だとか。住人が益々《ますます》不審に思って男に素性を尋ねると、男は逃げるように立ち去ったそうだ」

そして警察がその住人にも渡瀬の写真を見せると、渡瀬勝で間違いないと証言したのだ。

「その時に渡瀬は、陽菜ちゃんの父親が市役所に勤めていることを知ったんでしょうか？」

「ああ、その住人も、最初うっかりそんなことを話してしまったそうだ」

沢村は手帳を見返した。渡瀬が身代金の要求をしたのは、陽菜を誘拐して三日目のことだ。しかも電話は当初、島崎家へではなく、父親の勤め先である市役所に掛けている。

島崎家の自宅の電話番号までは分からなかったということか。

それについては不思議ではなかった。昨今、電話帳に番号を載せない家は珍しくない。

誘拐から身代金の要求まで二日もかかったのは、連絡方法を見つけるのに手間取ったから、ということは十分あり得ることだった。そして当時の捜査本部の考えも同様だったようだ。

「渡瀬は身代金の受け渡し方法について、あるネットの情報を参考にしていましたよね」

それは当時、新聞でも盛んに報道されていたので沢村の記憶にも残っていた。

押収された渡瀬のスマートフォンの履歴からは、『誘拐　身代金　完全犯罪』というキーワードの検索記録が見つかり、そこからあるインターネットサイトに辿り着いた。

そのサイトには、『ラッシュ時の東京駅を身代金の受け渡しに使って完全犯罪を成し遂げる方法』というお題が掲げられていて、大量の書き込みが見つかったのだ。

電話をかける際にトバシの携帯を使うこと、ボイスチェンジャーで声を変えること、そしてGPSによる警察の追跡をかわすため、途中で金を入れ替えること。渡瀬の行動は全て、そのサイトの書き込み通りに行われたものだった。

唯一違ったのは、サイトでは東京駅を舞台としたところを、札幌駅に置き替えた点だった。

確かに、ラッシュ時の混雑に乗じて次々と電車を乗り換えて逃げるというのは、一見うまい作戦のようだ。だがこれをそのまま札幌駅で実行するには、ある致命的な問題があった。

それは東京と札幌の交通事情の違いだ。

東京のようにくまなく交通網が発達した大都市と違い、北海道では地方に行けば途端に、次の電車まで何時間も待たされてしまうことは珍しくない。人口百九十万人を超す札幌でも事情に大差はなかった。

だからこそ、北海道の逃亡に車は絶対欠かせないと言えるのだ。そんなことは少し考えればわかるはずだが、サイトの通りに実行してしまったところに、渡瀬という男の短絡さが窺えた。

そして何より沢村が引っかかったのは、渡瀬がそのサイトにアクセスしたのが、誘拐事件の夜だったという点だ。

これまでに判明している渡瀬の足取りによれば、検索によってサイトを見つけたあくる日、昔のギャンブル仲間と接触してトバシの携帯を手に入れ、札幌狸小路《たぬきこうじ》商店街にあるドン・キホーテでボイスチェンジャーを、札幌駅のキヨスクでJRの時刻表を買った。

つまり誘拐して身代金を要求することが目的だったはずなのに、事前になんの準備もしていなかったのだ。

「渡瀬が陽菜ちゃんを攫ったのは、最初から身代金目的だったんでしょうか?」

そんな疑問が何気なく口をついた。例えば、当初は金を要求するつもりがなかったと考えれば、渡瀬が慌ててネットを検索し、場当たり的に身代金を要求したことも頷けると思ったのだ。

「渡瀬が借金の返済に困ってたことは間違いない。それもかなり筋の悪いところから借りたものだ。他に子供を攫う理由はないだろう」

「島崎家に対する個人的恨みのようなものは?」

そう言えば、近所の住人の証言で、渡瀬が陽菜の母親のことを尋ねていたことが少し引っかかった。

「島崎家は近所の評判も悪くない。父親の尚人も母親のすみれも人から恨まれるような人物じやなかった。祖母の歌子も同様だ。そもそも一家と渡瀬との間に接点は見つかってない」

沢村は大きく息を吐き出した。そうなると残る可能性は——。

「一応言っとくが、渡瀬に小児性愛の前歴はないぞ」

沢村の考えを見透かしたように、奈良が先に答えを言った。

「それじゃあ、こういうことですか。渡瀬は思い付きで誘拐を実行に移したものの、成功するとは思っていなかった。だから急きょ金の受け渡し方法をネットで調べて、その通りに実行した……？」

沢村は独り言のように呟《つぶや》いて首を捻《ひね》った。どうにも腑《ふ》に落ちない。そして最大の疑問があった。

「渡瀬はどこに陽菜ちゃんを隠してたんでしょうか？」

行き当たりばったりだったとして、そう都合よく子供を隠しておける場所をどうやってみつけたのだろうか。

「ここだけの話、捜査本部じゃ身代金要求時には、渡瀬は既に陽菜ちゃんを手にかけてたんじゃないかという意見もあった」

奈良は疲れたように両手で顔を擦った。

「誘拐した直後に殺害し、どこかに遺棄してアパートに戻ってきたんじゃないかってな」

渡瀬の住んでいたアパートの住人や近所の誰からも、陽菜らしき少女を見たという目撃談はなかった。そのことからも当時はそういう考えが支配的だったと言う。

「だが瀧さんだけは否定した。陽菜ちゃんは絶対どこかで生きてるはずだって、ずっと信じてたんだ」

「瀧本さんは最初から共犯説を取ってたんですか？」

「いや、初めは単独犯説だった。だが陽菜ちゃんが生きてるって考えるなら、共犯者の線を疑わなきゃ矛盾が生じる。それで随分悩んでたようだ」

誘拐事件には共犯者がいた。恐らく渡瀬は手稲区の島崎家から陽菜を誘拐した後、どこかで共犯者と接触して陽菜を預けたのだろう。

だが当時もいまもその姿は謎に包まれたままだ。

ふと時計の秒針が刻む音に気が付いた。顔を上げると、会議室の時計が夜の十時を指すところだった。

もうこんな時間か。思わず大きなため息をついた。

今回の捜査も難航しそうな、そんな嫌な予感がした。

「奈良さんはまだ残るんですか？」

「一課の連中が、どうしても今夜中に現場を見ておきたいって言うからよ。俺はもうしばらく、ここに残ってなきゃならねえんだよ」

これから視察に来るとなれば、終わるのは夜中を過ぎるかもしれない。

「随分急ぐんですね」

現場を見るだけなら、明日の午前中でもいいはずだ。それにまだ、遺体が陽菜だと確認されたわけではない。

「今年は異動があるからな。本部長と刑事部長の両方が動く。だから急いでこの事件にけりをつけたいんだろう。多分一課には、上から相当プレッシャーがかかるはずだ」

誘拐事件の時は犯人死亡の責任を取って、キャリアの刑事部長が更迭されている。今度こそ失敗はできないという上層部の強い意気込みが感じられた。

「厳しい仕事になるが、お前もそろそろ捜査本部の仕事ってものを覚えた方がいいだろうな」

「捜査本部に加えてもらえるんですか?」

腰を浮かしかけた沢村は再び座り直した。前回、強盗傷害事件で中南署に捜査本部が立った時は、経験が浅いことを理由に捜査本部に加えてもらえなかった。留守居組で奈良に代わって書類に判を押すだけの毎日は、正直退屈だった。

「喜ぶのは早いぞ。さっきも言った通り、今度の事件はただの事件じゃない。それこそ道警を挙げて取り組むことになる。当分は自分の布団で眠れないことは覚悟しろよ」

「やっぱり署の道場に泊るんですか?」

「親父《おやじ》どもの鼾《いびき》はうるさいぞ。耳栓は用意しとけ」

奈良の言葉はどこまでが冗談かわからなかった。一度帳場が立てば、何ヵ月も家に帰らないことがあるとは聞いていた。だが捜査に加われるならば、そんなデメリットは気にならなかった。

「ありがとうございます。足を引っ張らないように頑張ります」

「気負い過ぎるな。今回はあくまで勉強だ」

奈良が急に真顔になった。

「お前はいずれ本部に戻る人間だ。そして警部に昇進したところで、どこか小規模署の生安か刑事課の課長になって、また本部に戻って数年したら警察庁に出向する。それから警視に昇進して……」

そこで奈良が何か考えるようにいったん言葉を区切った。

「そうだな。やがては道警始まって以来の女性広報課長に就任する、なんてのはどうだ？」

「そんな先のことまで、いまは考えられませんけど」

沢村は笑って言葉を濁した。

だが正直、奈良が口にした未来を、考えてこなかったわけではない。実際これまでの沢村のルートは、そうした将来を想定したものだと聞いたことがあった。

警察学校を卒業した沢村は、他の同期と同じように交番の勤務を経て本部総務課に配属された。その一年後、今度は刑事企画課へ異動となった。

刑事企画課の仕事は、簡単に言えば、刑事事件に特化した事務的作業を行うことだ。例えば証拠物件の運用や管理方法などの各種決めごとを文書化したり、捜査の過程で発生する事故に対応したり、新人刑事の育成や幹部捜査員の研修会をサポートしたりもする。

そんな仕事に不満はなかったし、現場に出るより遥《はる》かに楽で、自分には合っていると思っていた。警察の人事は、意外と個人の適性を見ているようだ。あるいは単に、博士崩れの警察官を現場に出しても役に立たない、と思われただけかもしれないが。

そんな中、転機が訪れる。警部補への昇進が近づいて、そろそろ現場も経験しておいた方がいいだろうという話になったのだ。

その際、刑事課か生活安全課か、選択するよう言われた。大まかに言って、前者は起こった犯罪を解決するのが仕事、後者は犯罪を未然に防ぐのが仕事だ。沢村は刑事課を選んだ。深い考えがあったわけではない。ただ、事件を解決するというのが大学の研究に似ていて、なんとなく面白そうだな、と興味を引かれただけだった。

経済知識に明るいということで、何度か捜査二課の応援に加わった経験もあった。だから漠然と、配属先は所轄の刑事二課あたりだろうと予想していた。

ところが異動先が、強行犯係と呼ばれる刑事一課と聞いた時は何かの間違いかと思った。強行犯係が主に扱う殺人や強盗など、生々しい犯罪現場を目の当たりにすることは、当初全く気が進まなかった。しかもそんな物騒な職場で、いきなり係長という役職を宛がわれて、年上の刑事たちをまとめていけるのだろうか、という不安もあった。

だがいまは、ここへ来て良かったと心から思っている。

「実はいま、少し迷ってるんです。このまま本部に戻らないで、刑事を続けて行こうかなって」

「そりゃまた物好きだな」

「瀧本さんみたいな刑事になりたいって言ったら笑いますか?」

「ああ、笑う」

と言って、奈良は本当に声を上げて笑った。

「瀧さんみたいってそりゃ、なれるんなら俺だってなりたいよ」

「奈良さんはもう十分そうじゃないですか」

「いや、いや」と奈良が大げさに首を振った。

「あの人は特別なんだよ。目指してなれるようなそんなもんじゃない。あの人の凄みはな、ずっと一緒にいた俺だからよくわかるんだ。共に苦労して現場で働いて、それでも俺はあの人の足元にも及ばなかった」

奈良はもう笑っていなかった。

「お前は良くやってる。知識だけならそのうち、俺や瀧さんを追い抜いちまうだろう。だがな、刑事ってのはそれだけじゃ駄目なんだよ」

頭でっかちの博士崩れ。警察に入った当初、沢村のことをそう評する声を何度か耳にした。奈良もそんな風に自分を見ていたのだろうか。

「おい、おい、そんな顔をするなよ。まだ可能性がないとは言ってねえんだから。ただもう少し時間が――」

言いかけて奈良は途中で言葉を切った。

「これはまだ黙ってようと思ったんだが、実は俺も今年動くことになった」

「そんな、どうしてですか？」

「今朝、課長から内々に連絡があった。俺は昇任試験をパスしたらしい」

「おめでとうございます。ついに警部ですね」

「まだ正式決定じゃないから、皆には黙っといてくれよ」

奈良が照れたように頭を掻いた。忙しい仕事の合間を縫って勉強していたことは知っている。だから昇進は嬉しかった。しかし警察官は昇進すれば必ず、異動しなくてはならないのだ。それが少し残念だった。

「それともう一つ。瀧さんも多分、今年の春には動くと思う。一課からはずっと戻って来いと言われてるらしい。そこへこの事件だ。覚悟はしておいた方がいい」

沢村はショックだった。

まだ教えてもらいたいことは山程ある。奈良ばかりか、瀧本までいなくなってしまって、この先は誰に教えを請えばいいのだろう。

「お前が刑事になりたいってなら、俺はもちろん、瀧さんだって協力は惜しまねえさ。だが俺たちがお前に教えてやれるのは後三ヵ月だ」

三ヵ月。そのことを強調するように、奈良が指を三本立てた。

「この三ヵ月でどこまで面倒見てやれるかはわからんが、本気で刑事目指すなら、ビシビシしごいてやるからな。覚悟しとけよ」

そう言って奈良が顔中を皺くちゃにして笑った時、会議室の入り口に人の気配がした。奈良の顔にはっとしたような表情が過《よぎ》った。

振り返った沢村の目にも、亡霊のように青ざめた顔で立つ瀧本の姿が映った。

「よう、遅かったじゃねえか。もう少しで警察に連絡するところだったぞ」

一瞬静まり返った室内に、何事もなかったような奈良の声が響いた。

＊

瀧本と並んで沢村は車まで戻った。沢村たちが乗ってきた車は奈良のために残し、二人は課長の根津を送って行くよう言われた。

エンジンをかけた車内で、根津はまた電話をしていた。中に入っていいものか躊躇《ちゅうちょ》したが、瀧本が構わずドアに手をかけたので、沢村も助手席側のドアを開けた。

「――いいえ、まだそうと決まったわけではありません。ですがこっちは、明日本部が立つ予定で動いてますんで。はい、よろしくお願いします」

根津が電話を切った。

「署長からだよ。まったく、同じ話を何度もしつこいったらない」

署長としては、できれば捜査本部は立てたくないというのが本音だろう。おかしな話だが、事件が起こった所轄では、本部に対して、ご迷惑をおかけして申し訳ないといった対応になるのだ。その上、本部からやってくる捜査員たちの経費は所轄持ちだ。

瀧本がヘッドライトを点《つ》けた。前方に誘導の制服警官の姿が照らし出される。

「おい、沢村。瀧さんに運転させるのか」

根津の呆《あき》れたような声が飛んできた。階級は沢村が上でも、勉強中の身の上では沢村が運転するのが当然だろう、というのが根津の考えだった。

「すみません。冬道は苦手なんです」

「ったく、しょうがないな」

「いいんですよ、課長。この人には今度の捜査で借りを返してもらいますから」

瀧本がフォローした。

「そのことだが……」

根津が言葉を選ぶように続けた。

「本部が立てば事件はこっちの手を離れる。俺たち所轄の刑事は、本部の言った通りにしか動けないぞ」

「わかってます。俺だって本部にいた時は、所轄の連中に口出しはさせませんでした。ちゃんと心得てますよ」

「それならいいが――」

根津の話の途中で、また電話が鳴った。

「くそ、今度は一課長からだ」

忌々しそうに呻いて、根津が電話に出た。

「はい、根津です。お疲れ様です――」

同じ課長と言っても、所轄のそれは警部で本部の捜査一課長は警視だ。根津の声にも緊張が混じっている。

「はっ、おっしゃる通り、ガイシャの身元について、未《ま》だ確信的なことはわかっていません。しかしうちの瀧本が間違いないと言っておりますので――はい、瀧本巡査部長です」

根津が瀧本の名前を出した途端、相手の反応が変わったのが、沢村にも伝わってきた。

二〇一八年一月十日付　道日新聞朝刊　一面
『DNA鑑定で確定　遺体は四年半前の誘拐被害女児』
四日に札幌市南区の会社倉庫から発見された女児の遺体について、北海道警察本部は、

DNA鑑定の結果、二〇一三年に誘拐され、その後行方不明となっていた島崎陽菜ちゃん(当時三歳)であることを明らかにした。誘拐事件詳細は社会面を参照。

二〇一八年一月十二日付　道日新聞朝刊　社会面

『道警　蘇る四年半前の失態　火消しに躍起も高まる批判』

受け渡し場所の人員配置を完全に誤った、と当時の捜査関係者の一人も語るように、陽菜ちゃん誘拐事件の捜査に関しては、幾つものミスが指摘されている。また、早々に渡瀬の単独犯行と断定した経緯にも疑問が残る。この件について道警本部は、当時の捜査に誤りはなかったとコメントしている。

＊

札幌西の町署管内にある西町一番交番は、目の前を北海道道一二四号線が走り、飲食店や遊興施設が多く建ち並ぶとあって、人通りも少なくなかった。盛り場ではないので、喧嘩《けんか》や酔客の揉め事などはほとんどないが、落とし物や自転車などの盗難届の対応は忙しく、来訪者も多い。

日中は三人体制で、所長の警部補と巡査部長一人、巡査長一人が所属していた。警部補と巡査長はそれぞれ巡回に出ており、いまは巡査部長の榎田《えのきだ》が、一人で当番にあたっていた。

そこへ、近くのバス停でバスを降りてきたばかりの、高齢の女性が個人クリニックへの道順を尋ねに来た。

榎田は、この交番に異動になって二年目。道案内は手慣れたものだった。

「この道をまっすぐ行くと、角にガソリンスタンドがありますから、そこを左に曲がってください。少し行くと、すみれ幼稚園がありまして、今度はそこを右に曲がります。そしたら友坂《ともさか》クリニックの看板が見えますから」

大きく、ゆっくり言葉を区切って伝える。新人の頃は高齢者にも早口で道案内して、伝わらないことが何度もあった。いまでは相手の年齢に応じて、言葉遣いや声のトーンを変えることも覚えた。

老婦人は榎田に何度も礼を言って、ガソリンスタンドに向かって歩き始めた。足が悪いのか杖《つえ》をついている。冬の足元の悪い道は辛そうだ。

警察官になって十年、ずっと地域課勤務だ。入った当初は刑事に憧れを抱いたが、交番で直《じか》に地元の人たちと触れ合ううち、この仕事の方が自分の性に合っていると気づいた。

榎田は念のため、老婦人がガソリンスタンドの角を曲がるところまで見送っていた。そこへ雪を踏みしめる足音が聞こえて振り返った。

巡査長の藤井《ふじい》が巡回から戻ってきたところだった。

「お疲れ様」

榎田の声を無視して、帽子を目深に被《かぶ》ったまま、藤井は無言で交番に入った。

藤井は榎田より年上だが、訳あって昇進が遅れていた。交番所長の警部補はいつも藤井に気を使っていた。榎田も藤井の様子を気にかけるよう言われている。

そんなこともあって、いつもなら榎田もすぐに交番内に戻って、何かあったのかと藤井に声をかけているところだった。

だがこの時、ガソリンスタンドの角まで行った老婦人が、ちょっと迷うように立ち止まり、榎田の方を振り返るのが見えた。

「そこ、左です。ひ、だ、り」

大声を出し、手振りで左に曲がるように伝えた。再び老婦人が頭を下げ、左に曲がったのを見届けて榎田は交番内に戻った。

藤井の姿がない。巡回から戻ってすぐ休憩かよ。榎田は交番の奥を軽く睨んだ。

交番の奥は休憩室になっている。交番の勤務は基本二十四時間で、警察官たちは交代で食事をとったり、休憩したり、仮眠を取ったりするのだ。

「ったく、勘弁して欲しいな」

と声に出してぼやいた時、ふと藤井の戻ってきた様を思い出した。挨拶もせず、目も合わせず、榎田の存在さえ気づいていないようだった。

「藤井さん、どこか具合でも悪いんですか」

不意に嫌な予感がして、榎田は休憩室の外からそっと声をかけてみた。

休憩室には食事をしたり、書類作成をしたりするための長テーブルが一つ置かれている。そのテーブルの上に今朝の道日新聞の朝刊が載っていた。

陽菜ちゃんが遺体で発見されたニュースは一面にこそ載らなくなったが、毎日のように社会面で特集が組まれていた。道日新聞では大々的キャンペーンを張って、陽菜ちゃん誘拐事件における道警の不手際を追及する気のようだ。

藤井は新聞を手元に引き寄せると、震える手で紙面を捲《めく》った。

『犯人死亡は手柄を焦った若手捜査員の失態か』

うつろな目でそのページを凝視していた藤井の手が、静かに腰のホルスターに伸びた。分厚い防寒着と耐刃防護衣が邪魔をして、ホルスターの留め金を外すのに苦労する。

ようやくホルスターから拳銃を抜き取り、自分の喉元に宛がう。冷たくて硬くて重い。こんな重くて邪魔くさいものを、よくも毎日腰にぶら下げていたものだと思う。

小さく笑みが零れた。警察学校時代の射撃訓練で教官の一人が言った。

「お前たちが拳銃を抜くのは、これで最後かもしれん」

実際その通りだ。交番勤務の警察官は基本的に拳銃を携行する規則になっているが、発砲することはほぼ無いと言って良かった。撃つ時には処罰も覚悟せよ、と忠告した教官もいた。それを聞いた同期は、撃っちゃ駄目なら持たせなきゃいいじゃんかよ、とぼやいた。

処罰か。じゃあ、俺にはどんな処罰が下されるというのだろう。

視線が空をさまよった。昨年の十月にこの交番に異動となって、ようやく周囲の地理にも明るくなってきたところだった。あともう少し頑張れば、同僚の榎田のようにすらすら道案内もできるようになるはずだ。

あと少し、あと少しだったのに。あの時もっと――。

あの男を摑んでいた手が震えた。藤井はその手で安全装置を外し、指を撃鉄にかけた。

「本当に申し訳ありませんでした……」

呻くように呟いた次の瞬間、引金にかかった指に力がこもった。


声をかけても中から藤井の応答はなかった。胸騒ぎがして、榎田がドアノブに手をかけた時だった。凄《すさ》まじい轟音《ごうおん》と共に鼓膜が激しく振動し、咄嗟に両手で耳を覆った。

発砲音か。いや、まさか。この交番で銃が発砲されることなどあり得ない。

拳銃の発砲音を聞くのは警察学校での射撃訓練以来だった。だから確信が持てなかった。と言うより認めたくなかった。なぜならあれが銃の発砲音だとすれば、発射されたのは間違いなく休憩室の中からだ。中にいるのは藤井一人。まさか、そんな……、そんなはずはない。

耳鳴りが消えないまま、榎田は必死で嫌な考えを振り払い、震える手でドアを開けた。凄絶《せいぜつ》な光景が広がっていた。

「そ……」

絶句し、思わず後ずさりした後、榎田はその場にへたり込んだ。藤井が休憩用の椅子に座り、頭をがっくりと後ろに仰《の》け反《ぞ》らせている。顔面は血だらけだった。部屋中に何かを焦がしたような臭いが充満している。

後ろの壁に飛び散った茶色い物は脳髄だろうか。榎田の胃の奥がきりきりと痛み、激しい収縮を始める。

「はっはっ……」

榎田は忙《せわ》しない呼吸を繰り返し、警察官としての本能を必死にかき集めた。肩の無線機を取り上げ、上ずった声で叫ぶ。

「し、至急、至急。西町一番交番から西の町ＰＳ。交番内にて発砲事件発生。警察官一人負傷。至急応援要請願います」

＊

交番内で警察官が拳銃自殺を図ったというニュースは、しばらく世間の関心を集めたが、間もなく人々の記憶から忘れ去られていった。

そしてそれからさらに三ヵ月が経った二〇一八年四月、陽菜ちゃん誘拐事件と死体遺棄事件を捜査していた捜査本部が、ひっそりと解散した。

事件はまたしても未解決に終わったのだった。

二

一年半後。北海道警察札幌方面創成署。

北海道の短い夏は駆け足で過ぎ去っていった。十月に入ると、まるで秋を飛び越してしまったかのように、あっという間に季節は進み、朝晩はコートが必要になってきた。

創成署は札幌市大通《おおどおり》に位置し、道内に六十六存在する警察署の筆頭署だ。札幌駅周辺、大通、ススキノといった札幌の主要なビジネス街、歓楽街を管轄に持ち、その規模も犯罪発生件数も、中南署とは比較にならなかった。

沢村は二〇一八年の四月にここの生活安全課防犯係に異動となり、今年の十月でちょうど一年半が経ったところだった。

中南署はここより時間の流れ方が緩やかだった。いまでも時々、そのことを懐かしむことがある。手垢《てあか》のついた階段の手摺《てす》りや、開け閉めの度に軋む会議室のドア、空調の効きの悪い刑事部屋と、それに悪態をつく奈良。その傍らでは瀧本が、寛《くつろ》いだ様子で将棋雑誌を読《よ》み耽《ふけ》っていた——。

だが奈良と瀧本はもうあそこにはいない。奈良はあの春、つつがなく警部に昇進して異動となった。そして奈良が予言した通り、瀧本も異動となった。二人はいま、揃って捜査一課で働いている。名コンビ復活というわけだった。

沢村だけが一人、蚊帳の外に取り残された格好だった。

創成署生活安全課防犯係係長を命ず。そんな内容の辞令を受け取った時は、まさかという思いだった。いずれ本部に戻るだろうという奈良の予言は、沢村に関しては外れたということだ。

創成署は道警の筆頭署だ。中南署からの異動なら栄転と言っていい。だがなぜ刑事ではなく生安だったのか。

生安が刑事より格下ということではない。むしろいまの若手警察官の人気は、生安の方が高いのだ。

しかし沢村には、刑事としての仕事の面白さに目覚め、これからというところで急に梯子《はしご》を外されたような思いが強かった。

なぜ創成署の刑事課ではなかったのか。

しかし人事の都合など、いくら考えても答えなどわかるはずもなかった。

沢村はため息を呑み込み、生安という新たな仕事に没頭することで、心に溜《た》まったもやもやをやり過ごそうとしていた。

創成署の生活安全課は課長の戸川寛治《とがわかんじ》を筆頭に、経済係、保安係、少年係、防犯係と四つの係に分かれて、それぞれに係長が置かれていた。

経済係は悪徳商法や不法投棄、保安係は風俗犯罪、少年係は少年にかかわる犯罪、そして防犯係は文字通り、犯罪の発生を未然に防ぎ、市民への防犯対策の指導、強化などに加えて、DVやストーカー事件、児童虐待への対応を行う係だった。

防犯係のメンバーは、係長の沢村、巡査部長の足立《あだち》、巡査長の深田《ふかだ》、そして今年配属されたばかりの寺島《てらしま》の四人で構成されている。足立以外は全員女性だったが、それはたまたまだ。しかし道警が昨今取り組む、『女性活躍』というスローガンには相応しい構成だった。

深田の隣の席に、寺島が神妙な顔で座っていた。アイラインやマスカラで目元を強調し、唇にはピンク色のグロスが光る。だがその頬が薄っすら紅潮しているのは、チークを入れ過ぎたせいばかりでもないようだ。

「まず報告書の文章はもう少し簡潔にすること。そして語尾は、です、ます調じゃなく、だ、である調で書くこと」

「はあ」

深田の言葉に寺島は曖昧な顔つきで頷いた。内心、どっちでもいいじゃないか、とでも思っていそうだ。軽くウェーブのかかった髪は黒よりワントーン明るい色に染められて、バレッタで後ろに束ねてあった。先日、勤務中は髪をまとめておくように、と深田に注意されたからだ。

寺島とは対照的に、深田の化粧は薄くボーイッシュな見た目で、高校時代の学級委員長を思わせる。警察官としても模範的で、仕事に対しても熱心過ぎるくらいだ。一児の母親であり現在は二人目を妊娠中の深田は、産休に入るまでの間、寺島の教育係を買って出ていた。

「前にも言ったけど報告書は作文じゃないの。個人の感想はいらないから」

深田の言葉で、沢村はさっき読んだばかりの寺島の報告書を思い出した。

『とっても恐《こわ》いと思いました。このような犯罪は二度と起こって欲しくありません。だから厳罰を望みます』

あれでは確かに作文だ。

「でも、報告書の最後には警察官としての意見を書け、って習いましたけどお」

「こういう場合の意見ていうのはね――」

沢村は深田を信頼して、寺島の教育に口を挟まなかった。こういうしっかり者の部下がいると、自分の仕事に専念することができる。

もう一人の部下の足立は、会議室で相談者の相手をしているところだった。

生活安全課には市民からの苦情、相談が持ち込まれることはしょっちゅうだ。しかし大抵の相談ではわざわざ会議室ではなく、部屋の空いている席や打ち合わせスペースで対応する。

その日訪れてきた年配の男性の相談も、よくあるご近所トラブルの類だった。男性を空いた席に座らせ、しばらく話を聞いた足立は、警察が乗り出す事案ではないことをやんわりと伝えた。その時だ。いきなり男性が激昂《げきこう》したのだ。

「警察は市民の味方じゃないのか！」

男性は拳を震わせ、目を血走らせていた。

しかし足立はこの手の相談者には慣れたもので、男性を宥《なだ》めながら、会議室へ移ることを促した。そこで改めてお話を伺いましょう、あなただけ特別ですよ、といった具合だ。

あれから随分経つ。男性の興奮が収まったかどうかはわからないが、巡査部長ともなれば少々のトラブルは一人で対応できるはずだ。特に心配はしていなかった。

今日はもう、急ぎで片付けなければならない仕事はなかった。ちらっと背後に目をやった。

課長の戸川はまだ席を外していた。

以前の配属先だった中南署刑事一課課長の根津は部下の裁量を重んじるタイプだったが、戸川は部下の些細《ささい》な行動にも神経を尖《とが》らせる一面があった。

だからいま沢村が気にかけている案件についても、できる限り戸川に知られないようにする必要がある。

沢村は机の引き出しから紙袋を取り出した。

「隣にいる」

深田に断って、沢村は席を立った。

隣とは、廊下を挟んで向かい合わせにある刑事部屋のことだ。部屋は生安よりも広いが、刑事一課、二課、三課に加えて、組織犯罪対策課、薬物銃器対策課の五つの課が一つのフロアに押し込められているので、狭苦しいことこの上なかった。その上、生安に比べると女性警官の比率が低いせいか、大学の学生寮のような猥雑《わいざつ》な空気が充満していた。

刑事課と生活安全課の大きな違いは、前者が刑法犯を扱うのに対し、後者は刑法犯を除いたほぼ全ての犯罪を扱う点だ。とは言え、事件によっては二つの課が協力して捜査することもあった。

いま沢村が気にかけているのも、そんな事件の一つだった。

通称、天狗岳《てんぐだけ》事件と呼ばれるこの事件は、今年の春に沢村たち生安が行った、ススキノの違法風俗店の取締りがきっかけで発覚したものだった。

その風俗店のオーナーは元ホストの芳野栄太《よしのえいた》という男だったが、捜査の過程で芳野が未成年の少女たちを使って、管理売春を行っていた事実が判明した。

芳野のマンションを家宅捜索した警察は、そこで工藤文江《くどうふみえ》という女性と、宍道冬華《ししどうふゆか》という十六歳の少女を保護する。

工藤は当初、自分も被害者であると供述していたが、念のため前歴を調べたところ、芳野に犯歴はなかったが、工藤には非行歴があることがわかった。

未成年で補導された場合、成人になればその記録は抹消される。しかし非行歴はれっきとした前歴であり、記録は抹消されずに残る。

工藤文江は十三年前、十七歳だった時に、傷害致死のほう助罪で起訴されていたのだ。

沢村はまっすぐ刑事一課の島に近づいて行った。目的の人物は不器用そうにパソコンのキーを打っていた。それが刑事一課強行犯係の係長、小森《こもり》だ。

「おう、お疲れ」

沢村に気づいた小森が顔を上げ、掛けていた眼鏡を頭の上にずらした。短く刈られた頭には既に白いものが混じって、実年齢より老けて見える。

「例のあれだろう。そこに置いてある」

小森がペンで、空いている隣の机の上を差した。そこに捜査資料のコピーが置いてあった。

沢村は礼を言いながら、小森の机の上に用意してきた紙袋を置いた。紙袋の表面には『あまとう』と印刷されている。

「どうぞ」

「お、あまとうじゃないか。小樽に行ってたのか」

「先週、妹が」

あまとうは小樽に本店を構える、北海道の老舗《しにせ》洋菓子店だ。あまとうの袋に目を輝かせた小森は大の甘党で、酒はからっきしなのだ。しかも四十代半ばを過ぎ、糖尿病を心配する妻からは甘いもの禁止令が出されているらしく、だいぶストレスが溜まっているようだった。

沢村は傍らの椅子を引き、捜査資料のコピーに手を伸ばした。ファイルの表紙には、『江別《えべつ》女子中学生リンチ殺人事件』とある。

小森は早速、袋を開け、マロンコロンというあまとうを代表する焼き菓子を取り出した。

「この十三年前の事件と今回の天狗岳の事件、酷似してると思いませんか？」

「例えば？」

沢村は小さくため息をついた。小森がわざと察しの悪いふりをしているとわかったからだ。強行犯係の係長ともなれば、そうそう自分の本音は漏らしてくれないものだということをうっかりしていた。

沢村は刑事課と協力して、芳野と工藤の取り調べを行った。その時問題となったのは、工藤と一緒に保護された少女、宍道冬華の全身に酷い暴行の痕が見られたことだった。

工藤は知らないと白を切り通したが、芳野の方があっさりと自分がやったと自供した。だが彼の供述はそれに留まらなかった。

冬華の暴行だけでなく、もう一人、奥村《おくむら》まどかという少女を暴行し殺害し、その遺体を遺棄したと自白したのだ。

そこで事件は急展開した。創成署に捜査本部が立てられ、事件は捜査一課主導で捜査が進められることになった。

そして今年七月、芳野の供述通り、札幌市南区にある定山渓天狗岳山中から、奥村まどかの遺体が発見されたのだ。検視の結果、死後およそ五ヵ月が経過していることがわかった。

捜査本部の捜査と並行して、生活安全課では管理売春の罪と、顧客たちに対する児童買春罪の適用に向けて捜査が進められた。

保護された少女たちの話により、売春グループの全容が明らかになった。ススキノのマンションの他に三ヵ所のアジトがあり、少女たちが共同で暮らしていた。多い者では一ヵ月に百人以上もの客を取らされ、稼ぎは全て芳野たちに巻き上げられ、少女たちの行動は厳しく制限されていた。

「今回の事件も十三年前の江別の事件も、少女たちは売春を強要され、互いに監視させられ、挙句、凄惨なリンチで殺されています。この両方に工藤文江の名前が登場するのは、単なる偶然でしょうか」

「単に被害者体質ってやつじゃないか。せっかく恋人のDVから逃れたのに、次の恋人もまたDV野郎だったとかな」

「被害者体質と言うなら芳野はどうですか。親に虐待を受け、家を出てススキノで働き始めてからも、職場の人間に苛《いじ》められたそうですが」

「それなら文江だって相当なもんだぞ」

小森が文江の生い立ちを話した。まだ幼い頃に母親が家を出て行き、父親と実の兄弟たちから性的虐待を受けた彼女は、中学に入った頃には売春を強要されるようになっていた。何度か児童相談所に保護されたが、結局親元に連れ戻され、地獄のような毎日が繰り返されたのだと言う。

「そんな女が自分と同じような境遇の少女たちに、売春を強要したり、暴行したり、挙句殺してしまう。そこまで酷いことができるとは思えないな」

「虐待の連鎖ということもありますよ」

虐待の連鎖とは、自分も過去に虐待を受けていた者が後年、自分の子や他人を虐待して加害者になってしまうことだ。

「それなら芳野にだって可能性はある」

議論が堂々巡りになってきた。沢村はもう一つの注目点を提示した。

「それじゃ、少女たちを管理していた方法はどうですか」

少女たちは売春を始めた時期や稼ぎによって、幾つかにランク分けされていた。ボスと呼ばれる大人たちの下に中ボスと呼ばれる少女がいて、その下にリーダーと呼ばれる少女たちが一人から二人の少女を管理していた。グループは仲間内で凄惨なリンチを行い、脱落者が出ないよう互いに監視しあっていた。だからこそ二人の大人だけで少女たちを管理することができ、長い間、事件も発覚しなかったのだ。

「率直に言ってこんな方法、あの芳野が思いつけますか」

沢村の話を聞きながら、小森はマロンコロンを頬張っていた。マロンコロンはサブレを三枚に重ねた焼き菓子だ。小森はゆっくりと口の中でお菓子を味わうと、「なるほどな」と言った。

それは焼き菓子の味に対してなのか、沢村の話に対してなのか。小森はとぼけたところがあってよくわからなかった。

「その資料の最後の方に、当時担当だった刑事の意見書がある。読んでみろ」

沢村が資料の最後の方を探した。検察に事件送致する際、担当警察官は『犯罪の事実及び情状等に関する意見』を添える。とはいえ文言はある程度決まっていて、ここに書かれた意見が特段量刑に影響するわけでもなかった。それでも稀《まれ》に、よほどの凶悪事件や捜査員の思い入れの強い事件では、その思いがここに表れることがある。

『被疑者は未成年であり、今回はほう助という形で罪に問われることになったが、その狡猾《こうかつ》さや悪質性、凶暴性は成人のそれと変わるところなく、殊に被害者へ加えられた執拗《しつよう》な暴行に対する加虐性については、他に類を見ないものである。よってほう助という言葉に惑わされず、犯行のかなりの部分において主体的であった可能性を十分に考慮し、量刑の判断とされたい』

かなり激しい言葉だ。これを書いた捜査員は、工藤文江の事件への主体的関与を確信していたのだ。

「それを書いた人は当時、一課にいた人で、俺が刑事見習いだった時の指導係だ。いまは退職して函館《はこだて》に住んでる。さっき電話で事件のことを聞いてみた」

小森の手が二つ目のマロンコロンに伸びた。

「十三年前の事件では本部も当初は、二十歳の男を主犯格として捜査を進めていた。だが捜査員たちはこの男の取り調べの最中、ある違和感に気づいたそうだ」

「違和感……」

「言葉は悪いがかなりとろい男だったと言うんだ。調べてみるとそいつは中学生の頃から落ちこぼれで、ろくに読み書きもできないようだった」

「ボーダー……」

沢村は思わず声を漏らした。ボーダーは境界知能とも呼ばれ、知的障害者には分類されない者たちのことだ。本人も周囲の大人たちも気づかないまま、特別な訓練を受ける機会も与えられず、社会から孤立していく者たちが多かった。

「売春グループの管理方法は極めて巧妙だった。こんな方法を思いついた人物は相当賢くて、悪知恵も働くはずだ」

「その男には無理ですね」

そして多分、今回正犯と目されている芳野にも難しいだろう。沢村は芳野を取り調べる中で、彼の幼稚さや愚鈍さに気づいていた。

「少なくとも捜査員たちはそう思った。だが同時にこうも思ったそうだ。あんな凄惨な殺しは大人の男にしかできないはずだ、と」

手元の資料には、鑑定書のコピーもあった。被害者の少女は肋骨《ろっこつ》と両手の指が折られ、顔は激しく殴られて、複数の陥没骨折が見られた。栄養状態は極端に悪く、亡くなった時の体重は二十キロ台だった。その結果死因は、栄養失調による多臓器不全と結論付けられて、正犯の男の殺人罪の起訴は、見送られる格好となった。

「それで文江については、なんと言ってたんですか」

「大したタマだったそうだ。自分は被害者だと訴え、涙ながらに嘘を吐く。だがその嘘がバレると堂々と白を切り、誤魔化し、泣き始めた。だがそれも通用しないとわかった途端、捜査員たちを脅かし始めた。裁判になったら取調室でレイプされたと訴えてやるとか、自分には大物の弁護士がついていて、その先生に頼んでお前たちを警察にいられなくしてやる、といった具合だったそうだ」

小森はズボンのポケットからティッシュを取り出し、口と指先を拭った。

「だがそれはただの脅しじゃなかった。他の少女たちが時間と共にぽつぽつ事件について話し始め、文江を本格的に取り調べようかってなった時だ。突然、上から待ったがかけられた」

「一課長からですか」

「いや、もっと上だ。本部長に近いサイドだったという話だ」

「買春行為に政治家でも絡んでいた、というんですか」

「その程度じゃ一課は手を引かない。問題は兵頭百合子《ひょうどうゆりこ》だよ、知ってるだろう」

「あの弁護士の？」

小森が顎を引くように頷いた。

また兵頭百合子か。沢村は顔をしかめた。

兵頭は有名な人権派の弁護士であり、子供や女性など社会的弱者と呼ばれる人々を保護する活動家としても知られている。

そして沢村とは過去に少なからぬ因縁のある女性だった。が、向こうは恐らく知らないはずだ。

「文江はあくまで被害者であり、それを被疑者のように取り調べるのは警察の横暴だ、とかなんとか。兵頭百合子と道日新聞が手を組んで、大々的にぶち上げたんだ」

「でも道日がバッシング記事を掲載したくらいで、どうして手を引く必要があったんですか」

道警と道日新聞の対立は珍しくもなかった。過去に道警が起こした裏金事件や大熊《おおくま》事件など、警察の不祥事の度に、新聞は世論を警察批判へ誘導するような記事を書いてきた。しかしそれでも、記事の内容が事件捜査そのものへの圧力になるとは考えにくかった。

「タイミングが悪かった。その年、五稜郭《ごりょうかく》署の若い警察官が、未成年相手にレイプ事件を起こした。覚えてないか？」

当時まだ警察官ではなかった沢村は、その事件を知らないと答えた。

「問題は五稜郭署の上の方が、それを隠蔽しようとしたことだ」

小森が複雑な顔をした。五稜郭署では当時、捜査の早い段階で、容疑者リストにこの警察官の名前が挙がっていた。しかし上層部はそれを隠し、捜査そのものを打ち切ろうと画策していたことが発覚したのだ。

「その後、当時の道警本部長は連日の様に議会に呼ばれて、この点の追及を受けることになった。その急先鋒《きゅうせんぽう》だったのが、当時道議会議員でもあった兵頭百合子だ。兵頭曰く、警察が身内を庇ったのは言語道断である。加えて被害者は若い女性であり、事件捜査そのものをないがしろにした行為は女性蔑視以外の何物でもない、とこんな調子で本部長をつるし上げにかかったわけだ」

道警本部長はキャリアのポストだ。将来の警視総監候補と呼ばれる者が就くことでも有名だった。

「さらに兵頭は、警官によるレイプ事件と文江の事件を結び付けて、警察は今度も若い一人の女性に罪を被せ、組織ぐるみで女性差別を行おうとしていると言い始めて、反差別キャンペーンまで展開した」

「そんなの単なる詭弁《きべん》じゃないですか。それに被疑者が未成年だろうと女性だろうと、罪を犯した可能性があれば取り調べるのが警察の仕事じゃないですか」

「そりゃ理想だ」

小森が皮肉っぽく笑った。

「だが差別だと道議会で糾弾されて、上層部は怖気《おじけ》づいた。あくまで噂だが、その後兵頭との間で、文江への追及を行わない代わりに、道議会で本部長を糾弾しない、という密約が交わされたらしい」

つまり道警は将来の警視総監候補のキャリアを守る代わりに、文江の捜査からは手を引いたというわけか。

「それでも現場の捜査員たちは共同正犯にできないか、最後まで上に掛け合ったようだが無駄だった。誰が正犯だろうと事件さえ決着すれば、警察上層部も検察も損はないからな」

そして事件は、二十歳の男を逮捕監禁、死体遺棄及び傷害致死罪で起訴するとして決着した。文江については、傷害致死のほう助罪に留められた。そしてそれが、意見書における担当刑事の激しい文言に繋がったというわけだ。刑事としては最後の望みを司法に懸けたとも言えるだろう。

しかし裁判の結果は、男に懲役十一年が言い渡された一方、文江は未成年だったこともあり、保護観察付執行猶予という甘い処分が下されたのだ。

「本部は今回も工藤を従犯にするつもりですか」

「それが妥当だろう」

「でも――」

反論しようとして、小森に手で制された。

「確かに以前は、弁護士先生の横やりも入った。だが要は工藤文江を正犯にできるほどの証拠は出なかったって話だ。今回も同じだよ。怪しいってだけじゃ、どうにもできない」

小森は名残惜しそうに、マロンコロンの最後の一口を頬張った。

「十三年前の事件で正犯だった男の居所、調べられませんか」

懲役十一年の判決ならもう出所しているはずだ。当時は口を噤《つぐ》んでいたが、いまなら話せることもあるかもしれない。

「そいつなら死んだよ。判決が出て拘置所から刑務所に移される直前、自分の着衣を首に巻き付けて自殺したんだ」

沢村は思わずため息を漏らした。

「もういいじゃないか。俺たちがどうこう言ったところで、本部の方針が変わるわけじゃない」

捜査本部が立った事件で、所轄の刑事課の意見は通らない。それは本部が上で所轄が下という話ではない。捜査本部が立った時点で、事件は本部の物となるのだ。所轄の役割は場所と人を貸すこと。

沢村もそれは十分心得ていた。だがこのまま文江を見逃すのではなんとも口惜《くや》しい。

「何か方法はないですか」

「何かってか……」

マロンコロンの包み紙を弄《もてあそ》びながら、小森はしばらく考え込んでいた。口では諦めろと言いつつ、決して邪険にもしないところに小森の人の良さが表れている。

「例えば……」小森は何か口にしかけた。だがすぐに「いや、駄目だ、駄目だ。この話はもう終わり。はい、解散」

小森は包み紙をゴミ箱に捨て、パソコンでの書類作成に戻ろうとした。

「何かあるなら教えてください」

ない、ないと小森が顔の前で手を振った。沢村は奥の手を出すことにした。ポケットに隠し持っていたもう一つのマロンコロンを、小森の前にちらつかせた。

「どうぞ。数量限定のあんずジャム入りです。小樽の本店でしか買えないそうですよ」

「なんだと……」

パソコンの画面とマロンコロンと、小森の視線が忙しなく往復する。小森の弱い自制心が、徐々に崩壊していくのが見えた。

「糖質が気になるなら、夜の炭水化物を減らせばいいんじゃないですか」沢村が駄目を押した。「あと食事の前に食物繊維を摂《と》ると、血糖値の急上昇が抑えられて、体にいいらしいですよ」

小森が唸るような声を上げた。そして「くそ」と呟くと、差し出されたマロンコロンに手を伸ばし、やけくそのように食べ始める。

「あの子、なんて言った、殺しの現場にいたとか言う……」

「宍道冬華」

「その子が証言すれば話は別だ。でも未だだんまりなんだろう」

宍道冬華は保護された当初、栄養状態が悪く、全身に殴打の痕もあった。幸い命には別状なかったが、沢村たちの取り調べに何も答えず、まどか殺しについても沈黙を守っている。もしあの少女の口を開かせることができたら、文江の殺人への関与を立証できるかもしれない。

ヒントをくれた礼を言って、沢村は席を立った。

「ちょっと待て。まさかお前が話を聞きに行くつもりじゃないよな。これは刑事事件だぞ」

「でもこっちにも、児童買春罪の捜査がありますから」

本当なら生安にも文江や芳野の取り調べをする権利があった。しかし事件の重要性から、管理売春や児童買春罪についての取り調べも、捜査本部の刑事が併せて行うという指示があり、沢村たちは取り調べの立ち会いさえ許されなかった。それならせめて被害者であり、事件の参考人でもある宍道冬華と話をするくらいは許されるはずだ。

という沢村の理屈に小森は「ったく、ああ言えばこう言う」とぼやいた後で、不意に真顔になった。

「沢村。一応、忠告しておく。こっちの事件にあまり首を突っ込みすぎるな。俺は気にしないが、いい顔をしない連中だっている」

真面目な顔をしているが、片手に食べかけのマロンコロンを持った状態で言われても、いまひとつ伝わってくるものがなかった。

「わかりました。気を付けます」

とりあえずそう答えて、沢村は刑事部屋を後にした。

中南署と比べてこっちの刑事課は人数も多く、いろんな人間がいた。当然中には、沢村をよく思わない者たちもいるだろう。

筆頭署の刑事課というプライドがあるのか、生安の人間にあれこれ口を出されたくないという者がいるのも理解できる。沢村だって、自分たちの仕事に刑事課が口を出してきたら面白くはない。

だが工藤文江の件は、どうしてもこのままにはしておけなかった。

生安に異動して一年半が経つ。生安の仕事には大分慣れたが、一つだけ慣れないことがあった。それは手掛けた事件の解決までを、自分の目で見届けられないということだ。

今回のように生安の捜査から事件化しても、刑法犯の場合は刑事課に捜査が引き継がれる。警察の制度上そういうものだとわかっていても、やはり結果が気になった。

いまの感情はあの時に似ている。陽菜ちゃん事件――。

沢村はある事情から、その事件の途中で捜査本部を外された。それから間もなく異動の辞令が下りたのだ。

沢村にとっては、事件が未解決に終わったということより、途中で捜査から外されたことにもやもやが残った。

だから納得できないまま、終わりにしたくなかった。

小森には忠告されたが、やはりあの少女、宍道冬華に会いに行って来よう。そう決めた。

部屋に戻ると、足立の姿が見えた。サイドと襟足だけを短く刈り上げたいま風の髪型をして、見た目は爽やかな好青年風だ。中身もまあまあと言ったところか。

「相談者は？」

「さっき帰りました」足立が苦笑交じりに答えた。「警察は弱者の味方じゃないのかって、それはもう凄い剣幕でした」

「相談の内容は？」

「いつものご近所トラブルですよ」

「今度は何。お隣の猫に覗き見でもされた？」

「惜しい。猫じゃなく犬です。それと飼い主の男性。犬の散歩中、庭をじろじろ見てったとかなんとか」

「実際どうだったの？」

「話を聞く限り、犬とその飼い主の男性は普通に散歩してただけだと思いますよ」

やっぱりね、と沢村はため息を漏らした。

基本、警察は民事不介入だ。しかも犬の散歩中の男性に、庭を覗かれたというだけでは民事でさえないだろう。

とは言え、そのくらいでいちいち相談に来るな、と邪険にもできなかった。万が一にでも、その犬の散歩中の男性に悪意があって、相談者が傷つけられた場合、せっかく相談に訪れていたのにその兆候を見逃したのか、とこちらの対応を責められかねない。もっとも今回の件は、ほぼそうなりそうにない案件ではあった。

「一応、フォローはお願いね」

「また同じ男性に覗かれたら、連絡してくれとは言ってあります」

足立は心得た様子でそう答えた。

問題の男性は、月に一回程度のペースで相談に訪ねてきては、隣近所のゴミ出しのマナーや近頃の若者に対する不満、政治家への文句など一時間以上にも亘ってぶちまけて帰る。しかも毎回足立を指名するのだ。だから足立も男性の扱い方は慣れたものだった。

あの男性は恐らく話し相手が欲しいのだ。

沢村にも一人、そんな相談者がいる。引きこもりの息子の対応に困って訪ねてきた年配の女性は、やはり月に一度程度の割合で、沢村の元にやってくるのだった。

何度か行政のひきこもり地域支援センターや、ＮＰＯ法人なども紹介してみたが、女性は乗り気ではないようだった。

そして相談を受けるうちに、女性は話し相手を欲しがっているのだと気が付いた。

警察は市民の味方とは言え、よろず相談所ではない。事件性もなく、まして相談者側がこれと言って解決を望んでいない状況で、これ以上相談を受け続ける必要もない。そう割り切っても良かった。

だがどこで線引きすべきなのか。そこが難しいところだった。

例えば相談を打ち切った翌日、引きこもりの息子が年老いた母親を手にかけないという保証はない。結局、定期的に相手の話を聞いて、状況に変化がないかどうか確認するのも警察の仕事なのだ。

「難しいっすよね。どこで線引きするかなんて」

足立も沢村と同じことを考えていたのか、報告書を入力する手を休めてぽつりと呟いた。

「正直言うと俺、あの人嫌いじゃないんですよ」

あの人とは、相談者の男性のことだろう。

「だからあの人が相談に来なくなったら、その時はいよいよ本当にヤバい時なのかもって思ってるんです」

「向こうも、足立が好きだから会いに来るんだろうね、きっと。孫みたいに思ってるのかもね」

「ええ、孫ですか？」

その発想はなかった、と笑った足立が、ちらっと時計を気にする素振りを見せた。時刻は午後五時半を僅かに回ったところだ。上の子を保育園に預ける深田は既に退勤し、寺島も席を外していた。恐らく化粧を直しに行ったのだろう。

地域によって多少の違いはあるものの、警察の勤務時間は午前八時四十五分から午後五時三十分までとなっている。定時に帰れることは稀だが、刑事課のように突発的な事件が起こらない分、生活安全課の方が時間の融通は利きやすい。

そのせいか近頃は刑事課志望の若い警察官が減り、生活安全課が人気なのだと言う。

「この報告書を書いたら俺も帰っていいですか」

「デート？」

「彼女とは先月別れました」

「どうして」

「それが酷い話なんですよ、依理子さん」

聞いてくれます？　と、足立が別れた彼女の愚痴をぶちまけ始めた。

普通なら部下のプライベートは詮索しないし、足立の方もここまでぶちまけはしないだろう。しかし足立と沢村は警察学校の同期だった。ただし足立は大学を卒業してすぐに警察官になったので、沢村とは七つ年が離れ、今年三十一歳になったところだ。

創成署の生活安全課に配属となった時、部下の一人に同期がいることを知った。初めは戸惑いもあり、足立の方もやりづらいのではないかと危惧していたが、彼は特に気にする様子もなかった。それどころか人前では沢村を立て、抵抗なく係長と呼んでくれている。それ以外の時、例えばいまのように二人きりの時の会話では、依理子さん、と気安く呼んでくれて、普通の同期と変わらなかった。

「――つまり、足立は二股かけられてたってわけだ」

「そうですよ。なんでもう、当分恋愛はいいですわ」

「え、足立さん、いまフリーですか？」

話に入ってきたのは、ちょうど部屋に戻ってきた寺島だ。まさに乱入という言い方が相応しいような登場の仕方だった。

「ちょ、お前どの辺から聞いてた？」

「彼女の家で他の男と鉢合わせしたってとこから全部」

「絶対、誰にも言うなよ」

「それよりいまフリーなら、これから飲みに行きませんか。友達とコンパなんですけど、男子が一人ドタキャンしちゃって」

「嫌だよ、お前の友達となんか。それに俺は今日、先約があるの」

「先約ってなんです？」

「ＯＢ会」

「へえ、足立さんはそういうの苦手だと思ってました」

「苦手だよ。ただ今回は特練員の先輩方が集まるって言うから、ちょっとだけ顔出してみようかなって」

「特練員ってなんですか？」

「お前、道警にいて特練員も知らないって、どうなってんだよ」

「知ったかぶりするよりマシじゃないですか」

「私も知らない」

「ええ、依理子さんまでマジっすか。ったく、二人ともしょうがないな」

とかなんとかぼやいて、特練員は術科特別訓練員の略称だと足立は説明した。

剣道特練員や柔道特練員は同じ警察官であっても、いわば武術に特化したエリート集団だった。警察官の勤務もこなすが、基本は武術の稽古をし、優れた成績を残すのが仕事だ。

中でも足立の母校、徳士館《とくしかん》大学からは、特練員全体のおよそ半分の人材を送り込んでいるとあって、足立が誇りに思うのも当然だった。

徳士館大学と言えば、かつては暴力沙汰も絶えない学校として有名だった。しかしいまは硬派な校風はそのままで、関東では中堅どころの私立大学となっている。伝統的に柔道、剣道などの武術系が強く、全国の警察組織に毎年百名近い卒業生を送り込むことでも知られていた。地元大学出身者が多い道警でも、その占める割合は高い。

「お前のとこもやるんだろう、ＯＢ会」

「うちは来月です。もういまから憂鬱で」

「じゃあ、断りゃいい」

「サークルの先輩からの誘いですよ。行きませんとは言えないじゃないですか」

寺島が思いきり顔を顰《しか》めた。

「へえ、お前でも気にするのか、そういうの」

「だってＯＢに睨まれたら、働きづらくなるじゃないですか」

警察は圧倒的な縦社会だ。指揮命令系統は軍隊のそれに近く、上意下達の精神が隅々まで息づいている。階級の次に重要視されるのは、警察に入った年次、それと出身学校の先輩、後輩という間柄だ。特に体育会系は大学時代の関係性がそのまま社会人になっても続く。殊に警察では、希望の部署への配属にも大きく影響すると言われていた。

その点で言えば、沢村は気楽だった。道警はもとより、全国の警察署に弌英大出身の警察官はいない。キャリアでもその数は少なく、同級生で官僚になった者のほとんどは経産省へ行った。

「わっ、もうこんな時間。行かなきゃ」寺島が焦った声を上げた。「係長、お疲れさまでした」

「お疲れ」

沢村の声を背に、バタバタと寺島が出て行った。

「ったく、いまの若い奴ときたら……」

沢村が吹き出した。

「足立だって十分若いよ」

「三十過ぎたらもうじじいですよ」とぼやきながら、足立は完成させた書類に判を押した。雑談しながらでも、ちゃんと報告書を仕上げるところは流石《さすが》に巡査部長だ。

「お偉いさんたちが集まる前に、下っ端は先乗りして会場温めておけとか、訳わかんないっすよ」

文句を零しつつ、それでも大急ぎで帰り支度を整える姿は、今日の集まりにまんざらでもない様子を窺わせた。

「お疲れっす」と足立が部屋を出て行った。「お疲れ」と返して沢村は報告書に目を通そうとしたが、すぐに未決裁箱に滑らせた。急いで処理する内容でもない。

沢村の他、部屋には少年係と保安係のメンバーがまだ数人残っていた。彼らはこれから、盛り場のパトロールに出かけるのだ。

帰り支度をして、沢村は彼らに「お疲れ様」と声をかけて署を後にした。

＊

ススキノにあるスナック『はなかぜ』は、札幌の目抜き通りと呼ばれる札幌駅前通から、路地を一本入った七階建てのビルの二階に入っている。営業時間は午後八時からだ。店にはカウンターが五席とラウンジ席があり、満席なら十五人ほどが座れる広さだ。

沢村が訪れた時、時刻は七時を少し回った頃だった。店のドアを開けると、思った通り客は一人もいなかった。カウンターの中ではママの明菜《あきな》が暇そうに、スマホをいじっていた。女の子たちはまだ出勤していないようだ。

「いらっしゃい」

明菜は驚いた様子もなく、沢村に目の前のカウンター席を勧めた。明菜の方が三つ年下だが、初対面からさばさばとした彼女とは妙にウマが合った。

「何か飲む?」

「じゃあ、ビールを」

「あら、珍しい」

「もう、勤務時間外だから」

明菜が細身のビールグラスに、ビールサーバーから冷えたビールを注ぎ、コースターを添えて沢村の前に置いた。これだけで一杯千円も取る。さらにラウンジ席で女の子を付けると倍以上になった。

「これもどうぞ」

明菜がビールの隣に、かき餅の入ったガラスの器を置いた。

「実家から大量に送ってきたから」

明菜は暗にチャージではないと説明した。

「ありがとう」

沢村は遠慮なくかき餅に手を伸ばした。塩味が効いてビールが進む味だった。

「ママ、出身はどこなの?」

「東神楽《ひがしかぐら》。どこにあるか知らないよね。旭川と美瑛《びえい》の間くらいのとこ。実家は米農家で、夏になると蛙《かえる》が大合唱するんだわ」

明菜が笑った。元々派手な作りの顔に、赤い口紅がいっそう艶《あで》やかさを添える。日頃は都会的な空気を纏《まと》っているが、実家のことを話す時だけ強い訛《なま》りが出るところは愛嬌《あいきょう》があった。

「沢村さんはこっちじゃないんでしょう」

「私は東京。こっちに来たのは中学の時で、父の仕事の都合でね」

「大学もいいとこ出てるって?」

「誰に聞いたの?」

明菜と知り合ったのは、生安の防犯活動としてススキノの飲み屋街を回っていた時だった。以来、協力者として飲み屋街の情報などを教えてもらっている。だがそれだけの関係で、互いに深いプライベートの会話までした記憶はなかった。

「この間、浅野《あさの》さんが来たの」

「浅野さんって、一課の?」

思いがけない名前が飛び出した。

「そう」

と明菜が見せてくれた名刺には、『北海道警察本部刑事部捜査第一課　浅野蓮介《れんすけ》』と書いてあった。

沢村の脳裏に、坊主頭で背が高く手のでかい浅野の姿が浮かんだ。

浅野とは以前、陽菜ちゃん事件の捜査でペアを組んでいた。捜査本部が立つと、所轄の刑事と一課の刑事は必ずペアを組む。浅野とは年齢が一緒で階級も同じだったためか気が合った。

「浅野さんは仕事で来たの?」

「そう。例の天狗岳の事件みたい」

天狗岳の事件とは、沢村が工藤文江を正犯と疑っている事件のことだ。捜査本部は立っているが、浅野とは別の班が担当しているはずだ。なぜ浅野があの事件のことを調べているのだろう。

「何を聞かれたの?」

「工藤文江って女が、前にこの辺の飲み屋で働いてたらしいんだけど何か知らないかって」

そこからちょっとした世間話になり、明菜が沢村の名前を出したところ、浅野も知っているという話になったそうだ。

「そして最後に、何かわかったら連絡くれって言ってその名刺を置いてったの」

もしかすると浅野のターゲットは天狗岳の事件ではなく、工藤文江その者ではないかという気がした。

工藤文江の何を追っているのだろう。浅野に直接確認できればいいのだが、ある事情でこちらからは連絡しづらかった。

「新聞で読んだけど、親に虐待されてたんでしょう、あの子たち」

明菜の話はいつの間にか、天狗岳事件の被害少女たちに移っていた。

「これからどうなるの。親に返すの？」

「まだわからない。でも結局はそうなるのかな」

「酷い話」

「日本では親の親権が強いから」

「ああ、なんかむしゃくしゃする。もっと強いの飲んじゃおう」

そう言って明菜は、後ろの棚からバランタインのボトルを手に取って、氷を入れたバカラのグラスに無造作に注いだ。

「それ、お客さんのボトルでしょう？」

「いいの。どうせ会社のお金で飲んでるんだから。沢村さんもどう？」

沢村は苦笑しながら、やんわりと辞退した。さすがに警察官が他人のボトルを飲むのはまずいだろう。

ウィスキーを飲んで、明菜は少し気分が落ち着いたようだ。

「ねえ、浅野さんて独身？」

「残念ながら既婚で子持ち」

そう言えばペアを組んでいた時はまだ独身だったな、とぼんやり思い出した。

「なんだ」

「意外。ママってもっとやんちゃなタイプが好きかと思った」

「ちょっとね、高校の時に付き合ってた人に似てるんだ。坊主で年中日焼けしてて。いまでも似たような人を見るとドキドキする。それくらい好きだったな」

明菜が昔を思い出したのか、恥ずかしそうに笑った。派手な見た目に似合わず、純情な一面もあるのだ。

「沢村さんは？」

「え、私？」

不意をつく質問に、沢村は黙り込んだ。

「いるんでしょう、付き合ってる人」

「ううん、いない」

「嘘、そんなに美人なのに」

沢村はビールに口を付けた。

「昔ね、私も凄く好きな人がいた」

この場の雰囲気とアルコールが沢村の口を軽くさせ、気が付けば昔の恋人の思い出を話し始めていた。

「まだ院生だった頃にね。その人はよその研究室にいて、私より年上だった。頭が良くて優しくて凄く真面目な人で、見た目はちょっと冴《さ》えなかったけど、結婚するならこの人かなって」

自分でも意図せず、『結婚』の二文字が口をついていた。沢村は落ち着きなく、グラスの表面についた水滴を指で拭った。あの当時、明確に結婚を意識していたわけではない。だがいま振り返ってみれば、あの時、恋人に向けていた感情の先には、結婚という二文字があったことは否定できなかった。

「勿体《もったい》ない。どうして別れちゃったの？」

明菜の無邪気な質問に、沢村の胸が小さく疼《うず》いた。

「……いろいろとね」

そう誤魔化して、沢村はビールを飲み干した。酒の力を借りても、不意に沸き上がった胸の痛みを消し去るのは簡単ではなかった。いまは駄目だ。誰かに話すにはまだ傷が深すぎる。

沢村が黙ると、明菜もそれ以上聞かなかった。

その時、店のドアが開いた。

「ママ、ちょっと早いけど五人入れる？」

常連らしいサラリーマンの浮ついた声。腰を上げるにはいい頃合いだった。

「いらっしゃい。奥にどうぞ」

沢村はカウンターに勘定を置くと、客に愛敬を振《ふ》り撒《ま》く明菜に「ご馳走様《ちそうさま》」と声をかけて店を出た。


地下へ降りて、沢村はポールタウンと呼ばれる地下街を歩き出した。地下鉄のすすきの駅から大通駅まで直結したショッピング街で、この時間はこれからススキノ方面へ向かう者、反対に大通駅へ向かう者と大勢の人でごった返している。

沢村は歩調を速めながら、自宅の冷蔵庫に何が残っていたか考えた。夕食になりそうな物は、休日に作り置きして冷凍室に保存してある。ドライキーマカレーやハンバーグ、ほうれん草のおひたしにきんぴらごぼうなど、そうしたものを適当にレンジで温めて食べようかとも考えたが、ビールを飲んだせいか急に面倒臭くなった。

視界の先にコンビニが見えた。

コンビニの弁当は基本的に三回の品出しがある。時間は店によって違うが、今の時間帯はどこも品薄になる時間帯だった。思った通り、弁当売り場はスカスカだった。豚丼、助六寿司《すけろくずし》、チャーハン弁当。どれも食指が動かない。おにぎりも鮭《さけ》やシーチキンなどの売れ筋ではなく、高菜キムチだとか梅チーズといった変わり種しか残っていない。

仕方なく助六寿司を手に取ってレジに向かった。レジの前には一列に人が並んでいた。二台のレジが開放されていて、右のレジの方が流れが速い。見ると左のレジの店員の胸元には、「研修中」と赤い文字で書いてあった。

客たちが順に呼ばれて行き、沢村の番が来た。左のレジだった。助六寿司を差し出すと「温めますか」と聞かれる。びっくりして顔を上げると、三十代半ばくらいの眼鏡を掛けた店員と目が合った。頭はボサボサで疲れたような顔をしている。

「ちょっと、寿司は温めないでしょうが」

その店員の横にいた若い男性が、半笑いしながら叱った。

「あ、すいません」

眼鏡の男性はぼそぼそと呟き、おぼつかない手つきで商品を袋に入れる。

「おしぼり、また忘れてる」

再び傍らの店員がぴしゃりと言った。

「すいません」

おしぼりを摑んだ男の手が震えていた。沢村には彼の気持ちがわかった。ぴったり横に張り付かれて、あんな言い方をされては誰だって緊張する。

〈沢村さん、あんたこんなこともできないのか？　博士様つっても常識もないし、なんの役にも立たないんじゃね。俺らみたいな三流大卒の方が社会に出てからよっぽど使えるよね〉

昔、コンビニでアルバイトをしていた時の嫌な記憶が蘇ってきて、商品を受け取った沢村は逃げるように店を後にした。

酔いはすっかり覚めていた。

大通駅から地下鉄の東西線に乗った。自宅のある西18丁目駅までは二駅だ。吊革《つりかわ》に摑まって、窓に映る自分の姿をぼんやり眺めながら、意識は再び過去へ引き戻されていった。

＊

警察組織では少数派だが、弌英のOB会自体は歴史も長く、産業界に多くのOBを持つだけあって、学生たちは就職の際、彼らの人脈を頼りにした。

沢村も院を辞めてからの就職先探しには、このOB会を頼った。院を辞めたのが三月で、実際に就職活動を始めたのが五月という、新卒の就職活動としては出遅れもいいところだった。それでも紹介してもらった何社からか面接のオファーを貰《もら》えたのは、OB会の力以外の何物でもなかった。

だが結果として就職はうまく行かなかった。ある企業からはオーバースペックだと言われ、別の企業からは新卒枠は既に埋まってしまったと断られた。そしてもっとも沢村の希望とマッチしていた一社からは、申し訳ない、こういう時期だから、と断られてしまった。

こういう時期とは、リーマン・ショックのことだった。沢村が大学院を辞めた年、日本経済は長引く不況の中にあった。企業の採用活動の動きは鈍く、大勢の大学生が正社員の職に就けずにいた。いわゆる就職氷河期だ。

特に沢村のように博士号は持っていても就業経験のない者は、たとえ弌英OBの口利きであっても敬遠されて当然だった。

大学院を辞め、仕事探しにも失敗して、沢村は北海道に戻ってきた。東京で駄目だったのに地方都市の札幌となれば、さらに状況は絶望的だった。だが収入のあてもなく、家賃や生活費の高い東京で暮らすのは無理だった。

そこへ奨学金の返済が追い打ちをかけた。大学院を辞めてしまったため、それまで許されていた返済猶予が無くなった。いわば、数百万円ほどの借金を抱えた状態で、無職となってしまったのだ。

しばらくは恵庭にある実家で暮らした。父は大学院を辞めた沢村に何も言わなかった。要は関心がなかったのだ。すぐに父との暮らしが苦痛になってきて、札幌で暮らす妹を頼った。

妹は好きなだけここにいていいと言ってくれたが、生活費も入れていない状況で、いつまでも甘えているわけにはいかなかった。

そこでさしあたっての収入を得るために、コンビニでアルバイトを始めることにした。そしてそのアルバイト先で、世間一般に思われる博士像というものがあることを、沢村は思い知らされたのだ。

博士というものは偏屈で協調性がなく、理屈っぽくて世間知らずの社会不適合者。そうアルバイト仲間に噂されていると知った時は、憤慨するというよりショックでしかなかった。世間知らずというのは確かにそうだろう。多くの若者が二十代前半で社会に飛び出していく中、研究者と呼ばれる者たちのほとんどは、大学以外の世界を知らないまま年を重ねていくのだから。

だが他は全て間違っている。そもそも協調性もなく、他人に気づかいのできない者は研究室ではやっていけなかった。

けれど世間の目はそうではなかったのだ。

沢村に仕事を教えてくれたのは店長だったが、とにかく性格の悪い男だった。毎日のように嫌味を言われ、意地悪をされ、もう限界だと思った。

そしてある日、いつものように疲れ切って帰る道すがら財布を落とした。

それに気づいた時は、自分の人生はこのまま、どんどん下り坂を転がっていくのだろうかと絶望的になった。

だがそうではなかった。財布は誰かが拾って、交番に届けておいてくれたのだ。いまでも「いい人に拾われてラッキーでしたね」と声をかけてくれた初老の警察官の顔を覚えている。

その時ふと、交番内に貼られていたポスターが目に留まった。

『警察官募集　第二回採用試験案内』と書いてあった。

他の公務員試験は年一回なのに対し、警察官は二回、年によっては三回の募集があるというのをその時初めて知った。その時点で応募締め切りまで一週間を切っていた。沢村は急いで願書を取り寄せ、締切日《しめきり》当日に提出した。

後で知ったのだが、その年は長引く不況の影響で公務員志望者が多く、道警も二回目の募集は行わないという話もあったそうだ。

運が向いてきたのかもしれない。そう思うと性格の悪い店長も気にならなかった。

もっとも、沢村が警察官になることを、誰もが喜んでくれたわけではない。

「どうせ公務員になるなら、一年待って普通の行政職を受けたら？」

そう言ったのは大学時代からの親友の一人だった。

でもそれだと、実際に働けるのは再来年の春からになる。あと一年以上も今のような生活を続けるのは耐えられなかった。

一年待って必ず行政職に受かるという保証もない。警察官採用試験だってそうだ。だがその心配は杞憂《きゆう》だった。

沢村はトップで合格した。

＊

西18丁目駅は、北に美術館や知事公館が、南には札幌医大がある閑静な地域だ。

沢村がいまのマンションに越してきたのは、中南署に異動となった直後のことだ。ちょうどその年に警部補に昇進したことと、前年に奨学金の返済を終えて、警察の寮を出るにはいいタイミングだった。

マンションはほぼ新築でオートロック付きの上に、運よく角部屋が空いていた。難点はエレベーターが無いところだが、一人で暮らすには広さも十分で家賃も手頃だった。

コンビニの袋と、一階の郵便受けから取ってきた郵便物、そして夕刊を居間のテーブルに置き、給湯器のスイッチを入れた。

明菜ではないが、昔を思い出して気分がむしゃくしゃしていた。強い酒を呷《あお》る代わりに熱いシャワーを浴びた。

部屋着に着替えてようやく人心地がついた。

助六寿司を食べる気分でもなくなって、冷やしてあったペットボトルのお茶と入れ替わりに冷蔵庫にしまい、冷凍庫にあった冷凍ピラフを電子レンジに入れた。

ピラフを食べながら夕刊に目を通した。

今日はこれと言って目を引く記事もない、と思った時、兵頭百合子の名前が飛び込んできた。

〈「日本は女性の権利に鈍感な後進国」そう切り出したのは、兵頭百合子弁護士だ。同氏はさらに続けて、「日本は超がつく男性優位社会であり、至るところで女性の権利がないがしろにされている」と訴えた――〉

このインタビューは、つい先だって発表された『ジェンダーギャップ指数』で、日本が百位以下だったことを受けて行われたものだ。ジェンダーギャップとは男女間格差とも呼ばれ、日本はこの差が大きく、従って後進国だというのが兵頭の理屈だ。

政界や経済界で女性の活躍が少ないのは事実だ。医学部でも女子学生を不利に扱っていたことが発覚し、問題になった。

警察も例外ではない。女性の幹部警察官は少なく、男性優位との見方があるのも確かだ。もっと女性を増やせ、活躍させろ。そうした議論が活発になるのは結構だった。しかしそれですぐに、男性警察官と女性警察官の数を一緒にすべきだという論調にはならない。もしもそんな世界が実現すれば、当然男女の職種にも変化が生じるはずだ。仮に男女平等なのでこれからは女性も機動隊員をやってくださいと言われて、六キロ近いジュラルミンの盾を渡されたら、沢村はとても警察官は続けられなかっただろう。

男女平等というのは単なる数合わせではないはずなのに、兵頭の主張が代表するように、いつしか世間の認識がそちらへ傾いてしまっているような気がした。

沢村はため息を漏らした。

兵頭とはやっぱり気が合いそうにない、と沢村は夕刊を脇へよけた。その時、スマートフォンが震えた。電話は妹の麻衣子《まいこ》からだった。

「いま家?」

「ちょっと前に帰った。シャワー入ってご飯食べたとこ」

「遅かったね。部署変わって楽になったんじゃなかった?」

「今日はちょっと飲んできたから」

「いいなあ」麻衣子が心の底から、羨ましそうな声を上げた。

「大くんは?」

「残業。あいつこの頃いつもそう」

「しょうがないよ。大くんの職場は銀行なんだから」

大くんとは妹の夫の大介《だいすけ》のことで、道内では二番目に大きな地方銀行、北方銀行に勤めている。妹と結婚したのは六年前。二人とも三十歳の時だった。

「もうすぐ排卵日なのに、疲れが溜まっちゃったら困るの。私なんかずっと禁酒して、体調管理だって頑張ってるのに――」

麻衣子と大介は結婚した当初から子供を望んでいた。しかしなかなか恵まれず、今年に入って病院で検査を受けたところ、二人とも妊娠しづらい体質だと言われた。そこで不妊治療を始めることになり、いまはタイミング療法と言って排卵日に性交渉を持つ方法に取り組んでいる最中だ。今回で駄目なら人工授精も検討しなければならなかった。

「妊娠菌でも分けてもらおうかな」

「なにそれ？」

「妊婦さんに触ったり妊婦さんが使ったものを貰ったりすると妊娠しやすくなるっていう、一種のおまじない」

「まさかそれ本気で信じてないよね？」

「非科学的、でしょう。わかってる。でも藁《わら》にも縋りたいっていうかさ」

「あまり変なものにのめり込まないでね」

「はい、はい。お姉ちゃんたちに言わせると、神社でお参りするのも非科学的だもんね」

「神道の意義までは否定してないよ」

「大丈夫。私だって妊娠菌なんて信じてないから」

麻衣子がからっとした声で笑った。

「それよりこの間話してたデートの件考えてくれた？　大くんの話だと向こうは乗り気みたいだよ」

デートか。そう言えばそんな話があったのを思い出した。

「やっぱバツイチってとこが引っかかる？」

「そこは別に」

沢村は今年、三十八歳になった。とうに適齢期を過ぎて、相手がバツイチでも贅沢《ぜいたく》を言うつもりはない。ただどうにも乗り気になれないのだ。

いい年をして恋人の一人もいない姉を心配し、麻衣子が大介を介して男性を紹介するという話になった。聞けば大介の大学時代の先輩で仕事は証券マンだった。バツイチだが子供はおらず、一緒にスポーツを楽しめるような女性を探していると言う。

「多分その人とは趣味が合わないと思う」とだけ答えた。

「お姉ちゃんやお父さんみたいに、普通の人は難しい本なんて読まないからね」

「別に難しい本を読めとは言わないけど……」

その時だった。辛子色のセーターを着て、骨ばった背中を丸め、読書に没頭する男性の姿が脳裏を掠《かす》めていった。今夜、明菜の店で思い出した胸の傷口が、再び疼き出そうとしていた。

「お姉ちゃん？」

妹の声にはっと我に返った。

「ごめん。ともかくいまは無理。せっかく気を使ってもらったのにごめんなさいって、大くんにも謝っておいて」

「わかった。また誰かいい人がいたら紹介するね」

「そうね」と妹の言葉を軽く流した。正直に言えば、誰を紹介されてもきっと気乗りしないのはわかっていた。

「いっそお父さんに紹介してもらえば？」

「やめて。大体あの人が娘の彼氏に興味あると思う？」

沢村たちの父親の敦司《あつし》は東洋学者だ。専門はイスラム圏トルコの歴史と文化。数年前に北大を定年退官し私大の客員教授を経て、いまは恵庭の自宅で研究者生活を謳歌《おうか》している。

長身で少し猫背の父は、若い時から研究一筋の人間だった。母と結婚した時はまだ東大の大学院に在籍中で、博士号を取る前のことだった。結婚から一年後に沢村が生まれ、その二年後に麻衣子が生まれ、同じ年に念願の博士号を取得した。それでもまだ無報酬の研究員という肩書で、一家の家計は母の由香子《ゆかこ》が支えていた。

一家は東大近くの古い二ＬＤＫのアパートに暮らしていた。居間は狭く、夜になると姉妹は六畳の部屋で母と一緒に眠り、もう一つの部屋は父が書斎として使った。そんな暮らしがしばらく続いて、沢村が中学二年生になった頃、父が北大に職を得て一家は北海道に移ることになったのだ。

結婚してからも子供が生まれてからも、父の生活の中心は自分の研究だった。家族の前に姿を見せるのは食事の時くらいで、大半は書斎に籠るという毎日だった。だから沢村には、幼い頃、父に遊んでもらった記憶がない。父親が書斎にいる間、母親は子供たちを静かにさせるよう神経を使い、何をするにも父親が優先だった。母にとっても一番は父であり、娘たちはその次だったのだ。

その暮らしは、北海道に来てからも変わらなかった。だが沢村が高校生の冬に母が亡くなった。急性のくも膜下出血で、台所で突然倒れ、救急車で病院に運ばれてそのまま意識を取り戻すことなく息を引き取ったのだ。

母がいなくなり、沢村と父との距離はそれまで以上に開いた。これまでは母の由香子が、距離が広がる一方だった父と娘の間の橋渡し役を務めてくれていたのだ。

電話の向こうで麻衣子が大きくため息をついた。

「そろそろお父さんと仲良くしたら？」

「私がそう思っても向こうが歩み寄ってくれないと無理」

麻衣子にはわからないだろう。父親とウマが合わない沢村と違い、麻衣子は父のお気に入りだ。麻衣子が行きたいと言えばミュージカルの舞台に付き合い、ディズニーランドへ連れて行き、そしてアメリカにも連れて行った――。

「お父さんももう年なんだから」

お姉ちゃんが譲歩しろと言わんばかりの口調だ。

「物忘れもひどくなったと思わない？」

父は今年七十歳になった。そのくらいの年齢になれば物忘れも当たり前だ。

「お姉ちゃんは心配じゃないの？」

「急にどうしたの？」

妹が今夜は、やけに父の話題にこだわると思った。

「この間、職場の後輩がお母さんの介護で退職したの。お母さん、認知症なんだって。まだ六十歳だよ。びっくりしちゃった」

「お父さんなら大丈夫でしょう」

見た目は老いていても、あの父が呆《ぼ》けるとは思えなかった。

「そんなのわかんないよ。若い人でもなるんだから。いざという時慌てないように、いろいろ考えとく必要もあるでしょう」

「いろいろって？」

「例えば恵庭の家。認知症になったらあそこで一人暮らしさせられないじゃない。お姉ちゃんか私、どっちが引き取るかも決めておかないと」

「引き取るなんてそんな……」急な話で、沢村は戸惑いを隠せなかった。「私は仕事があるから無理」

「私だって大くんに相談しないと。ほら、だからいまのうちにちゃんと準備しておかないと駄目なの」

麻衣子が叱りつけるように言う。一瞬どちらが姉だかわからなくなった。

「一度お父さんと話して。呆けてるかどうか確かめてよ」

「麻衣子がやればいいじゃない」

「私じゃ難しい話はできないもん」

「私だって東洋学は専門じゃないよ」

「別にお父さんの専門じゃなくても、サルトンとかアリストなんとかとか適当に難しい話をして、反応を確かめてみてほしいの」

「適当な話なんかしたらお父さんに突っ込まれるじゃない」

「逆に突っ込まなくなる方がまずいんだって」

沢村は妹に聞こえないようため息を漏らした。気乗りしないのは父親と一対一で話すことなのだ。だが麻衣子に説明しても、またなんだかんだとうるさく言われるだけに違いない。

「わかった。一度話してみる」

これ以上父親の話をしたくなくて、沢村はそう答えた。

気づけば一時間近くも麻衣子と話していた。互いにお休みと言って電話を切ろうとした時、麻衣子が付け加えた。

「この間の美容液ちゃんと使ってよ。美肌を維持するなら三十代が勝負なんだからね」

「はい、はい」

「言うこと聞かないで皺くちゃ婆《ばばあ》になっても知らないから」

笑いながら麻衣子は電話を切った。

妹は昔から美容やファッションに詳しかった。子供の頃からの夢だった化粧品メーカーの美容部員になってからは、新しい化粧水や美容液が出るたびプレゼントもしてくれる。沢村がどうにかこうにか外見を保っていられるのも、妹のお陰と言って良かった。

麻衣子の忠告通り、沢村は鏡の前に座った。三十八歳で流石にまだ皺くちゃにはなりたくない。

昔から肌は綺麗だと言われてきた。思春期にニキビで悩んだ妹と違い、そういう苦労もなかった。だがいまやアラフォーと言われる年になり、加齢による粗も目立ってきた。以前より口角も下がり、目尻の皺も増え、肌の色がくすんで見える。日頃は疲れのせい、と言い訳して手入れを怠っていたツケが回ってきたようだ。

手早く化粧水で肌を整え、麻衣子から貰った美容液を伸ばした。

それから冷蔵庫を開ける。しばらくビールにするかチョコレートアイスにするか悩んでビールを選んだ。

次にCDプレーヤーの電源を入れた。流れてきたのはドヴォルザーク作、交響曲第八番ト長調作品八十八。指揮はクラウディオ・アバド。

ビールを飲みながら、読みかけのマックス・ヴェーバーを開いた。院生時代、ヴェーバーの著書は必読書で、繰り返し手垢がつくほど読みこんだものだ。

社会科学とは、個人の偏見や価値観を排除し、事実と客観性のみを追求すべきものであるとヴェーバーは説いた。だが同時に、人間である以上、主観を完全に取り除くのは不可能であることも認めている。そこで重要となるのは、自分の意見や判断が、どのような価値観を基準にして決められているのか明確にすることだ。

当時の沢村は、このヴェーバーが提唱した「価値自由」という考え方に感銘を受け、研究者としての未来へ思いを馳《は》せていた。

そこに父の影響があったのは間違いなかった。父と娘という関係においては、決してウマが合うわけではないが、研究者としての父の姿勢を嫌ったことはなかった。むしろ家族や世事など他の一切を顧みず、己の専門分野だけを愚直に追究し続ける姿は、まさに研究者として理想と言って良かった。

だから何も気づかなかったのだ。

社会科学に限らず研究者の卵を取り巻く現実が、ヴェーバーが提唱した理想からは遠くかけ離れたものであり、大学には教授たちの偏見や価値観が跋扈《ばっこ》し、多くの院生たちを苦しめていたことを。

院生が生きるも死ぬも彼らの匙《さじ》加減《かげん》一つだということを、沢村はあの日が来るまで気が付かなかった。いや、必死に見ないふりをしていただけかもしれない。

ビールを飲んだ。院生時代、酒を飲みながら本を読むような、こんな贅沢は許されなかった。

大学院を辞めると決めた時、学術的な世界へは二度と近づくまいと思った。乏しい研究費の中から必死で買い集めた書籍は、後輩たちに譲り渡してきた。

あのうち何人がまだ大学に残っているだろうか。

またビールを飲んだ。苦さに顔をしかめた。

ここ数年、ヴェーバーに関する著書が相次いで出版された。それを知って、どうしても我慢できなくなってしまった。寝室のサイドテーブルの上には他に、改めて読みなおそうと買った本が積み上がっている。

もしかすると自分はまだ、あの世界に未練があるのだろうか。

いや、そんなはずはない。これで良かったのだ。

沢村は頭から雑念を振り払った。

そして交響曲の調べに誘われながら、いつの間にか本の世界に没入していった。

＊

今年の春から道警の総務部長になった白石陸郎《しらいしむつお》は、たったいま届いたばかりのファックスを手に、ため息ともつかぬ唸り声を漏らした。よりによって自分の代に、どうしてこうも次から次へと問題が持ち上がるのだ。

白石は来月、六十歳の誕生日を迎える。警察官の定年は六十歳だから、年が明けた三月で勇退だ。総務部長の階級は警視長。ノンキャリアの警察官が出世できる最高位の階級と言われている。おまけに総務部長というポストは、ノンキャリが就けるポストの中では筆頭と呼ばれる最重要ポストだった。

もっとも白石自身は、初めからこの地位を目指していたわけではない。警察学校時代から成績は良かったが、警部に昇進した頃でも警視まで出世できれば御の字だと思っていた。意識が変わったのは本部の広報課長に就任した時だ。このポストは将来の総務部長への登竜門と呼ばれている。それほどに重要なポストだった。白石はこの時から、自分がいわゆる出世コースに乗ったことを自覚し始めた。

それでも、並み居るライバルたちと比較して、自分の能力が飛び抜けていたとは思っていない。ではなぜ総務部長に就任できたのか。ひと言で言うなら、非常に運が良かったからだった。

警察官は階級が上がれば上がるほど、異動の回数が増える。そしてそれだけ、不祥事に巻き込まれる確率も高くなる。だが白石は幸運にも、大きな不祥事に遭遇したことはなかった。警察の人事は減点主義だ。一度でも経歴に瑕《きず》がつけば、出世レースに戻るのは難しかった。

一方で同期の出世頭と呼ばれた男の一人は、部下の不祥事に巻きこまれて失脚し、また他の者は激務が祟《たた》ったのか体を壊して早期退職を余儀なくされている。そんな激烈な出世レースの中で、白石はその強運によって、見事総務部長の座を勝ち得たのだった。

だが今年に入って、その強運にも陰りが見えてきた。まずは就任早々、道東の警察署で集団不倫事件が起きた。不倫を事件と呼ぶのもおかしな話だが、ここ警察では大問題だ。

事件は一人の男性警官と複数の女性警官が不倫関係となっただけでなく、関係者全員が既婚者だったというから大スキャンダルだった。既婚者の浮気は倫理上の問題こそあれ犯罪ではない。しかし警察では、処分の対象となる。男女関係の乱れは、良からぬ相手に付け入る隙を与えかねないからだ。実際過去には、不倫関係をネタに犯罪者の片棒を担がされた事件も起こっている。だからこそ警察では、厳正な処罰の対象となってしまうのだ。

続いて、札幌管内の交番に勤務する若手巡査の大麻使用が発覚した。その後の調べで巡査は、大学時代から大麻を常習していたこともわかった。大麻の常習癖がありながら警察官を志すとは、今時の若い者ならぬ若い警察官は何を考えているかわからない、と零す幹部たちもいた。

白石は総務部長として、全道の署長宛てに幾度となく綱紀粛正を促した。だがそんな矢先、またしても不祥事は起きてしまった。

白石はファックスを手に、北海道警察本部長室を訪れた。部屋には本部長の小西栄達《こにしえいたつ》、警務部長の睦《むつみ》秀一《しゅういち》、そして刑事部長の野上令一郎《のがみれいいちろう》が既に顔を揃えていた。三人は共にキャリアだ。

「ここに挙げられている、捜査資料というのは本物ですか?」

白石からファックスを受け取り、小西は僅かに目を眇《すが》めた。

「厳密な話をすれば、限りなく本物に近い資料のコピーと思われます」

白石が回りくどく補足する。

「根拠は?」

「決裁印の印影を照合しました」

まず間違いなく捜査資料は漏洩《ろうえい》したのだ。

「なんてことだ」

小西が革張りの重厚なソファの背もたれに体重を預け、重々しい溜息《ためいき》を洩《も》らした。

小西はこれまで順調にキャリアを積み上げ、警視総監の登竜門とも呼ばれる道警本部長に就任した。出版社に捜査資料が漏洩したからと言って、いますぐそのキャリアに影響するわけではない。しかし対応の仕方を誤れば、致命傷となる可能性もあるのは承知しているはずだ。

なぜなら今回漏洩した捜査資料とは、陽菜ちゃん事件のものだったからだ。

島崎陽菜の誘拐事件と死体遺棄事件を総称して、道警内では陽菜ちゃん事件と呼んでいる。

どちらも道警史上に残る未解決事件という認識は、この場の誰もが共有しているはずだ。

小西の視線が重厚な応接テーブルを捉えた。そこに一冊の月刊誌が置いてある。北海道一のリベラル雑誌を自称する、『ノースウォッチャー』の先月号だ。ここの記事の特色は、保守系の政党や官公庁を始めとした権力組織をやり玉に上げることだ。とりわけ北海道警察とは相性が悪く、これまでに幾度となく批判記事を書かれていた。

例えばこの先月号では、道東の警察署で発生した集団不倫事件の顚末《てんまつ》が仔細《しさい》に語られている。記事には問題の署の内情が具体的に書かれていて、それを記者に暴露した警察官の言葉も載っていた。これもある意味リークではあるが、捜査資料の漏洩とはことの重大さが違った。

「リークの狙いは何だと思われますか」

「恐らく警察に対する不満かと」

明言は避けたが、白石はその答えに確信を抱いていた。ファックスのゲラを読む限り、リーク主の不満が直接言及されている箇所はない。しかし過去の事例に照らして、警察官がマスコミにリークする理由はそれしかなかった。正義感や組織愛を口にする者もいるが、白石に言わせれば詭弁でしかない。

さらに今回、白石の考えを裏付ける証拠となったのは、リークされた捜査資料の中身だった。それは、身代金受け渡し時の捜査体制に関するものだったのだ。札幌駅構内の捜査員の配置図、無線の割当表、そして実際の音声が書き起こされた資料からは、当時の現場の緊迫した様子が浮かび上がる。

捜査員の配置に偏りがあったのではないかと世間からは批判を浴びたが、犯人の身代金要求から受け渡しまでの時間的制約を考えれば、この体制が精一杯だったのだ。

札幌駅の一日の利用客数は約二十万人。加えて誘拐事件のあった六月は、北海道の観光シーズン真っ盛りであり、ラッシュの時間帯も重なった。

なぜＪＲに協力を求めて電車を止めなかったのかという声もあったようだが、誘拐というデリケートな事件である以上、警察の動きはＪＲ北海道のごく一部の幹部にしか知らされておらず、そもそも電車を止めてしまっては犯人に警戒されて、身代金の受け渡しそのものがうまくいかなくなる可能性があった。

そのため警察内部でも当初は、捜査体制に落ち度はなかったという声が多数を占めていたが、批判の声は日を追って高まっていき、誰かを処分しなければ収拾が図れないような状況になっていった。

そして捜査本部の責任者ということで、キャリアの刑事部長が更迭された。責任者とは言っても、実際に作戦を立案し、指揮したのは現場幹部たちだ。責任を取るのがキャリアの仕事とはいえ、これはあまりに気の毒な処分だった。

そしてその後に続いた捜査の迷走。今度は一課長と管理官が解任された。表向きは定期異動だが、捜査方針が二転三転し、結局誘拐された陽菜を見つけられなかった責任を負わされたのは、誰の目にも明らかだった。

このように責任者を処分したことで、警察は表向き世間の批判をかわしはしたものの、肝心の捜査は一向に進んでいかなかった。

こんな状況は、現場の捜査員なら誰しも腹を立て、不満の一つも漏らしたくなるはずだ。

白石はそう考えていた。

しばらく険しい表情でファックスを読んでいた小西が、再び白石に顔を向けた。

「なんとか差し止められませんか？」

「難しいと思われます。この社は記者クラブにも所属しておらず、その手の取引には乗ってこないでしょう」

小西の問いに、白石は厳しいというニュアンスを込めて答えた。

批判記事の急先鋒と言えば、地元紙の雄と呼ばれる道日新聞が挙げられる。二〇〇二年の大熊事件や二〇〇三年の裏金事件で、道警と道日新聞の関係はこれまでにないほど悪化した。

両者ともに徹底抗戦の構えを崩さなかったが、この勝負はそもそも、情報を出す側である道警に分があった。結局、道日新聞の幹部と道警幹部との間で密約が交わされ、連日の批判記事は大人しくなっていった。

だがそのことに不満を抱き、道日新聞を退社した記者の一人が、数年前『ノースウォッチャー』の編集長に就任した。それからは格段に記事のレベルが上がり、より先鋭的な記事を書くようになった。

今回のファックスも、この『ノースウォッチャー』が今月発売する記事のゲラだった。

『本誌総力特集　止まらない不祥事　今度は捜査資料漏洩か！』

ゲラには、過去の大熊事件と裏金事件の経緯から始まり、陽菜ちゃん事件や滝川《たきかわ》の警察官殺しなど、多くの重大事件が未解決であることに加え、警察官の自殺や不倫など、不祥事が続出している道警への批判が書き連ねてあった。

批判とは言え、記事自体はあながち間違いでもないところが、道警幹部たちにも頭の痛いところだった。記者たちは大手全国紙の記者も舌を巻くような取材力を持ち、裏取りもしっかりされて、一部の地元民からは北海道の文春などと呼ばれているほどだ。わざわざ発売前にゲラを送ってきたのも、それだけ今回の記事に自信を持っている証《あかし》だった。

彼らが警察幹部に対して、暗にこう伝えているのは明白だった。せいぜい定例記者会見の準備をしておくんだな、と。

定例記者会見。これが白石たちにとってもう一つの頭の痛い問題だった。

警察は基本的にひと月に一回程度、マスコミ各社を招いて定例記者会見を行う。通常その内容は、警察側が発表したい案件だけをプレスリリースにまとめ、あらかじめマスコミ各社に配付する。記者たちからの質問も、そのプレスリリースに則《のっと》って行われるのだ。しかし稀にこの定例記者会見が、大事件の発生と重なることがあった。そんな時はマスコミも定型的な質問ばかりとはいかず、事件について突っ込んだことを聞いてくることがある。

そして今回、この定例記者会見の予定日と、臨時増刊号と銘打たれた雑誌の発売日が同日なのだ。当然、ノースウォッチャー社はそれを狙ったのだ。

今回の定例会見に参加できるマスコミは、記者クラブに所属する社に限っていた。しかしノースウォッチャー社は記者クラブに所属していないと言っても、伏兵を送り込んでくる可能性は十分にある。前述した通り、ここの編集長は元道日新聞の記者であり、いまでもマスコミ各社に多くの知人を抱えていた。彼らがノースウォッチャー社に代わって、追及してこないとも限らなかった。

「記事が出れば、当然他紙も追随するでしょうね」

「道日についてはなんとかできると思います。道日が黙れば、全国紙が騒いだところで影響はほとんどないでしょう」

そこだけは白石も自信を持って答えた。道日新聞の幹部とは日頃から懇ろな関係で、記者会見で記者は質問に立つだろうが、大きな記事にはしないはずだ。道内でシェア五割近くを占める道日新聞が騒がなければ、全国紙の地方版の影響などそよ風ほどのものだ。

「わかりました。その辺りはお任せします」

小西は躊躇する様子も見せず白石に頭を下げた。道警本部長の役職は警視監。階級では本部長の方が上だが、地元幹部のトップで年上でもある総務部長は、気を使うべき相手であった。

「それにしても、よりによってこの事件とはな」

小西は憂鬱そうに、再びゲラを手に取った。

誘拐事件の後、キャリアの刑事部長が異動となり、未だ警察庁に戻れない事実も、小西の気分を重苦しくしているに違いない。

「担当したのはどこだった？」

小西が若い野上に視線を移した。

「誘拐事件は軽川署に捜査本部が設置されました。その後、死体遺棄事件が起こった中南署に一本化され、捜査資料も全て中南署保管としています」

「資料の保管状況は？」

「はっ、中南署の刑事一課長の話では、重要な捜査資料については手順通り鍵のかかった課内の保管庫にしまわれており、中身についても紛失した形跡はありませんでした」

まだ四十歳にも満たない野上がかしこまるように答えた。

となると原本自体の流出はないということか。白石はひとまず胸を撫《な》でおろした。捜査資料の保管に不備があったとなれば、次の火の粉は総務部に飛んでくる可能性があったからだ。

「コピーはどれだけの捜査員が持ってるんだ。把握できてるのか？」

「そ、それは──」

野上のただでさえ色白の顔が、緊張もあってかいっそう白くなった。小西の指摘は鋭い点をついていた。出版社に流れた捜査資料が、いつどの時点で持ち出されたものかまだ特定がされていない。

誘拐事件当時か死体遺棄事件当時か。あるいはもっと後なのか。それによって調査の対象となる捜査員の範囲も変わる。

「そっちは確認してないのか？」

白石相手とは違って若い野上に対して、小西は容赦なかった。

「早急に調べさせます」

野上は表情を引き締めた。

だがそう簡単ではないだろうな、と白石は思っていた。

捜査資料の取り扱いについて規定はあるが、捜査する際、現場の捜査員は資料の複写が認められている。しかもその後、廃棄されたかどうかまで全て追跡するのは難しかった。いったいどこから手をつけるべきか、さしものキャリアでも、頭を悩ませるのは間違いなかった。

「それで現場の方はどうなってる。この記事で指摘されたように、捜査は放置されてきたのか」

　コピーとは言え捜査資料が漏洩した。管理が甘いからだ。それは則《すなわ》ち、捜査がおざなりにされていた証拠に違いない。これが記事の主張だった。いつにも増して挑発的である。

「決してそうではありません。捜査本部が解散となった後も情報があるたび、所轄と本部の特命班とが共同で捜査に当たっております」

　野上が力強い声で主張した。

「進展は？」

「いまのところはまだありません」

　野上が目を伏せた。

　室内に重苦しい沈黙が流れた。

　キャリア同士の会話が終わり、白石は自分の番が来たことを悟った。

「本部長。ひとまず今回の定例記者会見は延期するということで、マスコミ各社には連絡したいと思いますがいかがでしょうか」

「それではこちらが逃げたと取られかねません。それこそこの出版社の思惑通りじゃないですか」

　小西はきっぱりと白石の提案を拒否した。

　何を青臭いことを、と白石は思ったが、無論顔には出さなかった。

「私も本部長の意見に賛成です」

それまでずっと成り行きを見守っているようだった警務部長の睦が、初めて口を開いた。

「定例記者会見は予定通り行い、鋭意調査中であると述べるに留めるべきかと思います」

小西が睦の提案に頷いて、発言の続きを促した。

「それとネタ元について、確かに漏洩は問題ですが、今回どうしてもその目的が引っかかります。監察に回す前に、別筋で調べてみたいのですがよろしいでしょうか」

睦の声のトーンが低くなった。睦は何か重大なことを口にする時、右の口角が一瞬持ち上がる。単なる癖なのだが、それが見た目の冷たい印象と相まって、相手を小ばかにしたような顔つきになる。

その癖が将来の出世に影響しなければいいが、と白石は冷ややかな思いを隠しながら、睦の意見を聞いていた。

「具体的には？」

「まずは関係者全員の人事履歴の洗い出しを行います。過去から現在までの捜査関係者全員を徹底的に」

「それだけでどうやって問題の人物を特定する？」

「こういうことが得意な人材がちょうどうちに一人います。彼に任せたいと思います」

睦が仄めかした人物に、白石は心当たりがあった。なるほど彼を使うのか。確かにうってつけの人物だ。

「わかった。この件は君に一任する」

それから小西は軽く咳払《せきばら》いをした。

「私が望むのは現場の士気を下げず、できるだけ早急に解決することだ。頼んだぞ」

小西の言葉で、この日の打ち合わせは散会となった。

＊

白石はお茶を啜りながら、最近とみにせり出してきた腹を触った。妻が痩せるお茶だと言って毎朝水筒に入れてくれるのだが、正直まずい上に効果があるとも思えなかった。それでも飲み続けているのは、仕事が忙しすぎて、結婚以来ほとんど家庭を顧みてこなかったことへの償いの気持ちからだ。

我慢してもう一口お茶を飲む。昼間に食べた天せいろが、いま頃になってもたれてきた。これでも五十代の前半まではスリムな体型を維持できていた。警視正に昇進し、地方の警察署長へと異動になった辺りから腹回りを中心に体が肥えていった。年齢を考えればしょうがないとは思っても、これ以上太ってしまったら、定年前にもう一度、制服を作り直さなくてはならなくなる。それだけは避けなければならなかった。

お茶を飲み干し、たったいま打ち出した資料を手に取った。

片桐一哉《かたぎりかずや》　四十一歳　帯広《おびひろ》市出身　離婚歴あり。

道警史上最年少ノンキャリアの警視。

地元の進学校から推薦で、徳士館大学法学部へ入学。学生時代は剣道部主将を務める。

警察学校を首席で卒業後、地域課時代、職務質問でずば抜けた実績を見せる。その後、北の森署刑事課、滝山署刑事課課長などを経て警察庁へ出向。今年の十月一日付で道警本部警務部へ異動。

お茶に手を伸ばしかけたが、既に湯飲みは空だった。水筒にはまだ、痩せるお茶がたんまり残っている。だがそれを飲む気にはなれず、腰を上げた。

一般の職員も利用するオフィスの給湯スペースで、急須に新しい茶葉を入れポットのお湯を注いだ。濃い目のお茶が好みなので、そのまま少し置いた。急須の中でお茶を蒸らす間、今回の問題について改めて考えていた。

警務部長は今回の件で、監察官室を通さないこととした。問題はリークそのものよりリークした目的にある、とはキャリアらしい理想主義的発想だ。白石からすればどんな理由であれ、不正をした者はただちに処分すべきだった。それこそが、他の警察官たちへの見せしめにもなるからだ。

担当するのは片桐だ。彼がどんな調査をするにしろ、本部長に正式な結果が上がる前にこちらで押さえておかなければならない。だが表立って白石が動くわけにはいかなかった。

裏金事件で警察は、完膚なきまでに世間から叩かれた。事態を重く見た警察庁は組織の建直しのため、次々とキャリア官僚を送り込んできた。そして、長くノンキャリアのポストだった総務部長、生活安全部長の椅子が、キャリアに取って代わられることとなった。

さらに、捜査能力の水平化を図るという名目で、生安を中心にベテラン捜査員たちが一斉に異動となった。それにより捜査ノウハウは継承されなくなり、検挙率の著しい低下を招いた。キャリアのやることはどうにも頭でっかちなのだ。

多大な痛手を被りつつも、どうにか立ち直りを見せてきた巨大組織北海道警察。再び組織が混乱に陥るのだけは、絶対に避けなければならない。何より自分のこの総務部長のポストが再びキャリアに奪われるような事態だけは、絶対に防がなければならなかった。

白石はある思惑を胸に秘めながら、フロア内を見まわした。目的の人物はすぐに見つかった。警務部のエリアのさらに奥に、監察官室の島がある。監察官室室長補佐の肩書を有した岡《おか》本《もと》警視は、室長室に近い席でノートパソコンを開いていた。

白石は湯飲みを手に、ぶらぶらと岡本の側へ歩いて行った。

「精が出るね、岡本君」

顔を上げた岡本は、声をかけてきたのが白石と気づいて少しびっくりした様子だった。

「総務部長、どうしたんですか、こんなところにまで？」

「いや、ずっと座りっぱなしは足腰に悪いからな。お茶を入れるついでに、フロア内を散歩してみようかと思ったわけだ」

白石はとぼけてお茶を啜った。

「そういえば、片桐君が戻ってきたね」

「ええ、そうですね」

岡本は咄嗟に平静を装うような態度を見せたが、片桐という名前を出した途端、その顔に不快な表情が浮かんだのを白石は見逃さなかった。

「最短記録、更新されちゃったね」

それが岡本にとってもっとも指摘されたくない事実であるのも、白石はもちろん承知していた。

岡本は片桐の二歳上で、片桐が四十歳で警視に昇進するまでは、道警での最年少警視の座を誇っていたのだ。

岡本は苛立《いらだ》ちを隠すように、にっこりと笑みを作った。

「早ければいいというものでもないでしょう」

「確かにそうだ。警視までの昇進は早かったがその後足踏みという人間を私も大勢見てきた。もちろん、君のことじゃないよ」

笑みの消えた岡本に気づかないふりをして、白石は再び何食わぬ素振りでお茶を啜った。

「片桐君で思い出したが、例の『ノースウォッチャー』の件、監察官室は当面、出番がなさそうだな」

「どういうことでしょうか」

「おや、知らなかったのか。今度の件、警務部長は君たち監察官室ではなく、片桐管理官に一任するそうじゃないか」

「それは初耳ですね」

岡本はとぼける素振りをしていたが、声の調子には隠しようのない動揺がはっきりと表れていた。

恐らく室長を通して、話は聞いているはずだ。だがまさか、捜査資料漏洩という重大不祥事に際して、自分たち監察官室の人間が蚊帳の外に置かれるはずはないと、いまの今まで高を括《くく》っていた節がある。だが白石から改めて事実を突きつけられて、岡本の内心の動揺が面白いほど透けて見えた。

岡本のいまの肩書は『監察官室室長補佐』だ。本人にも順調に出世コースに乗っているという自覚はあるだろう。

一方の片桐だが、階級は岡本と同じく警視、役職は『警務部警務部長付管理官』と言う。これまで道警にはなかったものだ。それだけでも彼が十分特別であると物語っているが、警務部長付ということはつまり、指揮命令系統においてはキャリアの警務部長から、直々に命令を受ける立場だということだ。そしてその任務は当然、特命性を帯びる。

片桐の肩書を知った時、岡本はきっと歯ぎしりが出るほど悔しがったはずだ。

現在警務部長を務める睦は、将来の警察庁長官候補との呼び名が高い人物だった。そういう人物に目を掛けられれば、今後の出世にも大きな意味を持つ。

岡本と片桐は二歳違いだが、うかうかしていればそのうち先を越される可能性もある。だから岡本にしてみれば、早いうちに片桐の足を掬《すく》っておきたいという考えはあるはずだ。

そうした片桐に対する岡本の鬱屈した感情は、白石にとって好都合だった。岡本という人間に対する好き嫌いは別として。

岡本はここまでとんとん拍子で出世している。しかし警務や総務畑が中心で、現場というものをほとんど経験していない。それを気に入らない者たちも多かった。白石もその一人だ。

キャリアならともかくノンキャリの警察官が、ろくに交通違反切符も切れず、まともに捜査報告書も作成できないまま昇進していくのはどうなのか。幹部を目指すのなら、もう少し修羅場を経験すべきだろう。

とは言え、いまはこの岡本の、片桐に対するライバル心を利用しない手はなかった。

ノンキャリアの出世に学歴は必要ない。高卒の警部や警視は珍しくもなかった。ただしどの学校を卒業したかというのは、時に重要な鍵となった。学閥と言えば大げさかもしれないが、警察の人事では時に、ＯＢの引きによって後輩警察官が有利なポストに就けることも少なくないのだ。

かつて道警の最大派閥と言えば高卒者だった。叩き上げと言われた彼らは数も多く団結力に富み、他の派閥が付け入る隙はなかった。だがそれも団塊世代の警察官が退職して、変わりつつあった。いまや道警の最大派閥は、道海大出身者だ。白石もその道海大学出身であり、このところ続けて総務部長は道海大出身者が就いていた。

この道海閥に続くのが徳士館となる。彼らは全国の警察署にＯＢを配するだけあって、警察庁との繋がりが深い。

警察官は警視の階級までは地方公務員だが、警視正以上は国家公務員となり、任命権も国家公安委員会が持つ。そして警視正と言えば本部の部長級ポストに就ける階級だ。このクラスにいかにして、自分の派閥から人材を送り込めるか。それが派閥の力を左右するのだ。つまり道海大出身の幹部にとって、徳士館の連中は目障りな存在だった。

しかしいまはまだ、表立って徳士館勢の排除に動く時期ではない。大きな派閥同士が争えば、必ずそれは警察庁の知るところとなる。そうなれば彼らはまたキャリアを送り込んできて、こちらの勢力を削《そ》ごうと画策してくるはずだ。

そこで白石が考えたのは、他の小さな派閥を自分たちの側に取り込んでしまうことだった。

中でも北大閥は数こそまだ多くはないのだが、地頭がいいせいか警察学校の成績でも上位に位置し、昇進試験もやすやすと通ってしまう者が多かった。近い将来、重要な幹部ポストに、北大出身者の名前も挙がってくるのは間違いなかった。そして北大法学部出身の岡本もその一人である。

「今夜どこかで一杯やりながら、詳しい話でもしようじゃないか」

岡本の返事を待つ必要もなかった。白石はこの高慢そうな警視の眼差しに、野心の炎が灯《とも》るのを確認した。

「じゃあ今夜八時。場所はススキノの鬼灯《ほおずき》」

白石は岡本に背を向け、歩き始めた。まずはこんなところだろう。口元に自然と笑みが零れた。

＊

片桐を呼び出した睦は、自ら会議室のドアを閉め、ソファに座るよう促した。

片桐は睦より十センチ程背が高い。スーツは体にぴったり合っていて、中のシャツにも皺一つなく、靴は良く磨かれている。黒いＧ－ＳＨＯＣＫの腕時計を除けば、警察官に見える要素はほとんどなかった。

体型も、四十代と言えばそろそろ緩みだしてくる頃だが、日頃の節制の賜物《たまもの》だろう、機動隊員のように引き締まり、動作にも無駄がなかった。

「最近はどうだ、道場には顔を出してるのか」

向かい合わせに座って、睦の方から口を開いた。

「特練に混じっての稽古は気が引けます。近いうちに創成署の道場に顔を出してみようかと思っています。部長の方はいかがですか」

「私もさっぱりだ。すっかりなまってしまった」

互いに剣道の有段者である睦と片桐の会話は、いつも剣道から始まるのが定石のようになっていた。

二人の出会いは片桐が警察庁に出向してきて、警備局にいた睦の下で働いた時だ。

都道府県の警察官が警察庁へ出向する目的には、大きく二つあった。一つは中央と地方の人材交流、そしてもう一つは警察庁の人手不足を解消することだ。またノンキャリアの警察官にとっては、警察庁への出向は出世のために避けて通れない道でもあった。

睦はこれまで幾度となく出向組と仕事をしてきた。各都道府県から選抜されてやってきただけあって、そのほとんどが優秀だった。しかしその誰と比較しても、片桐はずば抜けて優秀な男だった。単に頭が切れるというだけではない。相手の意図を的確に察知する能力は、時にキャリアたちも舌を巻くほどだった。

睦は会話は要点だけを述べて、長々とした説明を好まない。その点片桐は、そうした睦の性格も重々承知していた。

睦が道警の警務部長となった時、もう一度片桐と仕事をしたいと思った。本来、道警の人事に口を出す権限は持たなかったが、睦はこれまで培ってきた人脈を総動員して、片桐を自分の下に付けるよう画策した。

既に旭川第七署への辞令が下りていた片桐を直前になって動かしたのだから、かなり無茶をした。だがそこまでしてでも片桐は、側に置いておきたい人材だったのだ。

「既に知っていると思うが、もうすぐこれが出る」

睦は例の『ノースウォッチャー』のゲラ刷りを取り出した。

「どう思う」

「不思議な記事ですね」

ゲラ刷りを読んで、片桐は率直な意見を口にした。

「やはり気づいたか」

「はい。この記事には本来あるべきものがありません」

睦は頷いた。やはり察しのいい男だ。

「君にこの件の始末を任せたい」

唇の右端が引《ひ》き攣《つ》るのがわかった。またこの癖だ。緊張したり改まったりした時に必ず出てしまう。良くない癖だ。早く直さなければと顎を触った。

片桐はそんな睦に穏やかな目を向けた。彼はもちろん睦の癖に気づいているが、むしろ人間臭くて気に入っている。

「できるだけ早急にことを収めてくれ。必要な情報や人材も私の権限で使って構わん。ただし、本部長が議会でつるし上げられるような真似だけは困る」

それ以外は全てお前に一任する。睦が言外にそう告げると、片桐は全てを了解した。

「最後にもう一つ」睦が顎から手を離した。「監察官室の件だ」

本部長には監察官室を外すと伝えたが、実際にはそれが難しいのはわかっていた。道警では警務部に監察官室がある。当然命令系統としては、警務部長の鶴の一声で彼らを黙らせるのも可能だ。しかし監察という職務の特殊性を考えれば、彼らの独立性は重んじる必要がある。そうでなければ今後も、警務部長の裁量一つで監察の業務をコントロールできてしまうからだ。悪《あ》しき前例は作りたくなかった。

「恐らく向こうも独自に調査することになるだろう」

「やりづらくなる、というわけですね」

言葉とは裏腹に、片桐の表情はどこか楽しそうだった。

睦はその反応に満足し、二人の会話は終了した。

三

児童相談所という呼び名から誤解されがちだが、児童と言っても、そこで保護されているのは、〇歳から十八歳未満までと幅広い。宍道冬華はここで、家庭裁判所での審判を待つ間、一時保護されていた。

冬華は保護された当時、栄養状態があまり良くなく、酷い貧血も確認された。いまは改善されたのか、顔色もぐっと良くなっている。

冬華は奥村まどかの殺害及び、死体遺棄には直接的な関与がないと証明され、家裁送致となったのだ。

髪を緩いポニーテールにした冬華は、灰色のセーターに、ジーンズのオーバーオール姿だった。

「元気そうね。ここでの暮らしはどう？」

沢村は冬華と、施設の食堂で面会した。窓側の席から、施設の中庭が見える。小さな花壇は設けられているが、十月ということもあってか、花の姿も見えず、あまり面白い景色でもなかった。

「今日はあなたに、改めて教えて欲しいことがあって来たの」

冬華は相変わらず、沢村の言葉に反応を見せなかった。俯《うつむ》いたまま、じっと自分の手元を見つめている。沢村は構わず話し始めた。

「最後にまどかちゃんと一緒にいたのは、あなたなんでしょう？」

冬華は答えない。

「まどかちゃんとは何か話した？」

冬華が下唇を強く噛《か》みしめた。それについては話したくない、放っておいて。そう言っているようだ。しかし沢村も、この程度で諦めるわけにはいかなかった。

「芳野はまどかちゃんに何をしたの？」

冬華の様子に変化は見られなかった。やはり芳野ではない、と沢村は確信した。

もう一息だ。なんとか冬華に証言させられれば、工藤文江の罪を立証できる。

沢村は思い切って、文江の名前を出してみることにした。

「じゃあ、工藤がまどかちゃんに何かしたの？」

その変化はまさに、衝撃的だった。沢村の口から工藤、と名前が出た瞬間、冬華の体は引き付けを起こしたように激しく震え出した。「……ない、知らない、知らない……」

まるで念仏を唱えるように知らないと繰り返しながら、冬華はセーターの上から、左の二の腕を激しくかきむしり始めた。

「知らない、知らない、知らない！」

絶叫した冬華の二の腕は、激しくかきむしったせいで、セーターに血が滲んでいた。

「冬華ちゃん、落ち着いて」

沢村は慌てて、冬華に駆け寄った。早まったことをした、と後悔したが、もう手遅れだった。

冬華が悲鳴を上げて、沢村の手から逃れようと、暴れ出した。

「冬華ちゃん」

騒ぎを聞きつけ、児相の職員が駆け付けてきた。中に白衣を着た女性がいる。施設に常駐する看護師だ。

「落ち着いて、大丈夫よ、大丈夫、大丈夫だから」

冬華は看護師に支えられるように、食堂から連れ出された。

呆然と立ち尽くす沢村に、児相の担当者が声をかけてきた。沢村を責めるような目をしている。返す言葉もなかった。

「冬華ちゃんに何を言ったんですか。最近ようやく落ち着いてきたばかりなのに」

「これまでにも、急に暴れ出すことがあったんですか？」

「日中はありません。でも夜中に恐い夢を見るのか、大声で叫び出すのはしょっちゅうでした」

「医師の診察は？」

「うちのカウンセラーの診断は受けましたが、それ以上は本人から拒絶されました。今日はもうお帰りください」

そう言われては諦めるしかなかった。

だが冬華のあの反応。文江の名前を出した途端、恐怖とパニックに襲われたようなあの反応は、文江がまどかの殺害に深く関わっている証拠に違いないと思えた。

問題は冬華にどうそれを証言してもらうかだ。今日のように正面から攻めたのでは、また激しい拒絶に合ってしまうだろう。

考えながら玄関に向かった沢村は、そこでばったり浅野と再会した。

浅野の方もかなり驚いた様子だった。日に焼けた顔を僅かに曇らせ、探るような目を沢村に向けた。

浅野と再会するのは一年半ぶりくらいか。

陽菜ちゃん事件ではペアを組んでいたが、およそ友好的とは思えない状況で解消してしまい、それ以来となる。

互いに相手の出かたを窺うように黙っていたが、先にこの沈黙に耐えられなくなったのは沢村だった。

「こんなところで何してるの？」

「それはこっちのセリフだ」

浅野は不機嫌そうに答えた。

「もしかして、宍道冬華に会いに来た？」

「答える義務はないと思うが？」

浅野らしくない、挑発的な言い方だ。明らかに沢村に対して怒っている。だがそれも無理はなかった。

「もしそうなら、いまは会えないと思う」

「どういうことだ？」

沢村はいま起こったばかりの出来事を、浅野に説明した。

「トラウマを抱えてるかもしれない少女に、そんなストレートな切り出し方をして無神経にもほどがあるだろう」

無神経と言われて、沢村は絶句した。

「君って人は、本当に懲りないな」

「それってどういう意味？」

沢村は浅野を睨みつけた。浅野との関係がこじれた原因は沢村の方にあるとは言え、言われっぱなしで引き下がることはできなかった。

「過去に自分が何をしたか、忘れたわけじゃないだろう？」

忘れるわけはない。沢村は捜査本部の指示に従わず勝手に捜査した。そのせいで陽菜ちゃん事件の捜査を外されたのだ。

「せめてあの時、一言相談して欲しかった」

「相談したら、協力してたとでも言いたいわけ？」

「ああ、そうだ。それに少なくとも同僚から、君にまんまと嵌められた情けない刑事、なんて笑われることはなかっただろうよ」

「笑われた……？」

沢村は動揺した。自分が捜査を外されてから、捜査本部で何が起こっていたのか。沢村はこれまで考えてみたこともなかった。

「君は、俺の好意を利用した。そうだろう？」

「人聞きの悪いことを言わないで。そっちこそ二股かけてたくせに」

「はあ？　俺がいつ二股かけてたって？」

「そうじゃないなら、私が事件を外された後、さっさと結婚して子供まで作ったのはどういうわけ？」

　はっ、と浅野が呆れたような声を漏らした。

「ああ、そうか、そうだよな。たまたま出席した同窓会で、落ち込んでる俺を慰めてくれた心優しい元同級生と結婚して、子供まで作った俺が悪い。そうだよ」

「そ……」沢村は言い返そうとして、黙り込んだ。

　浅野が自分に好意を寄せていたことは知っていたし、それを沢村が利用したことも事実だった。それなのに、そのことが浅野をどれほど傷つけたのかということに、これまで一度も思いを巡らせたことがなかった。

「知らなかった。ごめんなさい」

　浅野も虚を突かれたように、沢村から視線を逸らした。

　気づまりな沈黙の後、今度は先に浅野が口を開いた。

「君は工藤文江を疑ってるんだろう？」

　浅野が大きくため息を吐いた。

「悔しいが、多分その勘は当たってる」

　そして浅野は、一年前に起きた西野《にしの》の資産家老人失踪事件を教えてくれた。

「その老人が失踪する直前、親族と称して、工藤文江が家に転がりこんでいたのがわかった。その後、老人は失踪し、家からは五百万円以上の現金が消えた。老人には当時、認知症の兆候が現れていた。そこで所轄では、老人が一人で家を出て、その後行方知れずになったものと推測した。だが今回の事件の容疑者の一人として、工藤の名前が上がったのを知ったうちの刑事が、老人の失踪事件にも、工藤は絡んでるんじゃないかと考えたんだ」

「もしかしてその一課の刑事って、瀧本さん？」

浅野が頷いた。

「少し調べてみたがあの女、他にも余罪がゴロゴロしてそうだ」

いったん会話を打ち切って、浅野は児相の職員に冬華との面談を申し出たが、鎮静剤で眠っているからと断られた。警察に対して、不信感を持たれてしまったようだ。

「ごめん。無駄足させたみたい」

沢村は素直に謝った。

「いいさ。慣れてる」

浅野が笑った。何か眩《まぶ》しいものを見ているようで、沢村はたまらなくなった。

「そう言えば、お子さん、女の子だったっけ？」

「ああ、もうすぐ五ヵ月だ」

「そう、おめでとう」

浅野が何か言いたそうな顔をした。だが結局、もう一軒回るところがあるからとだけ言って、先に立って歩き出そうとした。

「もし資産家老人の件で、何か進展があったら教えてくれない？」

そっちから文江を切り崩せるかもしれないと思った。

浅野が首を横に振った。

「君はもうこれ以上、事件に深入りしない方がいい。せっかくの経歴に瑕がつくだろう」

「経歴って――」

キャリアじゃあるまいし、と言い返す前に、浅野は歩き出していた。相変わらず歩くのが速い。追いかけようとして、思いとどまった。浅野の広い背中が、沢村を拒絶していた。この距離はもう埋められないものだと気が付いた。

沢村が浅野と出会ったのは、刑事企画課にいた時だった。早くから一課の期待を集めていた浅野と、将来の幹部候補と言われた沢村は、ある事件をきっかけに食事に行くようになったのだ。

沢村が中南署に異動になってからも、その関係は続いていた。陽菜ちゃん事件でペアを組んだのは偶然だった。捜査本部が立つと一課の刑事と所轄の刑事はペアを組む決まりになっている。共に警部補で、年齢も一緒という点が考慮されたのだろうと思った。

あるいはひょっとすると、二人の間柄を察した奈良が手を回したのかもしれない。

だがいずれにしろ、二人の関係は捜査本部の解散を待たずに、大きく進展することもなく破局を迎えた。

浅野に非はなかった。彼との関係に壁を作り、挙句その信頼を裏切ったのは沢村の方だった。

それでもふと思うことがある。あの時もし、そのまま浅野との関係が続いていたら、いまごろ結婚して子供を育てたりしていたのだろうか、と。

沢村は駅までの道を、浅野とは反対方向に歩き始めた。いつしか記憶はあの事件へと遡っていた。

＊

二〇一八年一月、島崎陽菜の遺体発見を受けて、中南署には『手稲区幼児誘拐事件ならびに南区女児死体遺棄事件』として、捜査本部が設置された。上層部は、遺体を遺棄した人物を誘拐事件の共犯者と考え、渡瀬の交友関係を一から洗い直すと決めた。

しかし捜査はなかなか進展しないまま、事件発生から数週間が経とうとしていたある日、あの悲劇が起こった。

誘拐事件の時、渡瀬と札幌駅のホームで格闘となり、すんでのところで逃がしてしまった警察官、藤井俊太郎《しゅんたろう》が勤務先の交番内で拳銃自殺を図ったのだ。藤井は犯人を取り逃がしたショックと、目の前で渡瀬が電車の下敷きになるところを目撃したショックとで、ＰＴＳＤを患い、しばらく休職中だった。それがようやく回復し、心機一転、復職して間もなくの自殺だっただけに、警察全体に与えた衝撃も大きかった。

藤井は元々、創成署の地域課に勤務する巡査長だった。あの日は応援という形で札幌駅に配置され、たまたま改札内の警備を担当していた。捜査本部の中には彼をよく知る者も多く、瀧本や奈良もその一人だった。

自殺の原因とされたのは、自殺当日の道日新聞朝刊の記事だ。

『犯人死亡は手柄を焦った若手捜査員の失態か』

記事では、本部へ連絡をせずに、藤井が単独で渡瀬を追いかけたかのように書かれていた。

しかし藤井は決して、本部への連絡を怠ったわけではなかった。逃走する渡瀬を目撃した藤井は、後を追うと同時に、一緒に持ち場についていた同僚に本部への連絡を頼んでいる。だがここで問題が発生した。同僚が所持していた無線機は、いわゆる署活系と呼ばれるもので、発信された情報はいったん、彼が所属する所轄に繋がる仕組みになっていた。そのため、本部が渡瀬の所在を把握するのが遅れ、向かい側のホームにいた捜査員が先に渡瀬を見つけるという結果になってしまったのだ。

ともかく、藤井の自殺を機に道警と道日との関係は再び険悪な状態に陥った。しかも今回は裏金事件の時とは違って、現場の警察官たちが道日に対して一切情報を出さなくなってしまった。

結局、道日側から正式な謝罪が道警に対して行われ、記事を書いた記者とその上のデスクが処分されることで手打ちとなった。

それでもしばらくは、捜査員たちの怒りは収まらなかった。だがその怒りはやがて、遅々として進まない捜査と、ころころと方針の変わる上層部に向けられるようになった。

捜査本部の雰囲気はみるみる険悪なものになっていった。捜査員たちは、氷点下だろうが炎天下だろうが、それが事件の解決に結びつくとなれば労を厭《いと》わず捜査に励むものだ。事件が解決に向かっている時は、数日間徹夜が続こうとも文句を言う捜査員はいない。しかしひとたび捜査が停滞すれば、これまでの疲労やストレスが鬱積して、上層部への不満として爆発することがあった。

「おい、もう一遍言ってみろ。俺が遊んでたって言うのか？」

「ああ、そうだろう。重要容疑者とかなんとか理由付けて、沖縄まで遊びに行ってたんじゃないのか？」

「そっちこそまともに捜査なんかしてねえじゃねえかよ。サボって居眠りばかりしやがって」

「なんだと」

激しく茶碗《ちゃわん》の割れる音がした。沢村が顔を上げると、二人の捜査員が摑み合いの喧嘩に発展していた。このところ、程度こそ違え、あちこちで捜査員たちの衝突が起こっていた。みんなストレスが溜まっているのだ。

「馬鹿野郎、二人とも何やってる！」

班長が二人の捜査員を叱り飛ばした。

「喧嘩するくらい体力を持て余してるなら、さっさと聞き込みに行ってこい！」

二人の捜査員は渋々ながら、互いに摑んでいた手を離した。しかし一度悪くなった空気は、そう簡単に元には戻らなかった。

「今日は早めに出よう」

浅野が声をかけてくれた時はほっとした。

だがいつもより早く出発したところで、事件解決に結びつく重大な手がかりが見つかったわけではない。正直なところ捜査はいま、完全に手づまりな状態に陥っていたのだ。

捜査員たちの仕事は大きく二つに分かれていた。一つは二〇一三年からの陽菜の行方を追うことだ。そのため捜査本部は、誘拐事件の時と同様に一般から広く情報を募った。行方不明当時の陽菜の写真と、遺体から再現しイラストに起こした少女の姿を公開するや、全国から大きな反響が集まった。本部は各都道府県警察にも応援を依頼して一つ一つ調べているが、いまのところ全て空振りに終わっている。

一方、沢村たちの担当は、過去に強制わいせつ事件を起こし、前歴者リストに載る者たちへの聞き込みだった。中でも幼い児童にわいせつ行為を働いた者は、徹底的に誘拐事件との関連性を疑われた。

しかしこちらも目ぼしい収穫はなかった。沢村としても正直、この前歴者の線は薄いと感じていた。恐らくいまあるリストの中から犯人は出てこない。もっと他に焦点を合わせて捜査すべきではないのだろうか。そんな疑問はリストの名前が一つ一つ消えていくにつれて、いっそう強くなっていった。

この日リストの最後に載っていたのは、小学生の女子児童にわいせつ行為を働いた前科のある三十九歳の男だ。二十代の頃からわいせつ行為を繰り返し、刑務所を出たり入ったりしていた。誘拐事件の時も遺棄事件の時も出所していたのは調べがついている。いまは更生の一環で、札幌市郊外の工場で手伝いをしていた。

男は二人の姿を見て、露骨に迷惑そうにした。まずはアリバイを確認する。死体遺棄のあった日は工場の仲間と忘年会をしていたと答えた。さらに遡って誘拐事件当時のアリバイも聞く。

「五年前なにしてたかって言われても……」

「当時、仕事は何してたんだ？」

「コンビニのバイトですよ」

「この男を知ってるか？」

浅野が渡瀬の顔写真を見せた。

「見たことないです」

「ちゃんと見ろ」

「本当ですよ。最近は真面目にやってんだから勘弁してください」

そう答えた男の目が、それまでになかったきらめきを放ったように思えた。そして何かを察知したように素早く動く。男の視線の先を辿ると、ちょうど下校時間なのか、ランドセルを背負った女子児童たちの姿があった。

行動は沢村より浅野の方が早かった。男の視界から女子児童を遮るように体の位置をずらすと、

「お前、この野郎！」

浅野がドスの利いた声を上げた。男が縮み上がるのがわかった。

「ち、違いますって、俺はただ……」

男はうろたえたが、事件との関連性はないことがわかった。

「ああいう連中には吐き気がする。刑事じゃなきゃ、ぶん殴ってた」

車に戻った途端、浅野が吐き捨てるように言った。その強い憤りには、捜査員としてというより、彼本来の正義感が滲み出ているようだった。

「いまの男もそうだけど、彼らのほとんどは少女に悪戯するのが目的でしょう。でも陽菜ちゃんにそんな痕跡は見られなかった」

「何が言いたいんだ？」と浅野が胡乱《うろん》な目を向けた。

「この線を当たるのは意味がないと思う」

「そんなのやってみないとわからないだろう。刑事の仕事のほとんどは、無駄の積み重ねとも言うじゃないか」

いかにも捜一のホープらしい言葉を口にして、ハンドルに手をかけたまま浅野は視線を窓の外に向けた。白い雪に覆われた畑の真ん中に、ぽつんと赤い屋根のサイロが見える。その側の細い道を、さっきの小学生の女の子たちが歩いていた。

「俺もこの線はないと思う」突然、浅野が本音を吐露した。「ああいう連中には無理だ。自分の欲望を抑えて、女の子を保護し続けるなんて真似は」

「だったらどうするの」

「他にあてがない以上、まずはこの線を潰していくしかない。だろ」

残念ながら同意するしかなかった。無駄ではあっても、他に何をすればいいかわからない以上、このまま続けるしかないのだ。

言い知れぬ徒労感に襲われる。

車内に沈黙が降りた。

「そう言えば、前にどうして警察官になったのかって、お互い話したことがあっただろう」

浅野が嫌な空気を変えようとしているのがわかった。浅野のこういう、人を気遣う一面は嫌いではなかった。

「君はその時、勉強するのに飽きたからって笑ってたけど、あれは本当じゃないんだろう」

沢村は一瞬、答えを躊躇した。

浅野とそんな会話をしたのは、初めて食事に誘われた夜だった。浅野には、これまで一課の刑事たちに感じたことのない親しみやすさがあった。

しばらく、互いの家族の話や学生時代の思い出など無難な会話が続いた。そして浅野が聞いてきたのだ。沢村はなぜ警察官になったのか、と。それはごく当たり前の質問だった。警察官同士、普通に飲みに行っても必ず出てくる話題だ。まして沢村の場合、博士号持ちで警察官という経歴が珍しがられて、むしろその質問をしてこない方が不思議なくらいだった。

あまりに何度も聞かれるので、沢村もいつの間にか「勉強するのに飽きたからです」と軽いノリで答える癖がついていた。だから浅野にもそう答えたのだが、その時、浅野が僅かに寂しそうな顔をしたのを覚えていた。

あれから何度も食事に行って、沢村は浅野のことが嫌いではなかった。冬でも坊主頭の彼は、よく笑うし、よくしゃべった。そしてその大きな手で驚くほど器用に美しい文字を書く。

文字の美しさに心を惹《ひ》かれたというとおかしいかもしれないが、初めて食事に誘われた時、沢村の机の上にそっと差し出されたメモに書かれた「今度、二人で飯でも行きませんか」というそんな短い文字の美しさに、沢村の心は揺り動かされたのだ。

それは長く、沢村の中で封印されてきた感情だった。

過去の出来事のせいで、男性と親密になるのが恐かった。

でも浅野と会って、その笑顔に触れるうち、もう少し距離を縮めてみようかと思った。

ふと気が付くと、浅野がさっきの質問の答えを待つように、沢村を見つめていた。彼はきっと、自分にだけは本当の理由を教えて欲しいと思っているに違いない。そしてそれは、もう少し沢村との距離を縮めたいという意思表示でもあるのだろう。

どうして警察官になったのか――。それを話すには、沢村が未《いま》だに心の奥底に閉じ込めている、かつて恋人だった笠原《かさはら》に起こった出来事についても話さなくてはならなかった。

そしてそれを話さなければ、浅野との関係は前に進められない。だが――。

「ごめんなさい。いまはまだ本当のことは言えない。でもこの事件が解決したら、その時はちゃんと話そうと思ってる」

それに対して浅野は、待っているると答えてくれた。

その時の浅野の誠実そうな眼差しを思い返すと、沢村は今でも良心が疼くような痛みを覚えた。

＊

沢村が署に戻ると、受話器を耳に当てていた足立がちょうど電話を終えるところだった。

「お忙しいところすみませんでした。ええ、また今度ゆっくりＯＢ会で」

足立が電話を切って、沢村に向き直った。いつになく深刻そうな顔つきだった。

「どうかした？」

「ちょっといいですか？」

足立が手振りで別室へ促した。周囲には聞かれたくない相談ごとということか。

沢村は嫌な予感を覚えながら、足立と一緒に別室へ移動した。

「いま、中南署の生安の係長から聞いたんですけど」

そう前置きしてから足立は、ドアの方を窺う素振りを見せた。まるで誰か立ち聞きしていないかと疑っているようだ。

「来週向こうの刑事課に本部の特別監察が入るそうです」

「特別監察……？」

沢村は首を捻った。滅多に聞くことのない言葉だ。

例えば裏金事件のように、重大な不正行為が発覚した時などに、警察庁による特別監察が行われると聞いたことはある。

道警であれば、不正行為の監察には随時監察という言葉を用いるが、今回は特例ということだろうか。

「陽菜ちゃん事件の捜査資料のコピーが、出版社に流出したんです」

「いつ？」

「発覚したのは今月の初め。来週発売の『ノースウォッチャー』に載るそうです」

この話を教えてくれたのは、現在の中南署の生安の係長で足立の大学の先輩だった。ＯＢ会以来マメに連絡を取り合うようになり、特別監察の件も、その連絡網でいち早く足立に知らせてきたということらしい。

「監察はその件を調べてるの？」

「一応今回の目的は、捜査資料の保存状況のチェック、と言われてるそうですが」

「真の目的は違うということ？」

「誘拐事件の捜査本部が置かれた軽川署も同時に調査されるそうですから、目的は資料漏洩の犯人捜しでしょうね」

沢村は思わず息を吐き出した。中南署は沢村にとっても古巣だが、異動以来誰とも連絡は取っておらず、そんな大変な騒ぎになっているとは全く知らなかった。

「それからこの特別監察と並行して、当時の関係者は警察本部に呼ばれるらしいです。一時的な応援要員であっても、捜査本部に出入りできた捜査員は調べられるんじゃないかって」

捜査資料は通常、複写したり、外へ持ち出したりするのは禁止されている。ただし捜査に必要であればその限りではない。だから事件を扱う捜査員のほとんどは、コピーを持っていると言っていい。

コピーは捜査が終了した時点で速やかに廃棄しなければならない決まりだが、未解決の場合はその線引きが難しい。捜査員によっては、捜査本部が解散した時、あるいは自分がその捜査から外れた時点で廃棄してしまう者もいる。反対にずっと署内の自分のデスクにしまい続ける者もいた。後者については、資料管理の厳格さの点から異論もあるところだが、捜査員にとっては、たとえ自分が担当していない事件であっても、将来また機会が巡ってきた時のために手元に残しておきたいものなのだ。

陽菜ちゃん事件もそうだ。当時、主力として捜査に当たった捜査員たちの多くが、資料を手元に残しているに違いない。

その全員を本部に呼んで取り調べると言うのか。

沢村の脳裏に奈良と瀧本の姿が浮かんだ。まさかあの二人も調査対象になっているのだろうか。いや、あり得ない。捜査一課の刑事たちは、一般の警察官たちより士気が高いと言われている。そんな彼らが出版社に捜査資料を漏洩するなど考えられなかった。それは監察だって知っているはずだ。

「依理子さんも気を付けた方がいいですよ」

足立の声で我に返った。

「どうして、私が？」

「当時、加わってましたよね、捜査に」

そうか。足立がわざわざ別室に呼んでこの話を教えてくれたのは、沢村の身を案じてくれたからだったのだ。

「ありがとう。でも私は大丈夫。当時は所轄組だし、途中で抜けてるから」

それに創成署への異動が決まった時点で、コピーは全てシュレッダーにかけていた。あの事件とは、それできっぱり決別してきたつもりだった。だから自分が疑われる理由は何もない。

だが足立の表情は妙に重苦しいままだった。

「でもいつだったか、課長が言ってたんですよ。内部調査の目的は、真実を捜すことよりも処分しやすい人間を捜すことだって。あの人監察って言葉には妙に過敏なところがあって、単なる取り越し苦労ならいいですけどね」

いかにもあの課長が言いそうなことだ。沢村は神経質で疑心暗鬼の塊のような、いまの上司を思い浮かべた。

だが足立の心配は取り越し苦労だ。

監察がどんなに強引な手段を使おうと、無実の人間を罪に問えるわけがない。

沢村はそう信じていた。

*

その日上がってきた報告書を整理して、課長の戸川へ渡した。

戸川は報告書を一瞥《いちべつ》し、それから沢村を見やった。

「何か俺に報告することはないか?」

「今のところは特にありません」

「今日、児童相談所へ行ったそうじゃないか?」

沢村は内心でしまったと思った。もう戸川の耳に入っていたか。

「また刑事課長から嫌味を言われたぞ。生安がいつから刑事事件を担当するようになったんだってな」

「お言葉ですが、例のリンチ殺人と管理売春の被疑者は共通しています。本来ならうちにも工藤を取り調べる権利はあるはずです」

「権利か」と言って、戸川は報告書の束を未決裁箱に放り込んだ。

「ここの仕事はつまらんか」

思いがけない戸川の問いに、沢村は一瞬答えに詰まった。

「刑事課と違って、俺たちは事件を解決するわけじゃないからな」

「いいえ、そういうつもりで言ったわけではありません」

だが戸川の言葉はある意味、沢村が心の中に燻《くすぶ》らせていたものの正体を言い当てていた。生安は事件を解決しない。市民から持ちこまれる相談には対応するが、もしそこに事件性があれば刑事課に回してお終《しま》いだ。

「警察官が、事件解決を目指すのは悪いことでしょうか?」

戸川に心の内を見透かされたというばつの悪さを取り繕うように、沢村は反論した。

だが却《かえ》って鼻で笑われる結果となった。

「事件を解決すれば、達成感は得られるだろう。自分の推理が当たればなおさらだ。そこには一種の快感さえあるだろう。だがな、それだけを追い求めてたんじゃ、たんなる薬中と一緒だ」

「課長」

沢村は思わず、抗議の声を上げた。戸川の下について大抵のことはやり過ごすようになっていたが、薬中呼ばわりまでされるのは心外だ。だが戸川はまるで意に介さぬような顔で、帰り支度を始めた。

「刑事課長に嫌味を言われる程度ならまだマシだ。あんまり派手にやってると上に目をつけられるぞ」

それを一番恐れているのは戸川だろう。沢村はそう反論したい気持ちを抑え込んだ。

「中南署に特別監察が入るそうだ。例の事件、当時の関係者は全員、呼び出されて聴取を受けるらしい」

捜査資料の件は、もう噂になっているようだ。

「お前もせいぜい気を付けろよ」

お疲れ、と言って、戸川が部屋を出て行った。

沢村は思わず息を吐き出した。

同じ説教をするにしても、戸川には人情というものが感じられなかった。比較するまいと思っても、ついつい奈良のことを思い出してしまう。奈良は口が悪く、怒る時はいつも「バカ野郎」「この野郎」を平気で使ったが、それでいて後を引かないから、言われた方も遺恨に思うことがなかった。

だがそんな奈良はたった一度だけ、淡々とした眼差しを沢村に向けたことがあった。

〈なぜ俺に一言相談しなかった?〉

あの時の奈良の顔に浮かんでいたのは怒りではなく、沢村への失望だった。

沢村の脳裏に昔の苦い記憶が再び蘇ってきた。

＊

中南署に陽菜ちゃん事件の捜査本部が置かれていた当時、近くに飲食店は少なく、警察関係者と出くわしてしまう可能性もあったため、沢村たち強行犯係が飲みに行く時は、豊平川《とよひらがわ》を越えて、澄川《すみかわ》方面まで出るようにしていた。

『飛龍《ひりゅう》』という店は、福住《ふくずみ》・桑園《そうえん》通から中通りを北へ入ったところにある古い居酒屋だった。カウンター席の他にテーブル席と奥に個室が一つある。そこはホールから離れていて、襖《ふすま》を閉め切ると従業員や他の客に話を聞かれる心配はなかった。

その晩、珍しいことに瀧本は荒れ気味だった。酒に酔っていたわけではない。彼はここへ来てから、ほとんどコップのビールには口をつけていなかった。

そんな瀧本の様子で、沢村はもう一つ気がかりなことがあった。

それは昨日のことだ。珍しく早く戻ってきた瀧本が、捜査本部の置かれた会議室の片隅で、あるビデオに見入っていた。それは少しでも捜索の役に立てば、と陽菜の両親が提出したホームビデオだった。

陽菜が例の庭で遊んでいる。撮影されたのは、誘拐事件が起こるほんの数週間ほど前だったと言う。

『あかいおはなしゃん』と陽菜が花壇の花を指さす。

『赤いのね。アネモネって言うの』ビデオを撮影する、母親の声が入ってきた。

『アニェモネ、アニェモネさんしゅき』母親に向かって、微笑む陽菜。

『うん、ママもアネモネさんだあいすき』

僅か数分のビデオを、瀧本は食い入るように見つめていた。一度見終わるとまた初めから、何度も何度も見返していたのだ。

その様子はまるで、瀧本の魂がこの事件に吸い取られてしまったかのようだった。

二〇一八年の一月に陽菜の遺体が発見されてから、既に一ヵ月以上が経とうとしている。

事件の解決が、瀧本の悲願であるのは理解しているつもりだった。長引く捜査に、今回も未解決に終わるのでは、とそんな恐怖を覚えているのもわかっている。しかし近頃は、あまりにも事件へののめり込み方が尋常ではない気がして、沢村は瀧本の精神状態が心配だった。

「いくら性犯罪者を洗い直したって、そんなもん無意味に決まってるだろう」

瀧本の声が大きくなった。「瀧さん、声」と奈良は瀧本を宥めた後、「そうは言ったって、上としてもその線を完全に消すわけにはいかんだろう」と零した。

かつて秋田で起こった少女監禁事件では、犯人の男に性犯罪の前歴があったにもかかわらず捜査対象に加えなかったという警察の失態があった。それだけに本部としても、その線は絶対に外せなかったのだ。

だが瀧本は、「今回に限っては、絶対に性犯罪者じゃない」と再び語気を強めた。

誘拐は渡瀬の場当たり的な犯行だったとしても、渡瀬が死んだ後、陽菜の面倒を見る者が必要だった。そんなことが性犯罪者にできるわけがない、というのがその理由だった。

沢村も同意見だった。浅野に話した時点では、他にどんな人物を調べるべきなのか皆目見当がついていなかったが、最近になって漠然と思いついたことがあった。

「例えば陽菜ちゃんを攫ったのが、渡瀬ではなく共犯者だったとしたらどうですか。その人物は陽菜ちゃんを庭から誘い、自分のアジトに連れ帰った。そう考えて、事件当時、現場付近をうろついていた他の人物たちの足取りを、もう一度捜査した方がいいんじゃないでしょうか」

「だが子供を連れた渡瀬が、国道五号線へ向かって歩いてるところが目撃されてるんだぞ。それはどう説明する？」

奈良は渋い表情を浮かべたまま、首を横に振った。

渡瀬の死亡を受けて、それまで誘拐報道を控えてきたマスコミが一斉に事件を報じたところ、一人の女性が警察に連絡してきた。その女性は生命保険の外交員で、顧客への訪問の帰り、渡瀬によく似た人物が幼い女の子を抱いて、島崎宅の方から国道五号線方面へ歩いて行くのを見たと証言しているのだ。

「目撃者が、二人の人着《にんちゃく》を見誤った可能性はないんでしょうか」

「その辺は捜査員だって、何度も確認してるだろう」

「それはそうですが……」

目撃者からの情報は、誘拐事件が報道された後に寄せられたものだ。その時点で渡瀬の顔写真は公開されており、目撃者の記憶も本当に見た人物なのか、ニュースで見た人物なのか、惑わされることは十分考えられるのではないだろうか。

そしてもう一つ、その目撃証言について、沢村には最大の謎とも言うべきものがあった。

「陽菜ちゃんは人見知りのしない子だったそうですが、それでも知らない男性に抱きかかえられて、大人しくしていたというのがどうにも腑に落ちないんです」

気が付けば、瀧本がじっと、沢村の話に耳を傾けているのがわかった。

「もし目撃された男と子供が、事件には関係ない普通の父子だったとしたら、我々の捜査は全くの見当違いの方向を向いているということになりませんか。共犯者の行方を追うのが無理なら、せめてもう一度、この父子が本当に渡瀬と陽菜ちゃんなのか。その点を洗い直してみるべきじゃないでしょうか」

　奈良は腕を組んだまま、まだ難しい顔をしていた。

「お前さんの言いたいことはわかった。しかしな、帳場が立った事件に、所轄は口を挟めないんだよ」

　そう言われてしまうと、沢村も黙り込むしかなかった。

「俺たちの手で、新しい証拠を見つければ話は別だ」

　それまで黙っていた瀧本が口を開いた。

「証拠ってどんな？」

「もう一組、素性が不明な母子がいたろう」

　瀧本の言葉で、沢村は慌てて自分の手帳を確認した。

　誘拐事件当時、幼い子供連れの親子についての目撃情報を、捜査本部は集めていた。全部で四組の親子が犯行時刻近くに現場周辺で目撃されている。そのうち三組が母子で、残る一組が渡瀬たちと思われる父子だった。

　瀧本が口にしたのは三組の母子のうち、未だ素性が確認されていないある一組の母子のことに違いない。その母子は雨の中、ＪＲの手稲駅方面へ向かうのを目撃されていたが、駅の防犯カメラには写っていなかった。

「俺はそっちを調べる」

「いや、ちょっと待ってくれ、瀧さん。俺たちだけで勝手に捜査なんか、上にバレたらまずいことになるだろうよ」

「せっかくの警部昇進が吹っ飛ぶってか？」

「瀧さん……」

奈良がいきなり横っ面を張られたような顔になった。

たちまち二人の間に、険悪な空気が流れ始めた。

このままではいけない。

沢村が慌てて間に入ろうとした時だった。

「いやあ、駄目だ、駄目だ。今日は飲みすぎたな。ちょっとションベン行ってくるわ」

笑って奈良が、トイレに立った。瀧本はその姿をずっと睨んでいたが、不意に沢村に向き直った。

「俺の方でもう一組の母子の方を調べてみたいと思います」

「瀧本さんは共犯者を女性と見てるんですか？」

だが瀧本は沢村の問いを無視するように言葉を続けた。

「係長の方は、さっきの父子の件を調べてもらえませんか。係長が言ったように、この父子が無関係だと証明されれば、本部を説得して、捜査を母子の方に集中させられます」

「でも、こちらも日中はペアを組んでいて、相手になんて言うんですか？」

浅野は鋭いところがある。適当な誤魔化しが通じるとは思えない。

「その辺は、所轄の事件の捜査とでも言えばいいでしょう。浅野は係長に好意があるようだし、きっと疑いませんせん」

沢村は驚いて、瀧本を見つめ返した。浅野との関係に瀧本はいつから気づいていたというのだろう。

「奈良さんに報告しなくていいんですか？」

「あいつは信用できん。もうあっち側の人間だ」

瀧本が吐き捨てるように言った。あっち側とは、幹部側という意味だろう。これまでずっと名コンビと謳《うた》われてきた二人の関係に、こんな形でひびが入ってしまうとは、沢村には信じられなかった。

気づまりなまま散会となった翌日、沢村は瀧本に言われた通り、所轄のヤマでどうしても調べたいことがあると浅野に断って、最寄りの地下鉄の駅で車から降ろしてもらった。今日の分の捜査のノルマは既に終わっていることもあり、浅野はなんの疑いも抱いていないようだった。

微《かす》かに良心の痛みを抱えて、沢村は父子を目撃した唯一の証人である川上詩織《かわかみしおり》を訪ねて行った。もう一度、目撃した時の状況など詳しい話を聞いておこうと思ったのだ。

奈良にも断らず、問題になるのではないかと不安もあった。だが瀧本の頼みなら、断ることはできなかった。

大丈夫。これは自分も納得してやっているのだ。そう言い聞かせて、沢村は川上詩織の部屋のチャイムを鳴らした。

その次の日のことだった。沢村は突然、朝の会議から外された。刑事課に戻るよう言われて、顔を出した途端、「馬鹿野郎、何考えてんだ！」と根津の怒号が飛んできた。

昨日、沢村が勝手に川上詩織の元を訪れたことが、既に根津の耳に入っていたのだ。

「今朝早く、兵頭弁護士から署長宛てに抗議の電話があった。昨日うちの捜査員の一人が、事件の目撃者に対してしつこく話を聞きたいと迫ってきて、まるで被疑者のような扱いを受けた、と」

「そんな、誤解です」

確かに川上詩織からは、いまは忙しいといったんは断られた。だが結局その後は快く応じてもらっている。あの対応に問題があったとは思えなかった。

「捜査本部に確認したが、お前にそんな指示は出してないと言われたぞ。いったい誰の指示でこんな勝手な真似をした」

それは――。沢村は瀧本の名前を口に出しかけて思い留まった。

彼の頼みがあったとはいえ、最後は自分も納得して単独で動いたのだ。

沢村は瀧本を守った。

「なんとか言ったらどうだ?」

「まあ、まあ、課長。後は俺から強く言っておきますから」

いつの間にか部屋に入ってきた奈良が、その場はうまくとりなしてくれた。だがその奈良は、いつもの奈良ではないような顔をしていた。

席に戻って、沢村は奈良に事情を説明しようとした。だがその前に、奈良が口を開いた。

「なぜ俺に一言相談しなかった?」

その時奈良の目に浮かんだ失望は、未だに忘れられなかった。

それから間もなくして、沢村は捜査本部を外された。

瀧本からは何も言って来なかった。

瀧本を守ったことは自分の判断だ。しかしそれでも、沢村のことを無視するような態度を取り続ける瀧本に、不信と疑念の感情が沸き上がるのを抑えられなかった。

そして三月を迎え、ささやかだが沢村の送別会が開かれた。その場に瀧本の姿はなかった。捜査本部の仕事が忙しいというのが理由だった。

しかし沢村はその時はっきりと、瀧本に裏切られたのだと気がついた。

＊

警察官僚の出世のスピードに比べれば、経済産業省のそれはもう少し遅い。大学時代の友人で、経産省キャリアの篠山澪《しのやまみお》は課長補佐という立場にあった。

「課長補佐なんて言っても、奴隷よ、奴隷」

澪は既に酔いが回って来たのか、さっきからしきりと、奴隷という言葉を繰り返した。官僚が激務だという話は、沢村もニュースなどで知っていたが、その実態を官僚本人の口から赤裸々に聞かされると、さらに悲惨だという気がした。

大学時代から仲の良かった友人で、独身の女性は澪だけになっていた。大学を卒業し、澪は官僚となり、沢村は大学院へ進学したが、二人の関係は続いていた。

札幌での会議のついでに、半日だけ休みを取った澪とススキノで待ち合わせて、女性同士のささやかな飲み会を開いた。一軒目の海鮮料理のうまい居酒屋で話に花が咲き、二軒目のバーに移っても話は尽きなかった。

「そうだ。祥子《しょうこ》が離婚した。知ってた?」

さっきまで散々、国会議員の悪口を言っていた澪が、急に話題を変えた。

「嘘、祥子の旦那って財務官僚でしょう。将来の事務次官候補」

話題に上っている祥子も沢村たちの同窓生だが、卒業と同時に東大法学部卒の財務官僚と結婚し、同窓会の度にそれを自慢にしていた。

「聞いた話だと、旦那が出世コースから外れたらしい。それで祥子が見限ったって」

「うわあ、祥子らしい」

ひとしきり同窓生の話で盛り上がった後は、また二人の話に戻った。

「で、依理子はどうなの?」

「どうって?」

「結婚は。誰かいないの?」

「いない」

チャンスかと思った浅野との関係は、自らの愚かさのせいで壊してしまった。

「ねえ、もし、笠原さんがまだ生きてたら、結婚してたと思う?」

澪が遠慮がちに聞いた。

笠原という名前を聞いて、沢村の心に鈍い痛みが走った。

「どうかな」

沢村は笑おうとした。

「ごめん。軽率だったね」

澪の言葉を聞いて、うまく笑えていなかったことを知った。

「こっちこそ、ごめん。いい加減吹っ切れたと思ってたんだけど……」

そこまで言って唇を噛んだ。嘘だ。笠原がいなくなって十年近い歳月が流れても、その存在の重さは無くなるどころか、根を張ったように沢村の心に住み着いたままだった。

「それより澪はどうなの？」

ぎこちなくなってしまった空気を変えたくて、沢村はわざと明るく尋ねた。

「私はもういい。しないって決めたの」

「経産省初の女性事務次官目指してるから？」

「それももう、どうでも良くなった」

「どうして？」

「本当にやりたかったことはそれじゃないって気づいたから」

その澪の言葉が、今夜はやけに胸に響いた。

「奴隷みたいに働いて、あともう二、三年もしたら課長になれるかどうかふるいにかけられて、そこがキャリアの分かれ目になる。でもその先もずっと出世競争が続くわけ。本当にこれが私の望んだ人生なのかなって思ったら、事務次官とかどうでも良くなった」

「もしかして、辞めようと思ってるの？」

「まあ、ね。すぐにじゃないけど。今後のことをもう少しじっくり考えてみるタイミングかなって」

ロングカクテルに刺されたストローを、澪が忙しなく動かした。

「依理子の方は？」

「私も同じかな。なんか人事に一貫性がなくて、私をどうしたいのかよくわからない」

酔いが回って来たからなのか、笠原を思い出して心が弱くなったからなのか、普段口にしたことのない愚痴が零れた。

刑事企画課時代は、このまま幹部コースを歩むのも悪くないと思った。その後、中南署の刑事課に配属となり、刑事という仕事の面白さに目覚め始めたところで創成署の生活安全課に異動となった。

生安の仕事にもようやく慣れて、仲間たちともうまくやっているが、仕事そのものが楽しいわけではない。

人事は私をどうしたいのだろう。

もしかすると適当に現場をたらいまわしにして、こちらから辞めると言い出すのを待っているのではないだろうか。

ふとそんな気がしてきた。

「持て余されてるのかもね」

「それはあるんじゃない？」澪が冷めたように頷いた。「だって弌英のドクター持ちが警察官なんて、上はやりづらいと思うよ」

「そうかな。そんなに私、学歴を鼻にかけてるように見える？」

「依理子がどう思おうと、女で自分より学歴の高い部下なんて、男はみんな嫌がるに決まってるじゃない。転職とか考えないの？」

「したくても、あてがないよ……」

いま警察を辞めても、またコンビニのバイトに戻るくらいしか選択肢は見つからなかった。

「研究職に未練はないの？」

「未練……」

お酒を口に運ぼうとして手が止まった。

「笠原さんがあんなことになって、大学に絶望したのはわかってる。でも組織が理不尽なのはどこも一緒。うちだって実情は変わらない。警察ならなおさらそうじゃない？　どうせどこに行っても理不尽なら、自分の好きなことを仕事にした方がいいんじゃないかな」

理不尽なのはどこも一緒、か。澪の言う通りのような気がしてきた。

「でもいまさら大学に戻れるわけじゃないし……」

そう、もうあの世界に自分の居場所はないのだ。ウォッカベースのカクテルが、舌に嫌な後味を残していた。

「ねえ」

澪が身を乗り出した。まるでこの話の展開を待っていたかのようだ。

「私の知り合いで、大学の理事長してる人がいるんだけど、一度会ってみる気ない？　岩手県にある福祉系の大学でね、再来春から学部を一つ増やす予定で、教養系の科目を教えられる人材を探してるって。どうかな。依理子にぴったりだと思うけど？」

「でも大学で教えた経験もないのに、無理でしょう」

「資格は社会科学系の博士号があればいいって」

「公募は？」

「一応するけど、人物本位で決めたいから、知り合いからの紹介の方が安心だって。いい話だと思うけどな」

沢村は迷いながらカクテルに口を付けた。

「警察官になったのは生活のためでしょう。あの時はじっくり将来を考えるゆとりもなかったんだから。このまま好きでもない仕事を続けて燻ってるより、チャレンジしてみたら？」

沢村が警察官になると打ち明けた時、一年待って行政職を受けろとアドバイスしてくれたのは澪だった。一年待てば気が変わって、また大学に戻りたくなるのではないかと思った、と澪は後で教えてくれた。

十八歳で出会って今日までの二十年間、ずっと変わらぬ友情を育んできた友人の言葉には重みがあった。

沢村は転職の件は「考えてみる」と答えた。

明日の朝、一番の飛行機で東京に戻らなければならない澪とは、彼女の宿泊するホテルの前で別れた。

十月にしては寒い夜だった。地下鉄の駅まで急ぎながら、いつの間にか、転職のことを考えていた。

福祉系の大学であることと、場所が岩手県という点がネックだ。

だが少なくとも講師としての一歩さえ踏み出せれば、そこで研究実績を積み、いずれは社会科学系の大学へ移るのも夢ではない。

「研究職への未練か……」

呟きが白い息と共に零れた。

無いと言えば嘘だろう。日々、ベッド脇のサイドテーブルの上に増えていく書籍の数に、いちいち言い訳を探すのにも疲れていた。

それなら何を迷うことがあるのだろう。このまま警察に残って、その先にどんな将来があるというのだろう。

いつか本部に戻って幹部コースを歩む？　そんな将来にもいまはさほど魅力を覚えなかった。

澪にも愚痴を零したが、そもそも上層部は、もはや沢村にそんな道を期待していないようにも思えた。

それならいっそ辞めた方が――。

またしてもため息が、夜気に吸い込まれていった。

結論の出せぬまま、沢村は地下鉄の入り口へ続く階段を下りて行った。

＊

その翌日の昼休み、無事に羽田空港に着いた、との澪からのメールを確認して、生安の部屋に戻ってきた沢村を、戸川が厳しい顔で出迎えた。

「沢村、ちょっと来い」

別室へ呼ばれた。かなり機嫌が悪そうだ。昼休みが始まる少し前に、署長に呼び出されたのは覚えている。そこで何か問題でも起こったのだろうか。

別室に入り、ドアを閉めた途端、「警務部から呼び出しだ」と告げられた。

「明日十五時、本部に出頭せよとのことだ。心当たりはあるか？」

すぐにピンと来た。

「多分例の、捜査資料がリークされた件だと思います」

「お前なのか？」

「課長」

沢村は抗議の声を上げた。いきなりそれはないだろうと思った。

「本当に俺に隠してることはないんだな」

戸川が自分の保身を優先する人物なのは知っていたが、ここまであからさまだと、怒りよりも嫌悪の方が勝ってきた。

「ありません」

言うことだけ言って部屋を出て行こうとした戸川だったが、ドアに手を掛けると、不意に沢村を振り返った。何かもっと言いたいことがあるようだが、なかなか口を開こうとしない。ようやく一言、「気を付けろよ」と言った。

いまさら心配するふりをされても、白々しいという思いしか沸いてこなかった。

「ご心配ありがとうございます。でも本当に何もやってませんから」

「連中を甘く見るな。その気になりゃ、どんな罪だろうとおっかぶせられるんだ」

不吉な言葉を残して、戸川は出て行った。

「まったく……」

沢村は首を振った。部下の不祥事に怯《おび》える気持ちはわからなくもない。噂では昔、戸川は懲罰人事で地方に飛ばされたという話だった。ようやくほとぼりが冷めて創成署に戻ってきたいま、二度と飛ばされたくないという思いが強いのだろう。

だが自分は何もしていない。戸川の心配は単なる杞憂なのだ。

沢村は部屋の電気を消して、ドアを閉めた。

四

道警本部は、創成署から西へ徒歩で、七、八分ほどの距離にある。近くには北大の植物園があり、目の前には北海道議会議事堂もあった。

ここへ来るのは三年ぶりくらいだろうか。一階のロビーには制服警官たちに交じって、施設見学の順番を待つ一般市民の姿があった。懐かしい。新人の頃に一度だけ、彼らの案内係を務めたことがある。

呼び出しは三時だ。少し早めに着いてしまった。沢村はコートを脱ぎ、手に持ったまま辺りをぶらぶらした。

しばらく見るともなしにロビーの大きな窓から外の景色を眺めていると、「沢村警部補ですね」と背後から声を掛けられた。

振り返ると、制服を着た案内役の若い女性警察官が立っていた。

警察官に先導されてエレベーターに乗り込む。到着したのは総務部と警務部のあるフロアではなかった。ここは沢村も初めて訪れるフロアだ。

再び警察官について、長い廊下を進んだ。両側に同じような部屋が幾つも並んでいる。一人で歩いていたら、ずっと同じ場所をぐるぐるしているような錯覚に陥ったかもしれなかった。

やがて一つのドアの前で警察官は足を止めた。

「こちらです」

そう言って警察官は離れて行った。

沢村は深呼吸を一つして、ドアをノックした。

「どうぞ」

中から男性の声がした。

「失礼します」

中へ入った沢村は頭を下げ、警察学校で習った通りの間を空けてから顔を上げた。

部屋はさほど広くなく、会議用の長テーブルが置かれている。そこに窓を背にして、二人の男性が座っていた。

右側の若い方の男性が立ち上がった。

「沢村警部補。今日は忙しいところを呼び出して申し訳なかった。私は警務部で管理官をしている片桐。こちらは同じく警務部の田伏《たぶせ》警部だ」

田伏と紹介された方が片桐よりも年配だった。田伏は座って腕組をしたまま、横柄に顎をしゃくった。座れということだろうか。

迷っている沢村に片桐が声をかけた。

「どうぞ、掛けて楽に。荷物は隣の椅子に置くといい」

「失礼します」

沢村は言われた通り、コートとバッグを隣の椅子に置いて、片桐たちの目の前の席に座った。

おかしな感じだった。警務部の管理官と言えば階級は警視だ。となれば片桐は田伏の上司のはずだ。普通こういう場合、田伏が立ち上がってあれこれ仕切り、片桐の方はふんぞり返っているものだ。

さらにおかしいと思ったのは、片桐がやけに若く見えたことだ。年齢より見た目が若く見える者もいるが、恐らく沢村とそう年は変わらないだろう。

そうか、思い出した。片桐一哉。道警の最年少警視。去年の人事発令の際、ちょっとした話題になった人物だ。

通常、五十代半ばから後半で到達すると言われる階級に、片桐は四十歳という驚異的なスピードで昇進した。この年齢で警視に昇進するには、全ての昇進試験を一発合格で駆け上がって行かなければ無理だ。つまり片桐は、それだけ優秀な警察官だということだ。

「今日は単に、幾つかこちらの質問に答えてもらうだけだ。人事面談だと思って気楽に答えてくれればいい」

片桐が手元のファイルを広げた。恐らくそこにあるのは、沢村の人事ファイルだろう。

気楽にと言われたが、調査で呼ばれていて、それを鵜《う》呑《の》みにするほど沢村も単純ではない。

「さて、警部補。君はなかなか面白い経歴だ。実のところ君とは、一度会ってみたいと思っていた」

そう前置きをして、片桐は沢村の卒業した大学名、専攻、博士論文のタイトルなどを確認した。

「君が専攻した経営組織科学について、もう少し詳しく説明してもらえるかな」

沢村の専攻した経営組織科学という学問は、大学によって呼び名も変わり、非常に分野が広かった。学問領域としては経営学に含める大学が多いが、心理学の一分野として扱う大学もある。沢村の母校の式英では、経済、歴史、哲学、政治、社会学、法学など、社会科学全体から、組織の在り方や人の行動心理などを科学した。

沢村がそう説明すると、片桐は納得したように頷いた。

「博士号まで取って、研究職に未練は？」

「ありません」

即答した。片桐はちらっと沢村を見つめてから、再びファイルに目を落とした。

「警察官を志望したのはどうして」

採用試験でも同じような質問を受けた。沢村は当時答えた内容と齟齬《そご》が出ないよう、慎重に話した。研究職の将来性について軽く説明した後、「学んだことを生かす道は、研究者に限らないことに気づき、これまで学んだ社会科学の知識を生かしながら、公務員として地元に貢献したいと考えたからです」と答えた。

片桐の口元に、見えるか見えないかくらいの笑みが浮かんだような気がした。

あまりに優等生過ぎる、と聞こえたのだろうか。それとももっと別の意図があったのか。

だがそれを深く探る前に、片桐は手元のファイルを閉じた。

「今日は以上だ。ご苦労様」

終わり？　たったこれだけ？　捜査資料の件は聞かれもしなかった。

沢村は拍子抜けした気分を味わいながら、エレベーターで一階へ戻った。だがなんにしろ、これで調査からは解放されたのだ。

玄関に向かおうとした沢村の視界に、こちらに手を上げる一人の男性の姿が飛び込んできた。

奈良だ。

「おう、おう」

奈良は懐かしそうに笑いながら、沢村に向かって片手を挙げながら近づいてきた。

「久しぶりだな。元気だったか?」

こうして奈良と再会するまでは、もし次に会う機会があったらどんな調子で話せばいいのか、と気がかりだった沢村は、翳《かげ》りのない奈良の口調に救われた。

「お陰様で。奈良さんこそ、その後肝臓の数値はどうですか」

「それがよ、今年はまだ受けに行けてなくてよ、参ったよ」

奈良はついこの間まで、厚別《あつべつ》の強盗殺人事件を担当していたという。奈良は警部に昇進して、捜査一課では班長と呼ばれる立場になっていた。中南署の頃よりも忙しさと責任が増して、髪にも白いものが増えていた。

「それで、今日は何の用だったんだ?」

「例の捜査資料漏洩の件で、警務に呼び出されたんです」

奈良には何も隠すことがなかった。

「そうか、お前も呼び出されたのか……」

奈良の顔が曇った。

「じゃあ、奈良さんも？」

「ああ、先週、例の雑誌が出た直後にな」

「それで大丈夫だったんですか？」

「ったりめえだよ。こっちは何もやってないんだからな。それなのによお、あの田伏って野郎、同じ警部だってのに偉そうに上からああだこうだ言いやがって、うるせえってんだよ」

相変わらずの奈良節が聞けて、沢村の顔も綻んだ。

「片桐管理官には何か言われませんでしたか？」

「片桐さん？　いやあの人は同席してなかったな」

そうなのか。じゃあ自分の時はたまただったということか。

少しおかしな気もしたが、それ以上深くは考えなかった。

「まあ、気にするな。向こうにもメンツがあるからよ。ひと通り当時の関係者を呼びつけて、調査してるふりでもしてんだろう」

「あの、瀧本さんも呼ばれたんでしょうか？」

沢村は遠慮がちに切り出した。奈良同様、捜査一課で忙しく活躍しているという評判は耳にしていた。もう自分には関係ない人だと割り切ろうとしてきたのだが、どうしても気になってしまうのだ。

「瀧さん？」

瀧本の名前を出した時、奈良が少し驚いたような素振りを見せた。

沢村の口から瀧本の名前が出たのが、そんなに意外だったのだろうか。

「瀧さんなら大丈夫だ。まさかあの人が漏洩なんて、監察だって思うわけねえだろう」

「そうですね」

沢村はほっとして相槌《あいづち》を打った。

奈良が腕時計を確認した。これから会議があると言う。

「近いうち、一杯やろうじゃないか。お前の送別会もあんな中途半端な形で終わっちまったからな」

そして奈良は、せかせかした足取りでエレベーターホールへ歩き出した。その背中を見送って、なんだか奇妙な思いに捕らわれた。

瀧本の名前を出した途端、急に話を切り上げられたような気がしたのだ。それはまるで、沢村の前で瀧本の名前を出すのがタブーであるような、そんな慌てぶりだったように感じられた。

沢村は道警本部を出て、創成署へ歩き始めた。

日が傾き始め、風が冷たくなっていた。そろそろ札幌にも、本格的な冬の足音が近づいてきているようだった。

瀧本ともあれから一度も会っていなかった。

裏切られたのだと思っても、心のどこかでまだそれを信じられない自分がいる。

瀧本と会って、あの時の真意を知りたいと思った。何か特別な理由があって、あんな態度を取ったと言うのだったら、それを教えて欲しかった。

目の前の信号が赤に変わろうとしていた。立ち止まった沢村は、バッグから携帯を取り出した。

だが通話ボタンに指を置いて、そのまま動きが止まってしまった。

連絡をして何から話せばいいのだろう。

瀧本から謝罪の言葉を聞きたいわけではない。

陽菜ちゃん事件の解決が瀧本の悲願だったのは知っている。だからあの時、勝手に捜査したことが原因で捜査本部を外されたくなかったのだと、そう瀧本の口から直接説明してもらっていれば、沢村も納得できていたはずだ。

ひょっとして自分は、そんな人情も通じないような人間だと瀧本から思われていたのだろうか。

通話ボタンに触れていた指が震えた。

その時、沢村の傍らを通り過ぎて行く足音が聞こえた。

顔を上げると信号は再び青に変わっていた。

沢村は一つため息をついて携帯をバッグに戻し、横断歩道を渡り始めた。

沢村が生安に戻ると、戸川の声が耳に飛び込んできた。

「――こっちに泣きつかれても知らんよ。その件は刑事課に渡したんだ」

その時、戸川と目が合った。

「ああ、わかった、それなら丁度いいのがいた。沢村を行かせる」

面倒くさそうに言って、戸川が電話を切った。

「沢村」と呼ばれ、嫌な予感を抱えながら、戸川の席へ行った。

「下に兵頭百合子が来てる。お前、ちょっと相手をしてやれ」

「なぜです？」

「刑事課はいま、事件で手が離せない。それにあっちの用件は、例のリンチ殺人だ。だったらお前でも、ことが足りるだろう」

いちいち癇に障る言い方だ。リンチ殺人では、沢村が忠告に従わず、捜査に首を突っ込んでいるのが、戸川は気に食わないのだろう。それともう一つ、警務部から呼び出しがあったにもかかわらず、意外とケロッとしている点も面白くないに違いない。兵頭との面会には、沢村を困らせてやろうという戸川の意図が透けて見えた。

そういうことなら、戸川の思惑に乗ってやろうと思った。


沢村が教えられた会議室に向かうと、一人の女性が待ち受けていた。沢村を見て、意外そうに声を上げた。

「あら、いつから生安の課長さんが女性になったのかしら」

クリーム色のスーツを着込み、短く揃えられた髪と耳には白い小ぶりのイヤリングが光る。いかにもできる女といった風情で、テレビでよく見る兵頭百合子その人だった。

「係長の沢村と申します。課長は所用で手が離せませんので、ご用件は私が代わりに承ります」

「所用とか言って、本当は逃げたんじゃないの」

兵頭の当てこすりを聞き流して、沢村はお茶を勧めた。兵頭はにこやかにお茶に口を付けた。

「そうそう、自己紹介がまだだったわね。兵頭百合子と申します」

決して好戦的ではないが、沢村は警戒を緩めなかった。

「それで今日は、どのようなご用件でしょうか」

「こちらに勾留中の工藤文江さん。彼女に対する取り調べ中、警察官から不当に扱われたと訴えがありました」

「刑事課の取り調べについては、残念ながら私の方でお答えはできません」

「それでは管理売春の件ではどうかしら。こちらはあなた方生安の担当のはずでしょう」

「不当というのは、具体的にどの事実を指してのことでしょうか」

「彼女をまるで、管理売春の首謀者のように扱ったと、そう聞いています」

「工藤が未成年の少女たちを使って、管理売春を行っていたことについては疑いの余地がありません」

兵頭はまだ笑みを張り付けていた。

「芳野栄太についてはどうですか。警察はちゃんと捜査したんですか」

「芳野については、管理売春の従犯という扱いです」

「従犯ですって」

兵頭がさもおかしそうに笑った。

「芳野が暴力で工藤さんを支配していたと、警察は考えなかったんですか」

「考えませんでした」

沢村はきっぱりと答えた。兵頭が僅かに首を捻る。

「芳野は体の大きな男でしょう。対する工藤さんは女性でも小柄な方。それなのに芳野が、暴力で工藤さんを支配していた可能性を疑わなかったというのかしら。はっきり言ってそれは手抜き捜査もいいところじゃない」

「暴力で支配されていたのは、芳野の方だったと思われます」

「あなたそれ本気で言ってるの」

兵頭の顔から笑みが消えた。

「芳野の二の腕には、煙草《たばこ》の火を押し付けられたような火傷《やけど》の痕が複数ありました。それは被害者の少女たちの腕に残されていたものと同じです。つまり工藤は、被害少女たちと同様、芳野に対しても虐待を行っていたと思われます」

「工藤さんが子供の頃にどんな境遇で育ってきたか、それもちゃんと調べたのかしら」

「工藤の生い立ちは承知しています。同じ女性として彼女を気の毒に思っていますし、当時の大人たちを何らかの罪に問えたらとも思います。でも彼女は自分と同じような境遇の少女たちを、今度は食い物にしたんです。工藤の境遇には同情できても、彼女が犯した犯罪に同情の余地はありません」

「あなた、随分と同性に手厳しいのね。世の中の女性たちは皆、あなたのように恵まれた境遇にいるわけじゃないのよ。罰を与えるだけで解決になるのかしら」

「先生がおっしゃりたいのは治療的司法ということだと思いますが、本当に工藤を救いたいというのであれば、まずは自分の罪と向き合わせて、その罪を償ってからでなければ意味がありません」

「それは――」

「まだ、話の途中です」

沢村は反論しようとした兵頭を、やんわりと遮った。兵頭の顔に不愉快そうな表情が過った。かまうものか。かつて邪魔をされた仕返しだ。

「十三年前、彼女には一度、更生の機会が与えられました。しかし周囲の大人たちは彼女を見誤り、正しく更生の道を歩ませようとはしませんでした。それは第一に、彼女が未成年であったこと、そして第二に彼女が女性であったこと、この二つが判断を狂わせたのだと思います」

兵頭がじっと沢村を見つめている。もう反論する気はないようだ。

「そして真実を見ないまま、彼女から更生の機会を奪ってしまった。だからこそ今回は、正しく彼女を更生の道に導いてやる必要があるんです。そのためにも彼女を取り調べることは、我々警察の使命であると思っています」

兵頭はしばらく何も言わなかった。やがて静かにため息を漏らした。

「いいでしょう。今回はもうしばらく成り行きを見守ることにします」

兵頭が帰り支度を始めた。

「そう言えば、被害者の少女たちはどうなるのかしら」

「いまのところ処分保留ですが、起訴猶予になると思います」

売春をしていたとは言え、未成年であり、工藤に強要されていた点などが考慮され、罪に問われることはないはずだ。

「もしこちらで彼女たちにできることがあるなら、なんでも協力します」

「ありがとうございます」

ドアに向かいかけた兵頭が、不意に振り返った。

「ねえ、あなた。うちの事務所に来ない？」

兵頭が名刺を渡してきた。表面には兵頭百合子法律事務所とある。

「仕事柄、弁の立つ人間は大勢見てきたけど、あなたの話し方には感心したわ」

「弁護士でもない私が、法律事務所で何をするんですか」

いきなりのスカウトに面食らった。

「仕事ならいくらだってあるわよ。それにあなたみたいな人が、こんな組織にいても才能の無駄遣いだと思う。未来もないでしょう」

考えておいてと言って、兵頭は部屋を出ていった。

沢村はしばらく手の中の名刺を見つめていた。

この間まで転職したくても当てがない、と零していたのに、大学の話に続いて兵頭からもスカウトされてしまうとは。

兵頭のスカウトを受ける気など毛頭なかったが、未来もない、といった兵頭の言葉がなぜか頭から離れなくなった。

もしかするとここが潮時ということなのだろうか。そして警察官としてではなく、別な未来への扉を開くチャンスなのか。

沢村の心はまた大きく揺らぎ始めていた。

＊

沢村に警務部から二回目の呼び出しがあった。その日は朝から北風が強く吹きつけていて、テレビのお天気キャスターが、数日中に初雪が降るかもしれないとコメントしていた。本格的な冬の到来を前にして、薄手のコートから厚手のコートへと切り替わるように、沢村の頭からも調査のことがすっかり抜け落ちたタイミングでの呼び出しだった。

しかも今回は署長を通さず、直接片桐から沢村に連絡があったのだ。これは極めて異例なことだった。果たしてこれは吉報と呼ぶべきか。あるいは前回とは打って変わって、厳しい質問が待ち受けているのか。

沢村はなんとなく不安な気持ちを引きずりながら、道警本部を訪れた。ロビーはいつもより閑散としていて、どこか寒々しい印象を受けた。

二回目とあってか出迎えの警察官もなく、沢村は心細いような気持ちで、一人エレベーターに乗り込んだ。

扉を閉めようとした時だった。数名の男性が走り込んできた。そのうちの一人が「すんません」と沢村に軽く頭を下げた。やや型崩れしたグレーの背広にがっしりとした体つき。なんとなく馴染みのある雰囲気だった。

彼らは途中の階で降りて行った。そこは刑事部のあるフロアだ。

沢村は瀧本のことを思い出した。

今日、調査の後で思いきって直接訪ねていってみようか。

いつまでもわだかまりを抱えたまま、あれこれ思い悩んでいても仕方がない。

よし、そうしよう。

そう決心した時、エレベーターは目的のフロアに到着した。


廊下に並ぶ部屋のうち、一ヵ所だけドアの開いている場所があった。行けばすぐにわかると片桐は言っていたが、あそこだろうか。

部屋の側まで歩いて行くと、「ここだ、警部補」と中から声がかけられた。

片桐だ。同じく田伏の姿もあった。相変わらずむっつりして、こちらを値踏みするかのように睨んでいる。いい警察官、悪い警察官という、あまりにも古典的な手法のように思えた。

片桐の目の前に置かれた紙コップから、コーヒーの香りがした。

「昨夜はこれを読むのに徹夜だったので」と片桐は傍らの分厚い冊子に手を置いた。それはある学会誌だった。表紙を見た途端、沢村は微かな不安を覚えた。

「君も良ければ何か買ってくるといい。ここを出て左手に休憩室がある」

「いいえ、結構です」

「では始めようか」

リラックスした様子で、片桐が手元に学会誌を引き寄せた。沢村は以前、そこに論文を投稿していたのだ。まさかあの論文を読んだというのだろうか。沢村の鼓動がまた早くなった。

片桐はあらかじめ付箋をつけておいた箇所を開き、そのタイトルを読み上げた。

「『警察の不祥事に見る巨大組織と隠蔽の心理について』。この論文は君が書いたもので間違いないか？」

やっぱり、と沢村は内心で焦りを覚えた。まさかその論文が問題になったのか。いや、そうではないはずだ。それなら採用試験の時に話題になっていたはずだ。

「どうだ」

答えを躊躇う沢村に、片桐が重ねて問う。

「はい。間違いありません」

片桐の意図が読めぬまま、そう答えるしかなかった。片桐が頷いた。

「ただ」と沢村は反論しようとして、思《おも》い止《とど》まった。こういう場面、許可なく発言することは、許されていないことを思い出したからだ。

「すみません。失礼しました」

「かまわない。どうぞ」

片桐に促されて、沢村は論文を書いた当時の経緯を説明した。

「その論文を書いたのはまだ修士の頃です。当時は単純に研究対象として道警に着目しただけで、組織自体を批判する意図はありませんでした」

それにまさか自分が道警に入るとは、夢にも思っていなかった頃の話だ。

「批判する意図はなかった？」と言ったのは田伏だった。口元に皮肉るような笑みが浮かんでいる。

「はい。ありませんでした」

沢村は重ねて否定した。

「その論文で私が証明したかったのは、組織の不祥事とは長年繰り返されているうちに、当事者たちの中から隠蔽という感覚自体を、失わせていくものだということです。なぜならそこには、無意識の圧力が働くからです」

「無意識の圧力とは？」片桐が聞いた。

「私が調べた限り、当時の道警では裏金に対し、上の者が下の者に明確な口止めをしていたという事実はありませんでした。口止めが行われたのは、事件となってマスコミにリークされた後です。裏金に関しては、いうなれば阿吽《あうん》の呼吸とでも言うのか、言葉にはしなくても、これは隠しておかなければいけないものだ、という心理が、広く警察官たちに蔓延《まんえん》してしまった。それが無意識の圧力の正体です。言い換えれば一種の洗脳状態とも言えると思います」

「洗脳だと、おい！」と田伏が大声を上げた。

「田伏警部。まだ警部補の話の途中だ」

やんわりと片桐が田伏を注意した。そして沢村に「続けて」と言った。

「こうした心理は道警に限ったものではありません」

ここが肝心なのだ。この論文で言いたかったのは、どんな組織でも不正は起こり得るということだった。

「損失隠しで自主廃業を余儀なくされたY証券も、不良債権問題で破綻したT銀行も同じような構図がありました。ですから、初めに道警という組織自体を批判する意図はなかったと申し上げた通り、当時は学生であり一研究者の卵として、研究事例の一つとして道警を取り上げたに過ぎません」

片桐が頷いた。その顔はこちらの説明に納得した様に見える。

「道警の不祥事については、これまで幾つもの記事や報告書が出ているが、少なくともこれは私が読んだ中で、もっとも中立的でかつ、科学的な視点に立った素晴らしい論文だと思う」

片桐の意外な賞賛の言葉に、沢村はほっと胸を撫でおろした。

「ただ、一つだけわからないことがある。私が読み落としただけかもしれないが、教えてもらえるかな」

その言い方に沢村の思考が一瞬、過去に飛んだ。

「私の勉強不足かもしれませんが」「素人質問で恐縮ですが」「無知で申し訳ないのですが」。院生時代、こうした前置きをする質問主に、何度学会で苦しめられたかわからなかった。この後に飛んでくるのは大抵厳しい質問だ。沢村は少し身構えて、片桐の次の言葉を待った。

「警察官たちには無意識の圧力が働いていたということだが、中には裏金を良しとせず、マスコミにリークした者もいる。なぜ彼らには圧力が通用しなかったのか。特別な正義感でもあったのか。その点についてはどう思う」

沢村は答えを探しながら、論文の中身を思い出そうとした。当時そこまで調べただろうか。でも何か言わなければならなかった。

「正義感は確かにあったと思います。ただ、リークの動機が正義感だけだとすれば、リークしなかった警察官たちに正義感はなかったのか、ということになります。しかしそんなことはあり得ません。そこで正義感以外の理由を求めるとすると、リークした者たちは退職したことで、先ほど述べた圧力から解放された者か、組織や自分への処遇になんらかの不満を抱いていて、初めから圧力の外にいた者だったということになると思います」

頭をフル回転させて、必死に言葉を絞り出した。

「よくわかった。ありがとう」

片桐が論文を脇に避けた。今日はこれで終わりだろうか。体から緊張が抜けるのがわかった。

「風も収まってきたようだ」

不意に砕けた調子で、片桐が言った。部屋の窓からは、ブラインド越しに西日が差し込んでいる。

「そうですね」と沢村も調子を合わせた。

「この後もまだ仕事か」

「はい、報告書の整理が少し残っています」

何のことも無い。早めに聴取が終わったので、時間を潰すための会話だろうと思った。

「今日はこれまでにしよう」

片桐に言われて、沢村が帰り支度を始めようとした時だった。

「そうそう、最後にもう一つだけ」と片桐が言った。沢村は座り直した。

「君が博士号を取得した年、別の研究室に所属する院生が自殺するという事件が起こっているね。当時、アカハラがあったのではないかと騒ぎになったようだが、この件について何か覚えていることは？」

完全に不意打ちだった。身構える余裕もなく、ある光景が頭の中に溢れかえった。

血だらけの浴室。青ざめた彼の顔。そして部屋に掛かっていた、シベリウスのヴァイオリン協奏曲ニ短調第一楽章。

咄嗟に耳を塞ぎたくなった。

「その院生とは……」懸命に声が震えるのを抑えた。「ほとんど面識もなく、覚えていることはありません」


道警本部を出て、どうやって自宅まで戻ったのか、沢村にはほとんど記憶がなかった。確か署へ電話して、直帰すると伝えたのだけは覚えていた。

ドアを開けると、台所の方からいい匂いが漂ってきた。

「麻衣子？」

「お帰り」

声をかけた沢村に、エプロン姿の麻衣子が顔を覗かせた。

「なにしてるの？」

「約束してたでしょう。忘れた？」

「ごめん。今日だっけ」

先週、麻衣子から相談したいことがあると言われ、今夜一緒に夕食を食べようと約束していたのだ。すっかり忘れていた。

「もうすぐできるから、先に着替えてきて」

麻衣子は亡くなった母のような言い方をした。

「あと、届いた荷物、部屋に置いておいたから」

「ありがとう」

荷物なんて頼んでいただろうか。沢村は首を捻りながら、自分の部屋に入った。部屋の隅に小さな段ボール箱が置いてある。あれが送られてきた荷物のようだ。しかしいまは、何が送られてきたのか確かめる気力もなかった。

着替えを済ませると、ベッドに座り込んだ。なにもかも放り出して一人になりたかった。

＊

使われていない教室の片隅で、いつもの辛子色のセーターの背中を見つけて沢村は駆け寄った。向こうもこちらに気づいて、読んでいた本を閉じて顔を上げた。

「どうだった」

「駄目、玉砕だった」

沢村は博士論文の予備審査に向けて、教授に提出した論文に徹底的な駄目だしをされたのが応えていた。

「それでも受け取っては貰えたんだろう。だったらいずれ学位は取れるじゃないか」

「嘘、もしかしてまた拒否されたの？」

笠原が無言で顔を逸らした。笠原が担当教授から、論文の受け取りを拒否されたのはこれで二回目だ。

「どこが駄目だったか聞いた？」

笠原が頭を振った。

「無駄だよ。とにかく君の論文は受け取れない。その一点張りだ」

「それってアカハラじゃないの？」

「だとしても、教授を訴えればぼくの将来は終わりだ」

「でも、理由もなしに論文を拒絶するなんて変じゃない？」

「あの人は、ぼくのやることなすことが気に入らないらしい」

「だったらなおさら訴えなきゃ——」

「そりゃ、君ならね」

笠原の乾いた声に、思わず耳を疑った。

「それってどういう意味？」

「ぼくは君のように、お父さんに助けてもらえるわけじゃない」

「私がいつ父に助けてもらったって言うの」

笠原はしまったというような顔をしたが、無言で沢村に背を向けて歩き去った。

沢村は彼の背中を睨みつけた。あんなに大人げない人とは思わなかった。だが部屋に戻ろうと歩き出すうちに、笠原の気持ちが理解できるようになった。

笠原が言いたかったのはきっと、沢村のように肉親に大学教授がいれば、他の教授たちから無下に扱われることもないだろうということだ。その言い分が事実かどうかはともかく、笠原にはなんの後ろ盾もなかった。

母子家庭で育ち、地方の国立大学を卒業した後、いったん就職したものの研究者の道を諦めきれず、三年遅れで大学院に入った。

笠原は今年、博士課程五年目となる。いわゆるオーバードクターだ。だが文系の博士課程では珍しくもない。沢村も今年四年目だ。それでも笠原が言った通り予備審査まで進めたので、どうにかゴールが見えてきた。

それに引き換え、笠原は肝心の論文指導を教授から拒まれているのだ。それでは学位など取れるはずもなかった。論文に明らかな瑕疵《かし》があるというなら突き返されるのも納得だが、教授からは一切の助言も指導もない。

これは明らかに、アカデミックハラスメントと呼んでいい仕打ちだ。しかし笠原も躊躇したように、仮に訴えて教授が処分されれば、同時に彼は指導教官を失ってしまう。研究の世界は分野が細分化されていて、自分の研究する分野に詳しい教授が他にいるとは限らない。もしいたとしても、現在の教授がその分野で権威があれば、他の教授たちからは指導を拒まれることもあった。つまりアカハラで訴えるとは、研究者の道を志す者にとって自らの首を絞めることなのだ。

アカデミアとは本来、公平で理性的な場であるべきではないのか。

アカデミーの語源となったアカデメイアという言葉は、古代ギリシャの哲学者プラトンがアテネに開いた学校に由来する。

プラトン六十歳の時、そこに弟子となるアリストテレスが入学してきた。時にアリストテレスは十七歳の若者だったが、プラトンが主張する二元論を真っ向から否定した。

そこでプラトンはどうしたか。アリストテレスに腹を立て、彼をアカデメイアから追放したか。否である。プラトンは学問においてはあくまでアリストテレスと対等に議論した。そして一方のアリストテレスも師として、プラトンの人間性を尊敬したのだ。

これこそが学問を志す者たちの理想であり、本来アカデミアが持つべき真の姿のはずだった。

笠原にはもう後がない。残り一年で博士号が取得できなければ、そこでタイムアウトだった。その焦りが沢村に対して、暴言とも呼べる言葉に結びついたのだ。だがあの時、沢村にも笠原の荒《すさ》んだ気持ちを受け止めるだけの心の余裕はなかった。

いまならもっと違う対処の仕方があっただろうに——。

沢村は涙を拭って、ベッドから立ち上がった。タンスの引き出しには、当時使っていた古い携帯電話が眠っている。ずっと充電もされず、表面についた傷もそのまま、時だけが経った。

気まずい別れ方をして数日経ったある晩、沢村の携帯に笠原から着信があった。論文の準備で忙しかった沢村は、それに気が付かなかった。後になって気づいたが、先日の一件もあって自分からは折り返さなかった。

だがそれが、笠原からの最後の着信となった。この携帯電話には、その笠原からの着信履歴が残ったままだ。

また涙が溢れ出してきた。

笠原が浴室で自らの頸動脈《けいどうみゃく》を掻き切ったと知った時は、そんな大胆な死に方のできる人だったのかと、そんな薄情なことを考えてしまった。

沢村には、笠原の死はどこか現実味がなかった。大学にいる時は、無意識にいつも辛子色のセーターを探した。

それが徐々に笠原は死んだのだと自覚するようになったのは、彼の通夜の席でも葬儀の席でもなかった。

笠原の死後、沢村は教授会に呼び出された。笠原の死にアカハラではないかという疑いが持たれていて、その調査のためだった。だが調査とは名ばかりで、沢村は余計なことを言わないよう大学側から口止めをされた。

笠原が亡くなったことに、誰も責任を取ろうとしていない。それが沢村にはショックだった。笠原が死んで、その存在自体がなかったことにされようとしている。そのことが却って、沢村に彼の死を強く意識させることになった。

もう大学にはいられなかった。教授に辞めると告げると、せっかく学位が下りたのに、と熱心に引き留められた。だが笠原が死ぬほど求めた博士号という学位にも、なんの価値もないように思えた。

そして沢村は大学を去った。

*

台所に行くと、麻衣子が二人分のグラスに赤ワインを注いでいた。

「大丈夫なの？」

不妊治療中は確か、お酒を飲むのを控えていたはずだ。

「たまにはね」

麻衣子が肩を竦めるようにして笑った。息抜きも必要、そういうことか。

せっかく麻衣子が夕食を作ってくれたが、食欲がわかなかった。

いつものように会話も続かない。それを心配したのか、麻衣子が今夜は泊ると言ってきた。

「大くんは？」

「どうせ今日も遅いから」と言って、麻衣子はさっさと化粧を落とし始めた。その様子にどこかいつもと違う翳のようなものを感じ取ったが、沢村には声を掛けてやるようなゆとりもなかった。

部屋に布団を敷き、電気を消した。その時になってようやく、麻衣子は何か話があって来たのだということを思い出した。

「また今度にする」

「いいの？」

麻衣子の小さく笑う声がした。

「だってお姉ちゃんの帰って来た時のあの顔。笠原さんが死んじゃった時みたいな顔してた。あんな顔見たら、こっちの相談ごとなんか言えないじゃない」

「ごめんね」

しばらく静かになった後、暗闇の中で麻衣子がまた一人笑った。

「なに？」

「そう言えば笠原さん、いつも同じ服着てたなあって」

「そう？」

「数えるほどしか会ってないけど、いつも同じ辛子色のセーターだった」

沢村は優しかった笠原の笑い顔を思い出して、また胸が痛くなった。

「あれは……」思わず声が詰まった。「同じ服じゃなかったんだよ。同じ物を何枚も持ってたの」

「同じでしょう」

「合理的と言ってよ。スティーブ・ジョブズと同じ」

「誰それ？」

麻衣子らしい反応に、沢村はようやく笑うことができた。

「あれね、夏になると辛子色のTシャツになるんだよ」

麻衣子が転げるように笑った。その笑い声が耳に心地いい。

いまでこそ親友のような存在だが、子供の頃は甘えん坊で要領がよく、父のお気に入りだった妹が嫌いだった。まさかそんな妹の存在が救いになる日が来るとは、あの頃の自分には想像もつかないだろう。

急に隣が静かになった。

「麻衣子」

隣から寝息が聞こえてきた。沢村は微笑んだ。

「ありがとね」

暗闇にそっと呟き、沢村も目を瞑《つぶ》った。


「麻衣子まだ？」

朝から洗面所を独占している麻衣子に、沢村は苛立っていた。

「お姉ちゃんと違って私はくせ毛なの。だからヘアアイロン買っといて、って言ってるじゃない」

「あんたこそ、泊るならヘアアイロンくらい持って来なさいよ」

実家にいた頃を思い出す。あの頃の平日の朝はいつも、麻衣子と洗面所の取り合いだった。

そんなことを思い出しながら、沢村は部屋に戻って先に身支度を整えた。その時、視界の隅に小さな段ボール箱が映った。そう言えば昨日、何か荷物が届いていたと麻衣子が言っていたのを思い出した。

通販で何か頼んだ記憶はない。まさか流行《はや》りの送りつけ商法ではないだろうが、と屈《かが》みこんで送り状を確認した。

「しまざき……ひなた」

思わず二回読み直した後で「えっ……」と驚きが全身を駆け抜けた。

島崎陽菜とは、あの誘拐されて殺害された少女と同じ名前だ。単なる同姓同名だろうか。それとも誰かの悪戯だろうか。

持ち上げてみるとかなり重い。沢村は恐る恐るガムテープを剝がし、中身を確認した。

「なにこれ……」

中に入っていたのは、捜査資料のコピーだった。しかも全て陽菜ちゃん事件に関するものだ。

「お姉ちゃん、洗面所空いたよ」

呆然とする沢村の耳に、のんびりした麻衣子の声が届いた。

＊

この日以来、沢村は落ち着かなくなった。あの荷物は一体誰が、なんの目的で送ってきたのだろう。

落ち着かない理由はそれだけではない。沢村は三回目の呼び出しを恐れていた。もしまた笠原のことを口に出されたら、冷静でいられる自信はなかった。

あの管理官は腹の内が読めない。涼しそうな顔でこちらを油断させておいて、何食わぬ顔で地獄に突き落とす。

優秀であると同時に野心家なのは、その経歴を見れば明らかだった。三十代で滝山署刑事課課長を経て、創成署組織犯罪対策課の課長。年上の部下たちに囲まれてやりづらい面も多かったはずだが、大きな瑕疵なく務めを果たせた点でも管理能力の高さが窺える。

まさに隙が無い。それが正直な感想だった。

だからこそ例の荷物を片桐に知られたら、大変なことになる。捜査資料は送られてきたのだと説明しても、ろくに調べもせず、出版社へのリークと合わせて処分されてしまうかもしれない。

そして極め付きは、今朝のことだった。駅へ向かう途中で気が付いた。誰かに見られている、と。

行確《こうかく》と言って、監察官室では問題のある警察官の行動を監視するため、尾行を行うことがある。ひょっとして自分にも——。

「係長ってあの、片桐管理官から聴取を受けてるんですか」

席で今朝のことを振り返っていた沢村に、寺島が好奇心も露わに話しかけてきた。

「どうしてそれを?」

「警務課にいる同期から聞いたんです」

警務課にいるくせに、そういう情報をべらべら話すようではろくな同期ではない、と思った。

「でも、婚活相手なら、超優良物件じゃないですか」

寺島のいつもの他愛ない雑談だ。馬鹿なことを言ってないで、仕事をしなさい。そう軽く注意すれば済むことだった。

「転勤が多いのがネックですけど……、あとバツイチもどうかなあ」

離婚の理由ってなんだと思います。異性関係じゃないですよね。それだと出世はできないし……。となると、仕事が忙しすぎて家庭生活を顧みなかったとか——。

「いい加減にしなさい」

自分で思っていた以上に大きな声が出た。アイラインに縁どられた瞳が、驚きで見開かれるのがわかった。

「仕事中にくだらない話ばかりして、そんなだから、まともに報告書も書けない。もう新人じゃないでしょう。少しは大人になりなさい」

いつもなら寺島の無駄話も、笑って聞き流せる余裕があった。だがこの時は、自分を抑えることができなかった。

沢村の剣幕に驚いたように、部屋にいた全員がこちらを注目していた。

沢村は冷静にならなければと深呼吸した。その背に戸川の声が響く。

「沢村、ちょっと来い」

戸川に別室に連れて行かれた。

こんな状態で、戸川と冷静に話ができるとは思えなかった。

「少し休みを取れ」

ドアを閉めるなり言われた。

「必要ありません」

「調査がストレスになってるんじゃないのか」

鋭いところをつかれて、沢村は目を逸らした。

「行確もついてるんじゃないか」

「どうしてそれを？」

「やっぱりな。わかるように後を付けるのはわざとだ。そうやって精神的に追い込むのが連中の手だ」

「でも私は何もしてません」

「そんなことは問題じゃないんだよ、沢村」

戸川の声は疲れているように聞こえた。

「お前は連中に狙われやすい。その自覚はあるだろう」

「私が女性だからですか」

「それとお前のその風変わりな経歴。お前を庇ってくれるお偉いさんはいないってことだ」

警察組織に出身学校のOBがいないというのは、そんなに不利なことなのか。

「お前もそろそろ、今後についてじっくり考えてみるべき時じゃないのか」

「私に警察を辞めろと言うんですか」

つい感情的に言い返した。

「少なくとも俺の口からは、戦い続けるのが正義だとは言えん」

戸川の口調から、いつもの皮肉っぽさが影を潜めた。

「ここで踏ん張ったところで、後に残るのは懲罰人事だ。どこへ飛ばされようと、警察官でいる限りは給料やボーナスや退職金だって手に入る。だったら居座った方が得じゃないかという奴らもいる。だがその後で何が残るか考えてみろ。警察官の誇りも使命も奪われた男の末路が、いま目の前にあると言ったらどうだ」

「課長も以前、内部調査を受けたんですか」

「大熊事件。事件を起こした大熊秀人《ひでと》は元同僚だ」

二〇〇二年、当時は銃器対策課と呼ばれていた部署の警部補だった大熊は、かねてから抜群の検挙実績を誇り、何度も表彰を受けたほどだった。

ところがそんなエース刑事の活躍にも、綻びが見え始める。ある時、一人の麻薬密売人がマトリに逮捕された。噂によればその密売人は、警察の口封じを恐れてわざとマトリに捕まったのではないかとも言われていた。ともかく密売人の口から、麻薬取引の他に大熊が複数の犯罪に関わっていたのが明らかとなった。そしてマトリはその情報を、道警ではなく警察庁に報告したのだ。

大熊は逮捕され、複数の罪で有罪となった。

だが事件はそれで終わらなかった。大熊の事件には共犯者がいるはずと見て、徹底的な内部調査が実施されたのだ。同僚だった戸川も、幾度となく監察官室から呼び出しを受けた。

「だが大熊さんは捜査の時は単独行動で、上もそれを黙認してた。裏を返せばあの人は、身内を一切信用してなかったということだが、それでも監察官室は執拗に俺を疑った」

なぜなら、大熊一人の犯行というのがたとえ事実だったとしても、マスコミや世間はそう見ないからだ。身内の調査に手を抜いたと批判されるのを恐れ、監察官室のメンツにかけて戸川を無理やり共犯に仕立てようとしたのだ。

監察から連日のように呼び出され、周囲からの視線も厳しかった。戸川は徐々に精神的に追い詰められていく。

「それでも俺は、何もやってない人間がなぜ処罰されなきゃならない。意地でも辞めるものかと思った」

だがその結果待っていたのは、罰俸転勤という名の懲罰だった。頑として辞表を書くことを拒んだ戸川は、翌年、東雲《しののめ》署の生安に飛ばされた。東雲署は札幌市の隣、千歳市を管轄する所轄だ。それだけを見ると懲罰には思われない。だが当時、戸川の自宅から東雲署までは、バスとＪＲを乗り継いで片道二時間の距離にあった。しかも同じ管区内ということを理由に、官舎に移ることも許されなかったのだ。

戸川にしてみればいっそひと思いに、遠軽《えんがる》や稚内《わっかない》などへ飛ばしてくれた方が楽だったに違いない。

「どうやって、戻って来られたんですか」

「わからん。ほとぼりが冷めたってことなのかもしれん。ある日、昇任試験の案内が来た時は、何かの間違いじゃないかと思ったほどだ。創成署への辞令が下りた日には、久々に酔っぱらったよ」

部屋に差し込んだ西日が、戸川の顔に暗い影を落としていた。

「だが失われた時間は戻らん。男としても警察官としても働き盛りだったあの当時、ただただ自宅と署を往復する毎日だった。いまさら一線に復帰したところで、もう警察官としてやれることはほとんど残ってない」

そして戸川は、どっぷりと疲労が纏わりついたような声で、「お前にはそうなって欲しくない。だから少し休んで、じっくり自分の将来について考えろ」と沢村に忠告した。

＊

まともな休暇を取るのは、何ヵ月ぶりだろう。札幌駅から実家のある恵庭までは、快速電車でおよそ二十五分の道のりだ。終点が新千歳空港ということもあって、車内は大きなスーツケースの旅行客で溢れ、騒々しかった。

沢村は妹と二人、久しぶりに父親を訪ねることにした。以前から父と話すよう麻衣子にせっつかれていて、それも目的の一つだった。

きゃあっと車両の端の方から、子供の歓声が上がった。どうやら家族旅行の一団らしい。父親と母親、そして祖母らしき人物に囲まれて、気分が盛り上がっているようだ。

「可愛い」傍らの麻衣子がぽつりと呟いた。

そう言えば妹の不妊治療は、あれからどうなったのだろう。数ヵ月ほど前に会った時は、タイミング療法がうまくいかなければ人工授精に切り替えるかも、と話していたのを思い出した。

そのことを気にかけている間に、電車は恵庭駅に到着した。

二人が実家に着くと、父は近所の人と一緒に、周囲に溜まった大量の落ち葉を片付けているところだった。

沢村は思わず麻衣子と顔を見合わせた。

あの父が、近所付き合いに精を出すようになったとは知らなかった。

顔見知りの隣人たちと一通り挨拶を済ませて、沢村は麻衣子たちより一足先に家に入った。正直いまは、他人と話をするのが億劫だった。

まっすぐ二階に上がった。昔、自分が使っていた部屋は何も変わっていない。ベッドには、母が手作りしてくれたキルトの布団カバーがそのまま残されている。刺繡や編み物や料理など、母が得意としたことの才能は沢村ではなく、全て妹の麻衣子に引き継がれたようだ。

沢村はベッドに仰向けになった。戸川は将来を考えろと言ったが、正直どうすればいいかわからなかった。澪から紹介された転職の話。あれを受けてみようか――。

突然、部屋のドアが開き、麻衣子の怒った声がした。

「もう、ちょっとは手伝ってよ」

「ごめん」

沢村はのろのろと、重い体を起こした。

夕食が始まった。楽しい一家団欒《だんらん》、と行きたいところだったが、沢村と麻衣子が話し始めると父は黙り、父と麻衣子が話し始めると沢村が黙るといった具合で会話は弾まなかった。

「お父さん、そろそろ雪かきとか大変でしょう」と麻衣子は父の老いを気遣う素振りを見せた。それが、例の会話を始める合図だ。

「それなら近所の人たちが手伝ってくれる」

聞くと数年前から、手伝ってもらっていると言う。

「そういうのはちゃんと教えてくれなきゃ。さっき顔を合わせた時、お礼もできなかったじゃない」

「ああ、すまなかった」

麻衣子がため息をつき、沢村に目で合図してきた。そろそろ本題に入れということらしい。

沢村は仕方なくいったん箸を置いた。

「お父さん、最近何か面白い本は読んだ?」

ここへ来るまでいろいろ考えてはみたのだが、結局こんな質問しか思いつかなかった。

「そうだな。本ではないが、ファーティマ朝の歴史を宰相のアル＝ファーディルの立場から論じた『イスラム王朝と宰相』という論文。あれは面白かったな。著者はイギリス人の歴史家で、名前を……さて、なんて言ったかな？」

父親が額を指で押さえた。何か思い出そうとする時の父親の癖だ。

「お姉ちゃん」と麻衣子が小声で囁《ささや》いた。「ほら」

まるであれが、認知症の兆候だとでも言わんばかりだ。その時、「ロバート・J・スタイン」と父が名前を思い出した。

「その論文はどこが具体的に面白かったの？」

父がしばらく沢村を見つめた。娘の質問の意図をじっくり吟味しているようだ。

「どうしたんだ、依理子。お前が私の研究に興味を持つとは珍しい。何かあったのか」

「そんなことないよ。お姉ちゃんだって前々からお父さんの研究には興味があったんだから」

慌てて麻衣子が間に入った。

「それは初耳だな。例えば私の論文のどこにお前は興味を持ったんだ」

詰問している感じはなかった。あくまで純粋に父は知りたがっているだけだ。沢村はこれ以上続けられなかった。

「麻衣子、もうやめよう」と妹に告げてから、父に向き直った。「お父さん、麻衣子はね、心配してるの。お父さんが認知症じゃないかって」

父が今度はじっと麻衣子を見つめた。

「私が認知症だとそう思う理由が何かあったのか」

「そうじゃないけど、ただ、お父さんも年だし、この先何があるかわからないから……、そうだ、待ってて」と麻衣子は立ち上がり、持ってきた鞄《かばん》の中から、認知症のチェックシートを取り出した。

「これ、やってみて」

父は老眼鏡を掛け、麻衣子から差し出された紙に目を通した。だがそっとテーブルに伏せた。

「麻衣子、悪いがこんなものは意味がないよ」

「いいから、試しにやってみてよ」

「だがこれは前提条件がおかしいだろう。もし認知症だったら、ここにある質問に答えられないんじゃないのか」

確かに父の言う通りだった。質問には程度によって、「常にある」「よくある」「たまにある」「ほとんどない」と分かれていて、その区別がつくならそもそも認知症ではないはずだ。

「少し気にし過ぎじゃないの。お父さんならまだ大丈夫だよ」

「いい加減にして」麻衣子が突然、テーブルを叩いた。「二人はそうやって昔から、どうしていちいち、私の言うことにケチつけるの」

「ケチなんて――」と沢村が宥めようとした時、「もう二人とも勝手にすればいい」と叫んで、麻衣子は二階へ駆け上がっていった。ドアが閉まる音がした。

残された沢村と父は、突然のことに啞然《あぜん》とするしかなかった。

夕食はまだ半分以上残っている。だが沢村は食欲がわかず、父もそのようだった。

「冷蔵庫にしまっておくから、明日温め直して食べて」

父にそう断って、沢村は夕食の片づけを始めた。

それから何度か二階を窺ったが、何も聞こえなかった。

あんな風に妹が感情を爆発させるなんて——。

そう言えば、麻衣子の様子がこのところ少しおかしかったと気が付いたのは、食器を洗っている時だった。

この前も、相談があるからと訪ねてきていたのに、沢村は自分の問題で手一杯で、妹の心配まで気が回らなかったのだ。

沢村は二階に上がり、小さく麻衣子の部屋をノックした。返事がない。そっとドアを開けてみると、妹はベッドに座って編み物をしていた。小さな赤ちゃん用の靴下だ。沢村は静かに隣に腰を下ろした。

「なにかあった?」

「お母さんが生きてたらな、って思ったことある?」

編み物を続けながら麻衣子が尋ねた。

「あるよ」

いつ、と問うように麻衣子が顔を上げた。

「笠原さんが亡くなった時、側にいてくれたらなって」

「そっか」と麻衣子は再び手元に視線を落とした。

「麻衣子は?」

「私はずっとそう思ってた」

意外な言葉に聞こえた。母が亡くなった直後はずっと泣いてばかりだったが、一度もそんなことを麻衣子は言わなかった。

「私のこと、本当にわかってたのはお母さんだけだった。いつも話に付き合ってくれて、料理も編み物も教えてくれて……」

「お父さんだって麻衣子を可愛がってくれたじゃない」

「お姉ちゃんは、お父さんがお姉ちゃんより私を可愛がってるって、そう思ってるでしょう」

「だって事実でしょう」

「違う、全然違うよ。本当、何もわかってないんだからもう笑っちゃう」

麻衣子が編み物の手を休め、泣き笑いのような表情を見せた。

「お父さんはね、私のことはわかってないの。だって、考えてよ。学者の娘なのにほとんど本も読まないで、ファッションやメイクにしか興味のない娘なんて、お父さんから見たら異星人だよ。でもね、自分が理解できないからこそ、私のことを少しでも分かろうとしてくれた。だから私が行きたいところにはどこでも連れて行ってくれたし、欲しいっていうものは何でも買ってくれた。それはお父さんなりに私を理解するための方法だったの。でも何回説明しても、アイライナーとアイブロウの見分けは付かないみたい」

しょうがないよね、と麻衣子が小さく笑った。

「でもお姉ちゃんのことは話なんかしなくたって、お父さんはよくわかってる。だって二人は似た者同士だもん」

「似てないよ」

「もう、本当に何もわかってないんだね。そういうところもお父さんそっくり。二人とも頭いいくせに人の気持ちには鈍感だったり、一つのことに夢中になると周りのことが目に入らなくなったり……。全然駄目なんだから」

麻衣子が呆れたように零した。

「お父さんに似てないんだったら、どうして同じ道に進もうとしたの。本を読んだり、何かを考えたり、お父さんみたいにこつこつ研究したり、そういうことが好きだったからでしょう」

沢村は何も反論できなかった。

「お母さんが亡くなった次の年の夏休み、お父さんが珍しく私たちを旅行に連れていってくれたことがあったよね」

麻衣子が言っているのは、父がライフワークにしている、トルコへの研究旅行に二人を誘った時の話だろう。

「あれはお父さんなりに、私たちに気を使ってくれたんだよ」

沢村は半信半疑で、麻衣子の話を聞いていた。いままでそんな風に、考えてみたこともなかった。なぜなら直前になって、麻衣子がトルコなんて嫌だ、どうせ行くならアメリカがいいとわがままを言いだし、父は目的地をアメリカへと変更したからだ。麻衣子にだけ甘い父親。そう腹を立て、その後は二度と父と旅行に行くことはなかった。

「ごめんね。本当は私、トルコでも良かったんだ」

「じゃあ、どうして」

「だってトルコに行ったら、私だけが仲間外れになるってわかってたから……。旅行の前、お姉ちゃん楽しそうだったもんね。きっと旅行先でもお父さんといろんなこと話して、私だけ置いてきぼりなんだなあって思ったの。だから邪魔したかった」

再び麻衣子が、編みかけのベビーソックスを手に取った。そしていきなりそれを解き始めた。

「ちょっと、麻衣子」

沢村は慌てて止めに入った。

「あいつ、子供はいらないんだって」

「大くんが？」

まさか、と沢村は麻衣子を見つめた。

「別に二人だけの人生でもいいいんじゃないかって」

「それはきっと麻衣子のためを思って——」

「だったら早く言えばいいんだよ」

麻衣子が叫ぶように、沢村の言葉を遮った。

「最初からいらないなら私だってあんなに頑張ることなかったし、大好きな仕事だって休んで……。一人で頑張って馬鹿みたい……」

麻衣子の瞳から涙が溢れ出した。沢村はかける言葉も見つけられず、妹の体を抱きしめてやることしかできなかった。

ずっと相談したいことがあると言っていたのは、このことだったのか。

姉として何一つ気づいてやれず不甲斐《ふがい》なかった。

「ごめんね。いろいろ相談に乗ってあげられなくて」

泣きつかれた麻衣子が眠りにつき、沢村は静かに部屋を後にした。階段の下に、父の姿があった。いつもなら自分の書斎にこもりきりの父親が、麻衣子を心配して様子を見に来たのだ。

「大丈夫。もう落ち着いたから。さっき大介くんに電話した。明日の朝一番で迎えに来るって」

「そうか」

父はまだ何か言いたそうだった。

「ごめん、私はもう帰る。明日も仕事だから」

嘘を吐いた。

父はまた、そうか、と言ったきり、何も言わなかった。

＊

夕方の五時を過ぎて、気温は氷点下近くまで下がっていた。葬儀場の敷地を入ったところから玄関先まで、ずらりと花輪が並んでいる。

『帯広照陽《しょうよう》高校同窓会一同』『北海道警察有志一同』『徳士館警察会ＯＢ一同』『徳士館大学剣道部ＯＢ一同』。中には、警察組織として公式に花が出せないため、個人名で贈った幹部もいた。

分厚いコートを身にまとった白石が、集まった面々を観察していた。誰も制服を身につけていない。それなのに雰囲気で、同じ集団に属する者たちだと分かる。

弔問客は時間を追うごとにその数を増していく。亡くなった男は現役を退いて既に二年以上になる。だが未だに故人の持つ影響力の強さを、白石はまざまざと見せつけられた格好だった。

長くキャリアの定位置とされてきた道警刑事部長の椅子に、ノンキャリアとして初めて座った男。そして誰よりも総務部長に近いと言われた男。しかし刑事部長に就任した直後、胃がんを発症し、警察官を勇退した。もしまだあの男が健在だったら、白石の総務部長昇進はなかったはずだ。

白石は数名の幹部たちと言葉を交わした後、会場へ入ろうとして、こちらへ歩いてくる片桐の姿を見つけた。

長身で、警察官にしては男前の彼は、白石を見つけて会釈の敬礼をした。白石はそこに、亡くなった男と同じような雰囲気を見て取った。そうだ。片桐は間違いなく、志半ばにして亡くなった男の正統な後継者であることを、今夜はっきりと白石に突き付けたのだ。

白石の背筋に薄寒いものが走る。寒さのせいでないことはわかっていた。

「調査の方はどうだ。例の博士崩れの女性警察官は」

「博士持ちと言っても、たいしたことはありませんね」

片桐が自信たっぷりに答えた。

こいつもやはり、あの小賢《こざか》しい岡本と同種の人間だったか。白石はやや白けた気分になった。そしてさっき感じた恐怖は、気のせいだったのだろうと思った。

「決着まではそう時間もかからないでしょう」

「うん、そう願いたいものだ」

片桐がキャリアのために働くのは構わない。しかし自分の所属する世界を、ないがしろにしてもらっては困るのだ。

「わかっていると思うが、警察にとって本当に必要なのは優秀な警察官じゃない。組織に忠実な警察官だ」

それは白石が好んで使う表現だった。そしてやや自分の言葉に酔《よ》い痴《し》れるように付け加えた。

「そして君の仕事は組織を守ること。そこを忘れるなよ」

もちろん、この場合の組織とはノンキャリアの組織のことだ。

「無論、承知しています」

片桐は如才なく頷いた。

白石が片桐の二の腕を軽く二度叩く。頼んだぞ、という意味だ。

そのまま背を向けた白石は、その後、片桐がどういう表情を見せたか知らなかった。

*

十一月も半ばになり、札幌の街路樹の葉も寂しくなり始めた頃、沢村に澪から連絡があった。例の大学講師の件で、来週か再来週、理事長本人が札幌へ来ると言う。転職するかどうかは別として、会うだけ会ってみないかというものだった。

先日の二回目の調査のショックから立ち直りかけて、そろそろ真剣に将来を考えなければと思っていたタイミングだった。

澪の言う通り、会ってみるだけ会ってみようか——。

「ちょっといいですか」

ぼんやり考えていると、足立が声をかけてきた。

足立が島の机の方に顎をしゃくった。寺島の席だ。今日は朝から防犯活動で出ずっぱりだった。

「なんか声かけてやってくれませんか。ああ見えてあいつ、結構落ち込んでるんですよ」

寺島とはあの一件以来、まともに会話していない。沢村の方は数日休んでしまったことで報告書類が溜まって忙しく、寺島の方も微妙に沢村を避けている様子だった。

「日頃怒らない人が怒ると、やっぱ迫力ありますね」

足立が笑った。

違う。あれは怒ったのではなく、ヒステリーを起こしたのだ。本来、片桐たちに向けるべき怒りを、苛々《いらいら》して寺島にぶつけてしまった。足立だってそれはわかっているはずだ。同期とは言え、部下に気を使わせてしまった。

「わかった。話してみる」

「すみません」

「こっちこそ、ありがとね」

足立は小さく頷いて、自分の席に戻った。

沢村は報告書の整理に戻ろうとしてふと、このところしばらく、自分のことしか考えていなかったことに気が付いた。余裕がなかったというのはその通りだが、警察を辞めるにしろ、残るにしろ、自分がやるべき仕事だけはやり通さなくてはならなかった。後のことはそれから考えよう。

沢村は席を立って、刑事課へ小森を訪ねて行った。

小森に相談したかったのは宍道冬華の件だった。

一度対応を誤って、それから冬華には会いに行っていない。その間に本部からの呼び出しなどもあって、それどころではなかったからだ。

どうすれば冬華の心を開かせられるのか。小森なら何かヒントをくれるのではないかと思ったのだが、あいにく出かけていた。昨夜強盗事件が起きたから、その件で忙しいのだろう。

小森以外の刑事たちには、相談できなかった。冬華の名前を持ち出した途端、生安がまた余計な首を突っ込むのかと思われてしまうに違いない。

心を開かせる――。

その時、ふと瀧本のことを思い出した。

二回目の調査の後、一課に顔を出そうと考えていたのだが、あの時はショックですっかり忘れてしまっていたのだ。

冬華への対応で相談したいことがある。

これは、瀧本と話をするにはいい口実ではないだろうか。

沢村は携帯を取り出した。

電話が一課に繋がった。こちらの所属と氏名を名乗り、瀧本に取り次いでもらう。保留の間の時間がとても長く感じた。

「瀧本です」

低い声がした。沢村は緊張し、一拍遅れて名乗った。

「沢村……」と電話の向こうで奇妙な間が空いた。

迷惑がっている。咄嗟にそう判断した。

やはりいまさら電話をするのではなかった。後悔した時だった。

「ああ、沢村係長、お久しぶりです」と瀧本が朗らかな声を出した。「お元気そうですね」

「瀧本さんも変わりありませんか」

「少し腹が出ましたよ」

あまりにも屈託のない笑い声が聞こえて、沢村は少し面食らった。

「それで、どうしました」

沢村は気を取り直し、工藤文江が絡んだ事件を簡単に説明してから、冬華の件を切り出した。

「最初にトラウマを刺激してしまうようなことを言って、対応を誤ってしまいました。もう簡単にはこちらに心を開いてくれないと思います」

「そういう場合、確かに時間はかかりますね。かなりこちらの忍耐が必要でしょう」

「忍耐……」

「持久戦でいく覚悟を決めてください。できる限り会いに行って、その上で、彼女が話したくなるのを待つんです」

「でも、会いに行ってどうするんですか」

「話をしてください。ただし事件以外の話題で。なんでもいいです。最近係長が見たドラマの話とか、おいしい飯屋の話とか。するとそのうち、その子が興味を示す話題が見つかるはずです。そしたら、その話を続けるんです。むこうから何か話してくれるようになるまで」

瀧本の話を聞いて、沢村は昔、取調室で見た光景を思い出した。

それは、目を輝かせて子供の頃の渓流釣りの話を始めた被疑者と、その話にただ耳を傾けていた瀧本の姿だった。

「わかりました。ありがとうございます」

「また何かあったら、遠慮なく相談してください」

沢村は礼を言って電話を切った。緊張していたせいか、携帯を握りしめていた手が痺《しび》れていた。

瀧本との会話は少しぎこちないところもあったが、一年半以上も音信が途絶えていたことを考えれば無理もなかった。

これで、瀧本へのわだかまりは全て消えたかと言えば、もちろんそうではない。いずれはしっかりと、陽菜ちゃん事件の時の瀧本の態度とも向き合わなければならなかった。

だがともかく、関係修復に向けてその一歩は踏み出せたのだ。

そのことに満足しながら、沢村は外出の支度を整え、宍道冬華に会いに出かけた。

前回と同じように、沢村は食堂で冬華と面会した。冬華は沢村と目を合わせようとせず、じっとうつむいたままだった。この前のことがあって、恐らく沢村を警戒しているのだろう。

「ここでの暮らし、少しは慣れた？」

冬華は何も答えなかった。

沢村はこれまで、何が何でも冬華に事件の話をさせたい気持ちが強かった。だが今日は瀧本の助言に従い、事件には一切触れずに、他愛もないおしゃべりに徹しようと決めていた。

最初のうちは沢村が一方的に、最近見た映画だとか、おいしいパン屋だとか、流行りのスイーツの話をした。そのうち、冬華の表情が和らいできたのがわかった。

そして、きっかけはなんだっただろうか。確か朝食は和食か洋食か、という話題になった時だ。冬華は初めて自分から「朝マックが食べたい」と言ったのだ。聞けば児相で出される食事は和風のものが多く、冬華の好みには合わないのだと言う。外出も制限されているから、外食することもできなくて、それが少し不満だという話だった。

「じゃあ、ここを出たら一番にマックに行かないとね」

沢村が水を向けると、冬華は一瞬目を輝かせて、それからすぐに暗い表情になった。

「でもここを出たら、家に戻されるんでしょ」

そして冬華はまた黙り込んでしまった。

瀧本から持久戦だと言われた通り、ここで焦っては元も子もなかった。しかし冬華の信頼を勝ち得て心を開いてもらう前に、彼女がいま抱えている不安をまずは取り除いてやる必要があるのだと気が付いた。

夕方、児相から戻ってトイレで手を洗っていると、寺島が入ってきた。洗面所に沢村を見つけて、かなりばつの悪そうな顔をしている。脇には化粧ポーチを抱えていた。

無言で手を洗い続ける沢村の隣に、寺島はそっと息を殺すように移動してきた。

「寺島」

「は、はい」

「この間は言い過ぎた。謝る」

沢村はハンカチで手を拭きながら、寺島に向き直った。個室に誰もいないのを確認する。

「もうすぐ深田が産休に入るのは知ってるよね。代わりの人が来ると言っても、しばらくは足立巡査部長の負担も増える。だから寺島にも、もっとしっかりしてもらいたいの。どうせならうちのナンバーツーになるくらいの意気込みで、私の補佐もして欲しい」

「私がナンバーツー……」

「それくらいの気概を持てってこと。期待してる」

「は、はい。頑張ります」

寺島の顔がぱっと晴れやかになった。

＊

十一月のよく晴れた寒い日だった。非番だった沢村は、新千歳空港に隣接するエクセレントターミナルホテルの一階ロビーで、人と待ち合わせをしていた。待ち合わせの相手は、先日、澪が紹介してくれた大学の理事長だ。

まだ少し時間があったので、もう一度トイレへ行き、身だしなみをチェックした。仕事の時よりもタイトなデザインの紺のスーツに、ピンクベージュのブラウス。足元には黒い五センチヒールのパンプスを履いた。指には淡いベージュのネイルを施してある。転職の面接があると伝えると、麻衣子が塗ってくれたのだ。

最後に化粧を直し、深呼吸をした。トイレを出てロビーに戻ると、一人の男性に声をかけられた。

「沢村さんでしょうか。相沢《あいざわ》です」

相沢は三十代後半くらいで、ネクタイのセンスのいい男性だった。

相沢は朝一番の飛行機で北海道へ来て、午後には岩手に帰らなければならなかった。そこで時間を有効に活用するため、沢村の方から新千歳空港に出向いて、面接を受けることになったのだ。

二人はロビーから二階のコーヒーラウンジに移動した。

相沢と澪は、シカゴ大学のMBAコース時代の知り合いだった。MBA取得後は東京の政府系金融機関で働いていたが、大学の理事長だった父親が亡くなり、急きょ跡を継ぐことになったのだそうだ。

「これが再来春に開講する、『福祉衛生学科』のパンフレットです」

中面に白い校舎の写真があり、周囲には緑の風景が広がっていた。

「豊かな環境というより、田舎ですが」と相沢は笑ってから、大学の特色などを説明した。通う学生の多くは、卒業と同時に社会福祉士になることを目指す。そのため専門ではない一般教養科目には興味のない学生も多く、レベルも高くないと相沢は率直に述べた。

「しかし福祉学部を志望する学生の多くは将来の目標がはっきりしていて、真面目な子が多いのも特徴です」

一通り大学の説明を終えたところで、二人はランチを頼んだ。ラウンジには打ち合わせのビジネス客の姿も多く見られたが、昼食時でも比較的静かだった。

食事をしながら、一時間以上も話し込んだ。相沢はいい意味で、育ちの良さを感じさせる好人物だった。

「それでどうでしょう。前向きに考えてもらえますか」

沢村はすぐに答えなかった。条件は悪くない。数年は講師なのでいまより給料は下がってしまうが、研究室が貰えて、大学の図書館とデータベースも無料で使える。これは研究を続ける上で重要なポイントだった。

だがどうしても踏み切れない何かがあった。

返事を保留したまま、保安検査場の前まで相沢を見送った。相沢からは改めて連絡すると言われた。

沢村は空港を出て、ＪＲの新千歳空港駅方面へ歩き出した。

年齢を考えれば、これが大学へ戻れる最後のチャンスになるはずだ。

だが何か見えない理由に、ずっと引き留められているような気がしてならなかった。

まさかここに来て、警察の仕事に未練があるとでもいうのだろうか。

そんなことを考えながら、ＪＲ駅に続くエスカレーターに乗ろうとした。その時だった。視界の端に、エスカレーターの傍らのベンチに座るサラリーマン風の男が映った。男の顔は広げられた新聞に隠れて見えなかったが、朝、沢村が空港に到着した時にも、その男を見かけたような気がした。

朝一で到着したサラリーマンが大急ぎで用事を済ませ、とんぼ返りで空港に戻ってきただけかもしれない。羽田空港とのアクセスがいい新千歳空港には、日帰り出張のサラリーマンは珍しくなかった。

いくらなんでも、こんなところまで行確がついてくるなんて。

気のせいに違いない。

沢村は嫌な予感を振り払って駅へ急いだ。

＊

電話に出た相手が、瀧本は病欠だと答えた。

「風邪ですか」

「さあ、そこまでは……」

相沢との面談から一夜明け、沢村は冬華の件の経過報告も兼ねて、瀧本に電話をかけた。だが本当の目的は、一度会ってちゃんと話をしたいと思ったのだ。もしこのまま警察を去ることになったとしても、瀧本との間にわだかまりを抱えたままにはしておきたくなかった。

だが病欠だと言われて、沢村は少し迷ってから、電話を奈良に替わってもらった。

「おう、沢村か。どうした」

「瀧本さん、どこか体調でも悪いんですか」

「いや、単なる風邪だろう。鬼のかく乱ってやつだな。何か急ぎの用だったのか」

「いえ、そういうことならかけなおします」

単なる風邪なら、来週には復帰しているはずだ。

「なんだ、瀧さんには言えて、俺には言えない話か」

奈良が砕けた調子で聞き返してきた。

「そういうわけじゃないんですが……」

その時、前に奈良が、近いうちに一杯やろうと話していたことを思い出した。

この際だ。過去のわだかまりを解消するには、奈良も交えて、三人で飲みに行くのが一番だろう。そう思った。

「この前、飲みに行こうって話してた件ですけど、私が幹事をやりますので、奈良さんと瀧本さんの都合のいい日を教えてもらえませんか」

「ああ、その話な。俺は今のところいつでもいいが、瀧さんはどうだかな……。近頃少し忙しいみたいだ」

「そうですか……」

気のせいか、奈良の言葉が歯切れ悪く聞こえた。何かあったのかと尋ねようとした時、

「一応、瀧さんが出てきたら確認してお前に連絡する」

奈良が電話を切った。

一応、か。なんだか奈良らしくない言い方だった、と沢村が思わず顔をしかめた時だ。深田が机の上にメモを置いた。

〈署長が呼んでるそうです〉

はっとして顔を上げると、心配そうに見つめる深田と目が合った。

大丈夫、と一つ頷いて、沢村は上着を手に席を立った。

だが内心は、ついに来たか、という思いだった。

署長室へ行くと案の定、本部から三回目の呼び出しがあったことを告げられた。それから署長にはしつこく、どうして三回も呼び出しがかかるのか、と理由を尋ねられた。

それを知りたいのは沢村の方だ。

隣に座る戸川はずっと無言だった。

〈お前を庇ってくれるお偉いさんはいないってことだ〉

以前、戸川が忠告してくれた通りだ。

初めからあてにはしていなかったが、署長はこちらを責めることにしか興味は無いようだった。これで、誰からの援護射撃も期待できないことがはっきりした。


創成署を出て本部の建物が見えてくると、そわそわと落ち着かなくなった。

エレベーターに乗り、目的の階のボタンを押した。

もうなるようにしかならない。笠原のことを言われたとしても、以前よりは心の準備もできているつもりだった。少なくともあんな風に取り乱したりはしない。

はずだ——。

だがその日、部屋に片桐の姿はなかった。代わりに別の警視がいた。

「監察官室室長補佐の岡本だ。座りたまえ、沢村警部補」

監察官室室長補佐ということは、いよいよボスキャラの登場か。

調査の初日、片桐が警務部の管理官と名乗ったのが引っかかっていた。警察官の不祥事なら、監察官室が前面に出て来なければおかしいからだ。

恐らく今回は調査対象者が多く、事前に片桐がふるいにかけた者だけが監察官室に回された。そう考えるのが妥当だろう。

そしてあの片桐でさえ露払いのレベルなら、岡本はさらに手ごわい相手ということになる。

「お互い時間の無駄は省こう。ノースウォッチャー社に捜査資料を渡したのは君だろう」

「いいえ、違います」

初めて捜査資料のことに触れてきた。沢村は内心の緊張を押し隠して、岡本を観察した。年齢は片桐とそう変わらない。険のある顔つきからは、選ばれた者に特有のある種のプライドが感じられた。

「君はそれを証明できるのか」

「私が資料を漏洩していないことをですか」

思わず聞き返した。岡本の言ったことは俗に悪魔の証明と呼ばれるもので、そもそも自分が犯してもいない罪を、どのようにやっていないと証明しろというのだ。

「お言葉ですが室長補佐。私には出版社に資料をリークする動機がありません」

「動機なら十分にあるだろう。君は陽菜ちゃん事件では、捜査本部を途中で外されてるな。そのことに不満はなかったとでも？」

「それは……」

不満が無かったと言えば嘘になる。だがそれだけで資料をリークするなど馬鹿げていた。

「当時、捜査を外されたのは、自分に非がありました。処分は妥当だったと考えています」

「それでは君は一切、組織に対しても人事に対しても不満はないと？」

「ありません」

岡本が薄笑いを浮かべた。その目の前に、田伏が小型のＩＣレコーダーを滑らせた。

「ではこれはどういうことだ」

岡本がＩＣレコーダーを再生させる。雑踏に混じって流れてきたのは、沢村の声だった。

『なんか人事に一貫性がなくて、私をどうしたいのかよくわからない。持て余されてるのかもね』

それは先月、澪と飲んだ時、つい愚痴を零してしまった時のものだった。まさか録音されてるなんて――。

「これは君の声で間違いないな、警部補」

「ですがそれは単に酒の席で口をついただけで、本気で言ったわけではありません」

「ある心理学者によれば、酒の席で見せる態度こそがその人間の本性だとも言うそうだ。君は不満なんだろう。だから捜査資料をリークして、自分を外した警察に思い知らせてやろうとした」

「言いがかりはやめてください」

つい声が大きくなった。駄目、もっと冷静にならなければ。

「いいや、君はいつも思ってたはずだ。捜査本部の連中より、自分の方がずっと頭がいいんだと。だから彼らの指示を無視して、自分の正しさを証明しようとしたんだろう」

「そんなことはありません。彼らにはいつも敬意を払ってきました」

「敬意」と、岡本が小馬鹿にしたように笑った。

「だったらいまもまた、刑事事件に首を突っ込んでるのはなぜだ。現在、創成署に捜査本部が置かれた事件では、工藤文江が正犯だと言って勝手に事件関係者へ会いに行き、騒動になったそうじゃないか」

「工藤文江が正犯なのは間違いありません。もし本部の方針に誤りがあれば、それに対して意見を口にすることは、警察官として間違った行為だとは思いません」

「そういうところだよ、警部補。それこそが君の傲慢さの表れじゃないのか！」

あからさまに欠点を指摘されて、耳たぶが熱くなった。

「それでもまだ、不満はなかったと？」

「ありません」

沢村は声が震えそうになるのを抑え、きっぱりと否定した。すると田伏が今度は、何枚かの写真を沢村の前に突き付けてきた。沢村と相沢が写っている。動悸が激しくなってきた。

「岩手の福祉大学だそうじゃないか。君には打ってつけの転職先だな」

やっぱりあの時、空港で目撃したサラリーマン風の男は、監察の警察官だったのだ。

「不満がないなら、なぜ転職をする？」

「それは――」

言い訳を口にする前に、岡本が畳みかけてきた。

「陽菜ちゃん事件で、君は捜査を外された腹いせに、こっそり捜査資料のコピーを持ち出した。だがその時は転職の当てもなく、君は時期を待った。そして今回、大学の話が持ち上がってチャンスだと思った」

違う。それでは時系列が合わない。そう反論しようとしたが、声にならなかった。もう関係ないのだと気づいた。彼らにとって事実はどうでもいい。何が何でも沢村をリーク犯に仕立て上げるつもりだ。

「こちらとしては、捜査資料の漏洩で懲戒免職にもできる。だがそれでは君の経歴に瑕を付けてしまう。せっかくの転職にも響くだろう。そこで提案だが、いまこの場で依願退職の書類に署名してくれれば、君を罪には問わないと約束する。どうかな、悪い話じゃないだろう」

沢村の目の前に、一枚の紙が差し出された。岡本が用紙の一ヵ所を指で示した。磨かれたように爪が光っていた。

「ここに、君の署名を」

岡本がペンを差し出した。黒い外国製の万年筆だった。

これ以上抵抗を続ければ、私生活も何もかも丸裸にされ、適当な理由をつけて懲戒免職とされるかもしれない。それなら岡本の要求通り、依願退職に応じる方が得策ではないだろうか。

どうせ転職しようかどうか、迷っているのだ。ここで決めてしまえば、躊躇なく相沢の申し出を受け入れることができるではないか。

沢村はペンを受け取った。手が震えていた。うまく文字が書けない。

落ち着こうとしてひと呼吸置いた。署名しろと言われた書面の上を視線がさまよった。その時ある言葉が目に留まった。

『――退職するにあたっては、在職中に知りえた情報の一切を外部に口外することなく――』

在職中に知りえた情報の――。その言葉で、急に視界が開けたような気がした。

そうか。そういうことなんだ。

沢村は顔を上げた。

「どうした。早く署名を」

岡本の勝ち誇ったような顔が、どうにもムカついてならなかった。辞めることはいつでもできる。だがいまではない。

「誰がリークしたのか、そちらは何も摑んでないんですね」

「なんだって？」

「だから何が何でも私を、リーク犯に仕立て上げたいんですね。このまま犯人がわからず、誰も処罰できなければ監察のメンツは丸つぶれになる。ＯＢの後ろ盾もない私なら、誰からも異議は出ない。そう考えたんじゃないんですか」

「馬鹿げたことをいうな」

「捜査資料の漏洩は最低でも、地方公務員法の守秘義務に抵触します。それなら当然、事件として捜査されるべきです」

「だから我々は、君の将来を思って依願退職にしてやろうと言ってるんだ」

「お言葉ですが、警察が事件の被疑者を目の前に、取り調べもせずに放免することは道理に合いません。そして事件ならば、捜査は刑事課が引き継ぎます。しかし刑事課が捜査に乗り出せば、証拠がないことが明らかになってしまう。そこで——」

「黙りたまえ、警部補」

「遮らないでください。まだ私の話は終わりではありません」

口を挟んできた田伏に、そう一喝した。田伏が目を見開いた。ここまで来て、階級がどうのこうのかまってはいられなかった。

「そこであなたたちは、刑事課に事件を引き渡さずこの件の幕引きを図ろうとした。違いますか」

岡本が鬼のような形相で、沢村を睨みつけていた。

「最初に無実の証明をしろと言われましたが、その義務を負うのは私ではありません。どうしても私を辞めさせたいというなら、そちらで事件を立証してからにしてください」

一息に言い切った。

会議室が静まり返る。次の瞬間、岡本が蹴るように席を立った。

「次の人事は覚悟しておけよ」

怨念の籠ったような言葉を残して、彼は部屋を出て行った。田伏が慌てて後を追う。

沢村は一人残されて、大きく息を吐き出した。心臓の鼓動はまだ収まっていない。頬も紅潮しているのがわかった。

視線を上げると、ブラインド越しに見える外はもう日が暮れようとしていた。

ふと岡本の捨《す》て台詞《ぜりふ》が耳に蘇った。ちらっと後悔が過った。

あそこまで抵抗して、ここに残る意味があるのだろうか。警察を辞めなかったとしても、いまので完全に将来が閉ざされたのは間違いない。

せっかく戸川が忠告してくれたというのに——。

「今日はなかなか大変だったみたいだな」

背中から声をかけられた。片桐だった。

「どこかで見てらしたんですか」

「いや、岡本さんの顔を見れば、おおよその見当はつく」と言って、片桐は紙コップに入ったココアを沢村の前に置いた。

「どうぞ」

「結構です」

沢村は席を立とうとした。

「だが糖分が欲しそうな顔をしている」

さっきまで岡本が座っていた場所に、片桐が腰を下ろした。その手には、コーヒーの入った紙コップがあった。まだ調査が続くのだろうか。沢村は仕方なく座り直した。

片桐は紙コップにミルクと砂糖を入れ、プラスチックのマドラーで搔きまわし始めた。

「転職を考えてるのか」

沢村は答えなかった。さっき岡本の前で演じたミスを、再び繰り返すつもりはなかった。

「君が、好きで警察官になったわけじゃないのはわかってる。志望動機も全部、作り話だろう?」

沢村は沈黙を守った。誘導尋問に引っかかってはいけない。

「別にそれを責めてるわけじゃない。そんな警察官は大勢いる。だが好きでなったわけじゃない仕事でも一度くらい、続けていて良かったと思うことはなかったのか?」

片桐は何を言わせたいのだろう。いや、考えては駄目だ。相手のペースに飲み込まれてしまう。

「自分の話をしたくないなら、私の話を少ししようか」

片桐は相変わらず、マドラーでコーヒーを掻きまわしていた。

「私は君と違って、好きで警察官になった。子供の頃、家の近くに剣道場があって、そこに元特練員だという現役の警察官が指導に来ていた。その人に憧れたんだ。彼の背中を追う様にして同じ大学に進学し、念願の警察官になった。だが理想と現実は違う。入ってから失望することは何度もあったが、それでも私はこの仕事が好きだし、誇りにも思っている。だから、他の現場で働く多くの警察官たちにも、私と同じような気持ちでいて欲しいと願っている」

いつの間にか沢村は、片桐の話に聞き入っていた。恐らくそれは、彼が真実を話しているからだろう。子供の頃から憧れて、彼は警察官になった。そのことに嘘偽りは感じられなかった。

「だが、そういう気持ちを持てない者がいるとしたら、それは幹部である我々の責任だとも思う」

片桐が紙コップをテーブルの脇に避けた。初めから飲む気もなかったように見えた。

「自殺した院生、彼は君の恋人だったのか」

来た、と思った。唇を噛んだ。すると沢村の表情で、片桐は全てを悟ったようだった。

「悪かった。今後は二度と彼のことは口にしない」

沢村はゆっくりと瞬きした。

片桐は立ち上がり、沢村の足元に落ちていた万年筆を拾った。

「これは私から岡本さんに返しておこう」

そして廊下を歩き去って行く片桐の足音が聞こえた。

小さく息をついて、沢村はココアに口をつけた。温かい甘みが全身にゆっくり広がっていった。

＊

「騙《だま》されてるのかもね……」

「え、誰がですか？」

先日の片桐との面談を回想していて、思わず声に出してしまった言葉に、寺島が反応した。

「なんでもない。できた？」

「は、はい。お願いします」

寺島が緊張した顔で、報告書を差し出してきた。沢村はざっと目を通して、「うん、よく書けてる。お疲れ」

寺島がほっとして、席に戻った。少しずつだが成長の跡が窺えるようになってきた。

寺島たちが帰宅して、沢村も今日は早く上がることにした。

家に帰ってコンビニ弁当も味気ないので、最近利用するようになった自宅近くの店に入った。昼間はカフェ、夜は飲み屋になる。女性一人でも入りやすく、店内はまださほど混雑していなかった。

カウンター席で食事をしながらマルクス・ガブリエルの著書を読んでいると、隣に一人の男が座った。

「そのまま聞いてください。ノースウォッチャーの橋場です。行確がついてるのは知ってます」と早口で告げる。

沢村はそのまま黙って、本を読んでいるふりをした。

「あなたがコピーを送ってきた目的を教えてください」

沢村の手が止まった。この記者は何を言っているのだ。目的？　それはコピーをもらった出版社が一番よくわかっているはずではないのか。

「リークしたのは私じゃない」

「情報提供者の秘密は守ります。ですから目的を教えてください。道警への不満ですか？　それとも進展しない捜査への苛立ち——」

それ以上聞きたくなかった。沢村は本を閉じて男に向き直った。行確がついていようと知ったことかと思った。

「リークしたのは本当に私じゃない。それとも私を嵌めるつもり？」

目の前にいるのが本物の記者だという保証もない。ひょっとすると岡本たちが、沢村を嵌めるために仕組んだ罠《わな》だとも考えられる。

橋場は一瞬啞然として、「なんだ、本当に違うのか……」と落胆した様に顔を逸らした。

橋場が店を出て行った。沢村は橋場が座っていた席を見つめ、次の瞬間弾《はじ》かれたように席を立った。

「ごちそうさま」カウンターにお札を二枚置き、橋場を追って店の外に飛び出した。

橋場はまだ店の近くにいた。

「どういうこと。出版社は誰がリークしてきたかわかってないの？」と聞いてから、はっとした。「送られてきたのね、そうでしょう」

「ちょ、ちょっと、一方的にそっちばっかり質問されても——」

「誰の名前で送られてきたの」

橋場の抗議を無視して、質問を突きつけた。橋場の顔色が変わった。やっぱり——。

「誰の名前」

「教えるなら一つ条件がある。そっちの監察の動きを知りたい。他に誰を調べてるのか」

「わかった」

「藤井俊太郎」

「自殺した巡査長……」

「約束、忘れないでくれよ」

「わかったと答えたのは、あなたの言葉を理解したという意味。協力するとは言ってない」

「相変わらず汚《きた》ねえな、あんたら」

橋場が悔しそうに吐き捨てた。その表情に何かやり場のない苛立ちが見て取れた。

その時、橋場と前に会ったことがあるのを思い出した。そうだ、あれは陽菜の遺体が発見された事件現場だった。そして確か当時は道日新聞の記者だったはずだ。

「橋場さん、もしかしてあなたなんじゃないの。例の記事を書いたのは」

藤井が自殺したのは、道日新聞の記事で叩かれたのが原因と言われていた。

「ああ、そうだ」

橋場はそのせいで道日新聞に居づらくなり、ノースウォッチャー社に拾われたのだ。

「最初あの名前を見た時は、本当に幽霊から荷物が届いたのかと思ったよ。普通うちの社じゃ、ああいう出処が不明な物は載せないんだ。でも今回は記事にすることで、誰が送って来たのか知りたかった。だが雑誌が発売されても誰一人、自分だと名乗り出てくる者はいなかった。そんな時あんたが警務部に呼び出されてるって聞いて、もしやと思った。だが違ったんだな」

橋場は心の底から、落胆したようだった。

「そんなつもりはなかった。あの記事で誰かを傷つけようなんて気は、本当になかったんだ……」

橋場は暗い陰影に彩られた顔で、振り絞るように後悔の言葉を口にした。

自宅に戻った沢村は、部屋のクローゼットを開けた。そこには沢村宛に、島崎陽菜の名前で送られてきた荷物がしまったままにしてあった。

〈目的を教えてください。道警への不満ですか？　それとも進展しない捜査への苛立ち——〉

橋場の問いが蘇る。

島崎陽菜と藤井俊太郎。

送り主がこの二人の名前を使ったことには、何か意味があるはずだ。そして一方を橋場に、もう一方を沢村に送ってきたことにも、必ず理由はあるはずだった。

全ての謎を解く答えは、この送られてきた捜査資料の中にあるに違いない。

沢村は段ボールから書類を取り出して、一つ一つ確認していった。そしてこれらの中に、誘拐事件目撃者たちの供述調書が含まれていることに気が付いた。全部で十一人分あった。それが全て、現場付近で目撃された母子三組と父子一組に関するものであることが、沢村には引っかかった。

もう一度よく見ていくと、沢村にとっては因縁のある名前が見つかった。川上詩織だ。唯一、男とその腕に抱えられた幼女の姿を目撃した女性。そして、弁護士を通じて警察の捜査に抗議してきた女性だった。

もしや、と思った。この資料を送ってきた人物は、この目撃者たちをもう一度調べてみろ、と言っているのではないだろうか。だとするとその目的は、事件を解決することではないだろうか。

だがそれだとまだ疑問は残る。捜査資料を持っているなら、なぜその人物は自分で捜査しないのだ。

捜査したくとも自分ではできない者ということか。

例えば退職が近いか、既に退職した者か、沢村のように事件とは無関係の部署に異動となった者か。

あるいは他のなんらかの理由で、自分では捜査できなくなった者——。

沢村の脳裏をある人物が掠めていった。だがすぐに打ち消した。いや、あの人が出版社にリークするなどあり得ない。

沢村は改めて、捜査資料を読み直していった。いつの間にか周囲は物音一つしなくなっていた。

明け方に少しだけ仮眠を取って、出勤する前に本部の警務部へ電話した。あの管理官ならきっと、もう出勤しているはずだ。

その推測はあたりだった。

「片桐です」

「今日、お時間を作っていただけませんか。二人だけで。ご相談したいことがあります」

「それなら六時以降は空けておく」

沢村は礼を言って電話を切った。同時に大きなため息が漏れた。本当に片桐を信用していいのかわからなかった。だがいまは自分の直感を信じるしかなかった。

＊

警察署は二十四時間人の出入りが多くいつでも騒々しいが、この時間ともなると道警本部内は静寂に包まれていた。

とりわけ会議室のあるフロアは森閑として、近づいて来る片桐の靴音がやけに大きく響いた。

目の前に片桐が座った。沢村は時間を作ってくれたことに感謝の言葉を述べた後、早速用件を切り出した。

「しばらくの間、私への調査を中止してください」

「しばらくというのは？」

「二ヵ月、いえ三月まで猶予をお願いします」

「猶予をもらって何をしようと言うんだ」

「陽菜ちゃん事件の捜査をしようと考えています」

「なぜ」

「誘拐事件の捜査資料の一部を、私が持っているからです」

「それが本当なら岡本さんが喜びそうだ」

片桐は心から楽しそうに肩を揺すった。

「一ヵ月ほど前、私宛に郵便小包が届きました。差出人の名前は島崎陽菜。誘拐された少女の名前です。そして昨日、恐らくご存知でしょうが、ノースウォッチャー社の橋場という記者が接触してきました。彼は死体遺棄事件の際、藤井巡査長を追い詰める記事を書いた道日の元記者です。彼の話によれば、彼宛てにも捜査資料のコピーが送られてきて、その差出人の名前は藤井巡査長だったそうです」

「なるほど」と言って、片桐が手に持っていたペンを僅かに揺らした。反応らしい反応はそれだけだった。沢村の話を信じていないのかもしれない。

「君に猶予を与えたとして、こちらへの見返りは？」

「リークした人物の情報をお渡しします」

片桐が首を捻った。

「この人物が資料をリークしたのは、警察や捜査への不満からではありません。その人は純粋に、この事件の解決を望んでるんです。ですが何らかの理由で、自分ではそうすることができない。だから私に資料を送ってきた。そう考えるなら、事件を解決しさえすれば、その目的は達成されます。その時、彼は自分から正体を現すと思います」

「その期待は少し、純粋過ぎはしないか」

「いいえ。なぜならその人は、誰よりも警察の仕事に誇りを持った人だからです。だから必ず、名乗り出てくると信じています」

片桐がまたペンを揺らした。沢村は思わず身構えた。ここへ来て、片桐に資料のことを打ち明けたのは間違いだったのかもしれない。

この間の話から、片桐は少なくとも岡本よりは道理を弁えており、誠実さも備えた人物ではないかと思った。だがそれは誤解だったのだろうか――。

「わかった、いいだろう。君に三月まで猶予をやろう」

「は……？」

沢村はしばらく片桐の顔を凝視した。こんなにあっさり承諾してもらえるとは思っていなくて、体から力が抜けた。

「他には何か？」

気を取り直した沢村は、もう一つ要求を出した。

「行確も外してください。あんなものが付いていては、捜査の邪魔になります」

「行確か」と片桐は苦笑いした。「わかった、そっちもなんとかしてみよう」

そして一人残された沢村の手には、一枚の名刺が握られていた。それは、誰かに邪魔された時のために、と片桐が置いていった彼の名刺だった。

五

島崎家の玄関から表札は、既に取り払われていた。横に植えられた松の木も枝が折れ、無残な状態になり果てている。

時刻は午後三時になろうとしていた。季節は違うが、六年半前、陽菜が誘拐された時とほぼ同じ時間帯だ。静かだった。この辺りは車の往来も少なく、歩く人影もまばらだ。事件当時は天候も悪く、さらに出歩く人は少なかっただろう。

沢村は家の裏手へ回った。そこに陽菜が誘拐された庭がある。その場所も、いまはもう見る影もなかった。芝は剝がされ、周囲に巡らされた白い木の柵もあちこちが壊れていた。

〈あかいおはなしゃん〉

〈赤いのね。アネモネって言うの〉

〈アニェモネ、アニェモネさんしゅき〉

〈うん、ママもアネモネさんだあいすき〉

沢村は柵の側にしゃがみこんだ。高さはおよそ五十センチ。三歳の子供がここを一人で乗り越えるのは不可能だ。とすれば誰かに抱えられて、この柵を乗り越えたことになる。

陽菜が遊んでいた場所から、この柵まではおよそ二メートル。渡瀬の方から歩み寄って行ったのか。それとも陽菜の方から、渡瀬に近づいて行ったのだろうか。もし渡瀬から近づいて行ったとして、陽菜が声を上げなかったのはどうしてだろう。逆に陽菜の方から近づいて行ったとして、その理由はなんだったのか。現場に残されていた証拠は当時の雨が全て洗い流してしまって、真実はわからなかった。

「あのね、ちょっと」

不意に背後から声をかけられた。振り返ると、青いコートを着た六十過ぎの女性が立っていた。

「なんなの、あんた。不謹慎じゃないの」

いきなり強い口調で言われて、沢村は面食らった。

「インターネットだかなんだか知らないけど、事件現場の写真なんか撮って何が面白いの。恥を知りなさいよ」

沢村の言い分を聞かず、女性はまくしたてた。よほど腹に据えかねているらしい。恐らく事件後、島崎家の写真を撮って、ネットにアップする連中が後を絶たないのだろう。

「警察の者です」

沢村は身分証を見せた。

「え、あら、そうだったの。最近の若い人はモラルもへったくれもないから」

「ご近所の方ですか」

「そう。すぐそこ」

女性が住むのは、島崎家の北側の一軒家だった。女性は陽菜の祖母の歌子と親しかったのだと言った。

「歌子さんはいまどちらに？」

「国道のとこにある大沢《おおさわ》病院、そこに入っちゃった」

「ご病気ですか」

「ううん、そうじゃなく、あそこは老人施設だから」

女性は僅かに顔を歪《ゆが》めた。その施設にあまりいい印象がないようだ。

「尚人くんとすみれちゃんがいなくなって、この家で一人暮らしは寂しいもんね。歌ちゃん、ずっと後悔してたんだよ。あの日、習い事なんか行かなきゃ良かった、私も一緒にいれば陽菜は誘拐されずに済んだってね」

陽菜の遺体が発見された後、尚人とすみれの二人は西区のマンションに移り住み、マスコミからの取材も一切受けずにひっそりと暮らしていた。

「すみれちゃん、陽菜ちゃんがいなくなった後も丁寧に庭の手入れをしてさあ。本当は見るのも辛かっただろうに。無理するんでないよって言っても、陽菜はこの庭が好きだったから、綺麗にしておかないと戻ってきた時ががっかりする、ってさあ」

女性が小さく鼻を啜った。

「子供を一人にした母親も悪い、なんて言う連中はなんもわかってないよ。自分ちの庭から子供が攫われるなんて、普通は思わないもん。酷いよ。あんな小さな子を手にかけるなんて、犯人は鬼畜だよ」

女性と別れて、島崎家の前の緩やかな坂道を上って行った。川上詩織はこの道の途中で、陽菜らしき幼女を連れた渡瀬に似た人物を目撃している。『何か違和感があって』というのが、二人を覚えていた理由だった。無精ひげの大男に愛くるしい幼女。確かに人目を引く組み合わせだ。だがそれが渡瀬と陽菜なら、どうして陽菜は大人しくしていたのだろうか。

そんなことを考えながら坂を上り切ると、国道五号線に出た。車の往来は激しいが、人通りは少なかった。バスを待つ人の姿がぽつりと見えるくらいだ。

誘拐した幼女を連れて、渡瀬が徒歩で逃げたはずはなかった。しかしバスに乗ったという情報もない。どこかに停めてあった車で逃走したと考えるのが筋だが、付近の防犯カメラ映像にも不審な車は写っていなかった。この場所に来て渡瀬の足取りは、ぱったり途絶えてしまったのだ。

沢村は元来た道を引き返し、今度はＪＲの手稲駅方面へ向かった。神社のある通りを右に曲がると、本崎《ほんざき》という表札が出た一軒家があった。チャイムを鳴らすと、すぐに応答があった。

「はい、どちら様でしょうか」

「警察のものです。本崎千恵子《ちえこ》さんはご在宅でしょうか」

「千恵子は私ですけど……」困惑した声がして、「ちょっとお待ちください」

ドアの向こうで、人が玄関に下りてくる音が聞こえた。ドアが開き、四十代半ばくらいの女性が顔を見せる。

「本崎千恵子さんですか」

沢村は身分証を見せながら、用件を伝えた。

「島崎陽菜ちゃんの事件のことで、幾つか確認させてもらえませんか」

「え、いま頃ですか」

千恵子の顔に、いっそうの困惑が浮かんだ。

「六年半前、二〇一三年の六月二十七日のことですが、その日、千恵子さんが目撃した母子のことを、もう少し詳しく教えて欲しいんです」

事件のあった日、この辺りで三組の母子が目撃されていた。そのうち二組の母子については、事件とは無関係であるとわかった。この千恵子が目撃したという残る一組の母子については、未だ身元がわかっていないのだ。

「そう言われても、もうよく覚えてないのよ」

「どんな些細なことでも構いません」

「些細なこと……」

千恵子は頬に片手を当て、しきりと首を傾《かし》げた。

「子供が黄色いレインコートを着てたのは覚えてる……他は……」と千恵子はまた、修行僧のような顔で悩んでから、「ぬいぐるみ」と漏らした。

「その子、サニーちゃんのぬいぐるみを持ってた」

「サニーちゃんの」

沢村の鼓動が速くなった。

「うん、そう、そう、思い出してきた。それを両手で抱えて、お母さんにだっこされてた」

千恵子は両手で、ぬいぐるみを抱きしめる仕草をした。

「お母さんは右手に傘を差して、左手で子供だっこして。私も経験あるからわかるんだわ。子供って結構重くて、片手でだっこするの本当大変で」

自分の子供を思い出したのか、千恵子の顔に優しい笑みが零れた。

「あとね、そのサニーちゃん、服の色が少し変わってた」

ぬいぐるみをきっかけに、千恵子は当時の記憶が蘇ってきたようだ。

「普通のサニーちゃんは洋服の色が青いでしょう。その子が持ってたのは黄緑色っていうのかな。多分限定品だと思う」

「確かですか」

「うん。うちの娘も小さい時好きだったから。いろんな企業ともコラボしてて、時々プレゼント企画なんかもしててね。懸賞のハガキなんて何枚出したことか」

黄緑の服を着た限定品のサニーちゃん。これは新しい情報だった。

「それで二人は、この前の通りを歩いて駅の方へ向かったんですか」

「ううん、駅へは行ってないと思う」

「え？」

「そこの神社の向かいに小さい駐車場があるの。そこにピンク色の車が停めてあって、それに乗ったと思う」

「その車の特徴をもう少し、詳しく教えて貰えますか」

「ごめんなさい。私、車ってよくわからなくて。でもよくＣＭに若いタレントさんが出てるやつだと思う」

「その話、当時の捜査員には話しましたか」

「ううん。だって誘拐犯は男の人だったんでしょう。私が母子の話をしたら、他に誰か見てないかって聞かれて、見てないって答えたらそれっきり」

沢村はもう少しで「ああ」と声を漏らしそうになった。当時の捜査員には、犯人は男という先入観があったのだ。

「母親の顔は思い出せませんか」

千恵子は再び考え込んだ。

「そうね、綺麗なお母さんだった。そっくりな親子だなと思ったのは覚えてる。でもどんな顔だったかは……」

沢村は千恵子に礼を言い、何か思い出したことがあったら連絡をして欲しい、と名刺を渡した。

次に千恵子に教えられた駐車場へ行ってみた。三台も停めれば一杯になるほどの小さな駐車場で、いまは赤いコーンで入り口が塞がれている。そのコーンには『軽川神社』と書いてあった。

沢村は神社の社務所に向かった。

*

神社での聞き込みを終えて、沢村は駅に戻り、ＪＲで一度札幌駅まで出た。そこから地下鉄の南北線に乗り換え、麻生《あさぶ》駅で降りた。駅から十分程南へ歩いたところに、三階建てのレンガ色の建物がある。一階は駐車場で、二階、三階が東陽《とうよう》生命保険の営業所だ。

ここは以前、渡瀬を目撃した唯一の人物、川上詩織が勤めていた職場だった。事件後に詩織はセールスを辞め、以前沢村が訪ねたマンションからも引っ越していた。

照会をかければ、現在の詩織の居所を調べるのは容易だろう。だが捜査資料の送り主が、わざわざ詩織の資料を送ってきたのには何かわけがあるはずだ。まずは川上詩織という人物を知っておきたかった。

『東陽生命麻生営業所』と書かれたドアを開け、用件を伝えると応接室に通された。

応接室の壁には、会社のポスターが貼ってあった。『みんないきいき！　老後を応援　個人年金保険』『あなたの大切な誰かのために！　定期付き終身保険』など、一度はCMなどで目にしたことのある商品ばかりだ。

ほどなくして、営業所長と名乗る男性が入ってきた。背が低く、太り気味の中年男性だ。髪は七三に分けられ、整髪料で固められている。いまどきは銀行員でも、ここまでかっちりした髪型は珍しい。

沢村は名刺を受け取って、自分は簡単に自己紹介した。

「それで本日は元セールスの件だとか」

所長が探るように尋ねた。その元セールスが何か犯罪にでも加担したのではないかと、恐らく疑っているのだろう。

「七年ほど前、こちらに在籍された川上詩織さんについて、現在の住所をご存知ないでしょうか？」

「いや、あいにくそんな前ですと、記録なんかも残ってないですね」

所長が困惑したように答えた。

「札幌本社の方へは確認しましたか」

「はい。残念ながら教えてもらった住所は古くて。それでこちらへ伺えば、川上さんをご存知のセールスさんもいらっしゃるんじゃないかと思ったものですから」

「そういうことですか……」と所長はしばらく考え込んだ。

応接室のドアがノックされ、事務員がお茶を運んできた。

「関谷《せきや》さん、戻ってる？」

「今日は四時半戻りです」

「どうも」

頷いた所長が沢村に向き直った。

「関谷というセールスがもうすぐ戻ってきます。うちで十年以上働いていて、彼女なら何か知ってるかもしれません」

沢村は時計を確認した。四時を少し過ぎたところだ。関谷を待つことにした。

所長が出て行って一人になると、暇つぶしに部屋に置いてあった保険のパンフレットを手に取った。警察には独自の共済組合があり、掛け金も安いので、民間保険の商品説明をこれほどじっくり読むのは初めてだ。

終身保険、定期付き終身保険、個人年金保険、学資保険の他、いまは認知症保険まであるとは知らなかった。

『東陽生命の認知症保険はここが違う！　認知症と診断されたら、最大約百万円の一時金がお受け取り可能。持病があっても大丈夫。災害時の死亡保障もセットにして』そんなうたい文句に続いて、介護施設に入院した場合の費用一覧に目が向いた。月額十万円から三十万円と幅が広い。

麻衣子の言う通り、もし父親が認知症になったら恵庭の家に一人では置いておけない。といって、いまの仕事をしながら沢村が引き取るのは無理だし、麻衣子だって大介の意向も無視できないだろう。

残る選択肢として、専用の施設に入れることも視野に入れておかなければならなかった。果たしてその費用は父の年金だけで賄えるものなのか。見当もつかなかった。

思わずため息を漏らした時、再びドアがノックされた。

『東陽生命上級セールス　関谷伸子《のぶこ》』と、貰った名刺には書いてあった。

「所長さんに聞いたけど、詩織ちゃんについて聞きたいんだって」

「はい。ご存知ですか」

「ご存知も何も、詩織ちゃんをセールスにスカウトしたの私だから」

そう言うと関谷は、傍らに置いてあった革製の鞄をまさぐり、セブンスターの箱と使い捨てライターを取り出した。

「ごめんね。仕事の後に一服しないと、頭しゃきっとしなくてさあ」

関谷は早速セブンスターを一本取り出した。今時は警察署内でさえ禁煙なのに、生命保険のセールスが煙草を吸うのかと思ったが、いまは関谷に気分良く話をしてもらうのが重要だ。

「ショーコさん、悪いけど灰皿持ってきてくんない」

すぐに先ほどの事務員が、ステンレス製の灰皿を持ってきた。

「ありがと」

足を組んだ関谷は煙草を一服して、満足そうな表情になった。見たところ六十歳近い年齢だが、赤い口紅を付け、髪も茶色に染めて、身につけているのは紫色のワンピースと、遠目からでもかなり目立つタイプだ。

「今日は朝一で千歳まで行って来たの。他のお客さんの紹介でね。お陰で大口が一本取れたわ」

自慢というより、ごく普通の世間話のようだった。

「担当エリアみたいなものは決まってないんですか」

「一応は決まってる。けど、お客さんがいればどこにだって行くのがうちらの仕事だから。この間も島根まで行って来たのよ」

関谷がゆっくりと紫煙をくゆらせた。

「ではここから手稲駅の方まで行ったりもするんですか」

「札幌市内ならそんなの楽勝で行くわよ」

そうか。じゃあ詩織が事件当時、手稲の住宅街を営業で回っていたとしても何ら不思議はないのだ。

「それで、詩織ちゃんの何が知りたいわけ」

「現在の住所をご存知ありませんか」

「それはわかんない。彼女が辞めてから一切連絡取ってないもん。送った年賀状も宛先不明で戻って来ちゃった」

関谷が灰皿に灰を落とした。

「詩織ちゃんなんかやったの」

「いいえ。ある事件について、改めてお話を伺いたいと思いまして」

「それって例の誘拐事件？」関谷が僅かに身を乗り出した。「可哀《かわい》そうにね。まさか遺体で見つかるなんて……」

「事件のこと、川上さんから何か聞いてますか」

「お客さんのところに行ったら、たまたま子供連れの男の人を目撃したって。で、その話を警察にしたらなんか大事になっちゃって、話さなきゃ良かったって笑ってたな」

「川上さんをスカウトした経緯を、もう少し詳しく教えて貰えませんか」

「詩織ちゃんは私の営業先のクラブのホステスさんだったの。ああいうお店の子たちって、体壊して働けなくなってもお店から補償なんて出ないじゃない。シングルで子供抱えて働いてる子たちも多くてね。詩織ちゃんもその一人だったのよ」

「川上さんに子供がいたんですか」

詩織に子供がいたという情報は、当時の供述書にも書かれておらず初耳だった。警察としては、目撃情報の信ぴょう性を担保するために、目撃者の氏名、職業、住所などは確認するが、必ずしも家族構成まで裏を取ったりするわけではない。

「当時、二歳だか三歳だかの女の子がいるって言ってたな」

それから関谷は、ホステスたちとアポを取るため、子供を旦那に預けて夜の街に出かけた武勇伝などを語り始めた。

「――で、せめて子供の教育にはお金をかけたい、って子たちに、学資保険なんて勧めると結構関心持ってくれたりしたのよ」

「川上さんも、お子さんのために学資保険の契約をしたんですか」

「ううん、勧めたけど彼女は入らなかった」

関谷が煙を吐き出した。狭い応接室内は換気も悪く、沢村は煙草の臭いを堪えるのに苦労した。

「詩織ちゃんは、私に万一のことがあってもお金の心配はいらない、別れた旦那の家が面倒見てくれるって言ってた」

「別れた旦那さんは裕福な方だったんですか」

「うん。三好《みよし》宝飾店の三代目だもん」

三好宝飾店は札幌の狸小路に本店があり、デパートにも支店を出す北海道の老舗宝飾店だ。

「養育費の他に、元旦那の父親から遺産も貰えそうだって話してたな」

「保険のセールスを始めるきっかけは、なんだったんですか」

話を本題に戻した。

「詩織ちゃんがお店のママのお客さんを取ったの。それでママが怒り狂っちゃって。古い歌にもあるじゃない。仁義を欠いちゃいられやしないよ、って」

関谷が節をつけて歌ってみせたが、知らない曲だった。

「ともかく、ススキノでは働けなくなって、ほとぼりが冷めるまでうちで働いてみないって誘ったの」

関谷が二本目の煙草に火を点けた。

「成績は良かったよ。ススキノ時代のお客さんが顧客になったから。それにあの見た目でしょう」

関谷が意味ありげに笑った。

「男のお客ならイチコロよ。続けてたら今頃、優秀セールスで表彰されてたかもね」

「辞めた理由はご存知ですか」

「夜の街の方が性に合ってるって。働こうと思えばススキノ以外にもあるからね」

関谷から聞ける話はこれくらいだろう。沢村は礼を言い、連絡先の書いてある名刺を渡した。

「ねえ、保険はどう。学資保険。お子さんの将来のために」

「ひとり身ですから」

「あら、だったら――」

「いいえ、本当に結構です」

鞄の中からパンフレットを取り出そうとした関谷を制し、沢村は腰を上げようとした。

「興味が湧いたらいつでも連絡して。これも良かったら使って」

関谷が鞄から無造作にポケットティッシュを摑んで、沢村の手に押し付けてきた。保険のセールスが拡販用によく配る社名が入った物だ。仕方なく沢村はポケットティッシュを受け取った。

「三つで足りる、もっといる？」

「いいえ、十分です」

沢村は慌てて、ポケットティッシュを鞄にしまおうとした。その時、ポケットティッシュの表面に目が留まった。可愛いキャラクターが描かれている。ポッコちゃんと言って、子供や若い女性に人気の小鳥をモチーフにしたキャラクターだ。

「保険会社はよく、こういうキャラクターを広告に使いますよね。こちらで以前、サニーちゃんを使ってませんでしたか」

「使ってた」関谷があっさりと答えた。

「いつですか」

「多分、うちの七十周年キャンペーンの時だったと思うから……」

関谷は考えながら立ち上がって、応接室のドアを開けた。事務室に向かって声を張り上げる。

「ショーコさん、ちょっといい」

大声で事務員を呼んだ。

「うちの創立七十周年っていつだったっけ」

「二〇一三年、いまから六年前」

「それは確かですか」

「ええ、うちの息子が結婚した年ですから」事務員がすぐに答えた。

「その時、サニーちゃんのキャンペーンをしたんですか」

「ああ、学資保険の」

「当時のパンフレットなどは残ってませんか」

「多分、倉庫のどっかにあると思いますけど」

「すみません。探して来てもらえませんか」

「ちょっと時間かかりますけど」

「待ちます」

「わかりました」

沢村の勢いに気圧《けお》されたように、事務員は小走りで去って行った。事務員が戻ってくるのを待つ間、沢村は関谷から、当時のキャンペーンの内容を教えてもらった。

「創立七十周年記念の大キャンペーン。本当、あの年は学資保険がよく売れたのよ」

「契約すると、サニーちゃんのグッズが貰えるとか」

「そういうの、景品表示法とかいうのがうるさいんだって」

「そうなんですか」

沢村は落胆した。もしかして、千恵子が目にしたサニーちゃんは、保険の景品ではと考えたのだ。

「その代わりうちらセールスが、自腹でプレゼントするのは構わない。だからペンとかキーホルダーとか、一個数百円もしないようなグッズをお客さんにプレゼントするわけ。ほら、こういうの」

そう言って関谷は、鞄の中からボールペンを取り出して沢村に渡した。「いる？」と聞かれて、沢村は遠慮した。ボールペンには東陽生命のロゴと、ポッコちゃんが印刷されている。

「こういうグッズは、全部セールスさんの自腹なんですか」

「そうよ。うちらセールスは社員じゃなくて個人事業主だから、全部、会社から仕入れするの」

そこへ事務員が戻ってきた。小さな段ボール箱を一つ抱えている。

「パンフレットの他にリーフレットと、グッズも少し残ってましたので持って来ました」

沢村は礼を言って、早速段ボールの中を確認した。ポケットティッシュにボールペン、それとビニール製の小さな貯金箱が入っている。ポケットティッシュにはサニーちゃんのイラストが描かれ、ボールペンのノックする部分にはサニーちゃんのマスコットがついていた。

「うわあ、懐かしい、この貯金箱」

関谷がソフトビニール製の貯金箱を手に取った。全体の形がサニーちゃんで、頭の後ろにコインが入れられるようになっている。

「これもらっていいかな。お客さんにプレゼントしたい」

「いいんじゃない。誰も覚えてないし」

関谷と事務員のやり取りを横目に、沢村はパンフレットの中に混ざっていたリーフレットに目を留めた。『東陽生命七十周年記念プレゼント企画』と書いてある。

リーフレットに応募用紙が付いていた。これに必要事項を記入して申し込むと、抽選でプレゼントが貰えたようだ。そのプレゼントの中に、サニーちゃんのぬいぐるみがあった。しかもこのサニーちゃんは、黄緑色の衣装を纏っている。そうか、この色は東陽生命のイメージカラーだ。

「すみません。このぬいぐるみは残ってないんでしょうか」

この目で実物を確認してみたかった。

「それ、うちのオリジナルで、当時からレアだったんだわ。私も手に入らなかった」

「他のグッズと違って、セールスは購入できなかったということですか」

「そう。本社にはまだ残ってるかもね」

「札幌のですか」

「東京本社の方です。景品管理は本社一括ですから」と事務員。

「そろそろいい。これからもう一軒、アポ入ってるのよ」

関谷が腕時計をこちらに見せてきた。金のロレックスだった。

「すみません。いろいろありがとうございました」

礼を言った時、ふと思い出したことがあった。

「川上さんは車を運転されましたか」

「免許は持ってたんじゃないかな」

「どんな車に乗ってたかわかりますか」

関谷も事務員も、知らないと首を振った。

＊

次の日、沢村は三好宝飾店を訪ねてみることにした。オフィスは地下鉄の大通駅からすぐ、古いオフィスビルの四階に入っている。

三好宝飾店の歴史は大正時代、開拓者として渡ってきた三好家の祖先が、時計の修理屋を営み始めたところから始まった。戦後からバブル期まで隆盛を誇ったものの、リーマン・ショック以降、売り上げは芳しくないといった噂もある。

会社の入り口を入ってすぐ受付があり、電話が置いてあった。総務の番号を押す。警察だと名乗り、三好専務と約束していると告げた。

朝一番で電話を入れたところ、詩織の元旦那で社長の三好智孝《ともたか》は海外へ買い付けに出かけていて、今月いっぱい留守だと言われた。そこで代わりに、智孝の現在の妻で専務の三好奈緒子《なおこ》と会う約束を取り付けたのだ。

「少々お待ちください」

電話が切れてほどなくして、受付の奥のドアが開いた。クリーム色のパンツスーツ姿の、品のいい女性が現われた。年齢は四十代の前半といったところだろうか。

「お待たせしました。三好奈緒子です」

奈緒子は長身で、物腰の柔らかな女性だった。

「沢村です。本日はお時間をいただきありがとうございます」

「確か、詩織さんの現住所を知りたいということでしたね」

電話では、詩織がある事件の目撃者で、再度確認したいことがあるのだが、いまの住所がわからず困っていると説明してあった。

「はい。それと幾つか確認させていただきたい点もありまして」

「そうですか。ではどうぞこちらへ」

奈緒子は沢村を案内して、応接室へ通した。オフィス自体は古いが、調度品はどれも一目で高級品だとわかった。

「住所はこちらです。あと電話番号も」

秘書らしき女性がお茶を出して下がった後、奈緒子が一枚のメモ用紙を差し出してきた。

「ありがとうございます」

沢村はメモに目を走らせた。札幌市中央区――。北大の植物園に近い辺りだ。創成署の管轄内にいてくれたのは朗報だ。何かトラブルになった時、管轄が違うといろいろ面倒くさい。

「あと、何か質問があるということでしたが」

「幾つか川上さんについて確認させてください」

「詩織さんのことをですか」

奈緒子の目に戸惑いが浮かんだ。

「通常の手順ですから」と沢村は誤魔化した。

「三好専務は、川上さんとお会いになったことはありますか」

「はい。ほんの数えるほどですけど」

智孝の前妻の話なので嫌がると思ったが、奈緒子は膝の上に両手を重ねて、柔和な表情を崩さなかった。薬指には結婚指輪が光っている。そのデザインは、老舗宝飾店の三代目の妻としてはかなり控えめなものだ。沢村にはその指輪が奈緒子自身の人となりを表しているように思えて、好感が持てた。

「彼女の娘さんとはどうですか」

「愛梨《あいり》ちゃんですね」

奈緒子の顔にぱっと笑みが浮かぶ。詩織のことを話す時とは明らかに表情が違った。

「愛梨ちゃんとも何度か会っています。うちにも一度、泊りにきてくれたことがあって、本当に可愛くていい子なんですよ」

「愛梨ちゃん、お幾つですか」

沢村はさりげなく尋ねた。

「確か今度の十二月で十歳になるはずです」

生きていれば陽菜は来年の五月で十歳だから、愛梨の方が五ヵ月年上ということになる。

「最近はいつ頃、愛梨ちゃんにお会いになったんですか」

「最近は会ってません。最後に会ったのは二年前くらいだったでしょうか」

「ということは二〇一七年ですね。具体的に何月だったか思い出せませんか」

「確か……愛梨ちゃんの誕生月でしたから十二月です」

「それから一度も会っていないんですか。ご主人も」

「はい、主人も会っていないと思います」

沢村の勢いに押されるように、奈緒子が答えた。

二〇一七年の十二月と言えば、陽菜の遺体が遺棄されたのと同じ月だ。それから奈緒子は愛梨に会っていないという事実に、沢村は内心の動揺を隠しきれなかった。

「確か、養育費を払ってますよね」

「え、ええ」

奈緒子の顔に明らかな困惑の色が見えた。沢村は構わず続けた。

「ご主人は、面会交流権を放棄されたんですか」

「いいえ、ただ、詩織さんが会わせてくれなくなっただけです」

会わせてくれなくなった――。何かが変だ。沢村はそう直感した。

「あの、いったい何をお知りになりたいんですか」

「失礼しました。ただ、事件の捜査では無関係と思われるようなことでも、いろいろ調べなくてはならなくて……」

沢村は咄嗟にそう誤魔化した。だがこれ以上長居すると、益々奈緒子に怪しまれそうだ。沢村は腰を上げようとした。

「あの」

奈緒子が急に沢村を引き留めた。

「警察の方にこんなお願いをして変に思われるかもしれませんが、詩織さんのところへ行ったら、愛梨ちゃんの様子を見てきてもらえませんか」

「それは愛梨ちゃんに、虐待の疑いがあるということでしょうか」

「いいえ、そうじゃないんです」奈緒子が慌てたように否定した。「詩織さんが愛梨ちゃんを大事にしているのは間違いありません。ただ愛梨ちゃんからここしばらく連絡がないので、どうしているのかと心配になって。元気ならそれでいいんです」

奈緒子が心から愛梨を心配する気持ちが伝わってきた。

「わかりました。何かありましたらご連絡します」

「それと、私が心配していたことは詩織さんには黙っていてください」

その口調には、詩織に対する遠慮のようなものが感じられた。

「不躾《ぶしつけ》ですが、詩織さんと何かあったんですか」

「いいえ、そんなことありません」

奈緒子は首を振ったが、何かを隠しているような気がした。


翌日、沢村は仕事の後、詩織のマンションを訪ねてみることにした。詩織とは以前、二年ほど前に一度顔を合わせている。こちらを覚えているだろうか。どんな反応を見せるだろう。チャイムを鳴らすと、インターホンから女性の声で応答があった。沢村は身分を名乗り、女性にドアを開けてくれるよう頼んだ。

「いま、ちょっと忙しいんです」

「それなら出直してきます。いつならご都合よろしいですか」

しばらく沈黙があった。やがて鍵が外れる音がして、ドアが開いた。現れたのは小柄で綺麗な女性だった。二年前と変わらぬ川上詩織の姿だ。

「玄関に入れていただけませんか」

詩織は一瞬戸惑ったような眼差しで、沢村を見つめ返した。どこか遠くを見るようなぼうっとけぶった瞳。同性から見ても色っぽいと感じられる眼差しだ。

「どうぞ」

詩織が沢村を中へ入れた。沢村を覚えている様子はなかった。

「誘拐事件の目撃の件で、もう一度お話を聞かせてください」

「もう昔のことですから、よく覚えていません」

「どんな些細なことでも構わないんです」

図々《ずうずう》しい警察官を装いながら、沢村は素早く玄関を観察した。子供の靴は見当たらなかった。

「そんなこと言われても……」

詩織は困ったように、そっと眉を寄せた。

「事件のあった日は確か、顧客のお宅を訪問していたんですよね。なんというお宅でしたか」

「それは以前、警察にお話ししましたけど」

「念のための確認です」

「もう忘れました」

「ですよね」と沢村は愛想笑いをした。「もう六年以上も前のことですもんね」

「ええ、誘拐された子供にはお気の毒ですけど、私忘れっぽくて」と言いながら、詩織はふふふ、と妙に艶《なま》めかしい笑い方をした。

沢村は手帳を開いて、困ったなという顔を作った。

「じゃあ、当時の天候は覚えてますか」

「さあ、雨だったかしら」

「どんな格好をされてました」

「私？」と詩織が自分の胸に左手を置く。ネイルの色は控えめで、ほっそりとよく手入れの行き届いた指先が目立った。指輪はしていない。

「どうしてそんなことを聞くんですか」

ほんの一瞬、詩織はこちらを警戒するような眼差しを浮かべた。

「一種の連想ゲームです。事件と関係ない記憶を思い出すうちに、何かのきっかけで事件のことを思い出す。結構あるんですよ」

沢村はにこっとして、あくまで人のいい女性警察官を演じた。

「駄目ね、やっぱり思い出せない」

「わかりました。上にはそう報告しておきます」と言ってから、沢村はさりげなく話題を変えた。

「ところでここには何人でお住まいですか」

「私一人です」

「ご家族は」

「いません」

なぜ嘘を吐く必要があるのだろう。やはり怪しかった。だが今日はここまでだ。

「ご協力ありがとうございました」

沢村は次に、詩織と同じ階の住人のチャイムを鳴らした。

沢村は家に戻って、これまでに分かったことを整理した。

詩織のマンションの住民は、詩織の部屋に子供が住んでいるのは見たことがないと答えた。

その後、管理会社に確認したところ、入居者は詩織一人となっていた。

三好奈緒子が最後に愛梨を目撃したのは二〇一七年の十二月、陽菜の遺体が遺棄されたのが、同じ年の十二月三十日。そして愛梨はこのおよそ二年の間、誰にもその姿を目撃されていない。

沢村はさらに、詩織の引っ越した日に注目した。詩織があそこへ引っ越したのは二〇一八年の二月。しかもその日付は、沢村が訪ねて行ってから一週間ほどしか経っていない。

随分慌てて引っ越ししたという印象だ。

これは単なる偶然の一致なのだろうか。沢村はペンを揺らし、ノートの隅を叩いた。たとえ偶然でも、それが幾つも重なれば必然だという者もいる。

もし愛梨と呼ばれていた少女が、陽菜だったとしたら――。

頭に浮かんできた推理を、沢村はいったん打ち消した。いまはまだなんの確証もない話だ。結論を急ぐ前に、まずはもう一度、詩織と会ってみることにしよう。

翌日、改めて詩織を訪ねると、「昨日お答えした以上のことは知りません」とインターホン越しに詩織が拒絶を見せた。

「今日は愛梨ちゃんのことで、お話があってきました」

単刀直入に切り出した。インターホンの向こうで、詩織が沈黙するのがわかった。詩織としては会わないという選択もできる。しかし昨日話した感触で、彼女は拒まないだろうと思った。見た目よりもずっと、詩織には大胆なところがある。そう直感していた。

やがて鍵の開く音がした。やはり。沢村の勘は当たった。

「愛梨のことでってどういうことですか」

昨日同様、詩織はけぶるような眼差しを向けてきた。だがその顔には、昨日と違って固い表情が浮かんでいる。

「なぜ昨日、お子さんはいないと嘘をついたんですか」

「誘拐事件とうちの娘は関係ないでしょう」

「愛梨ちゃんはいま、どこにいるんですか」

「別れた夫のところです」

詩織は一瞬の躊躇もなく答えた。

「それでは、元ご主人の連絡先を教えて貰えますか」

「お断りします。別れた夫に迷惑をかけたくありません」

「愛梨ちゃんの写真を見せて貰えませんか」

「どうしてそんなことをしなくちゃいけないんですか」

「見せたくない理由でもあるんですか」

「事件とは関係のない、ただのプライバシーでしょう。それって職権乱用じゃないですか」詩織は毅然《きぜん》と反論してきた。「これ以上居座るつもりなら、正式に抗議させていただきます」

詩織が挑むように沢村を見つめた。覚えていたのだ、と思った。それでいてわざと知らないふりをした。やはり、単にか弱い女性ではない。沢村は内心で舌を巻いた。

「わかりました。失礼しました」

沢村は素直に、詩織の元を引き下がるふりをした。だが詩織は絶対に何か隠している。そしてそれは、彼女の娘の愛梨に関わることだ。そう確信した。

マンションを出た沢村は三好奈緒子に連絡して、愛梨の行方を確認した。万が一ということもあるからだ。

「いいえ、愛梨ちゃんは来ていません」奈緒子が戸惑ったように答えた。「あの、愛梨ちゃんに何かあったんでしょうか」

「いまはまだ詳しくはお話しできないんです。でも必ず後でご連絡しますので、私から連絡があったことはご主人にも内緒にしておいてもらえませんか」

「わかりました。愛梨ちゃんは大丈夫なんですね」

奈緒子の質問には答えず、沢村は失礼しますと言って電話を切った。

奈緒子の心配はわかる。だがいまはまだ何も話すことはできない。もし自分の推理が正しければ、それは恐ろしい事件になるからだ。

*

翌日、川上詩織の真の大胆さを知って、沢村は驚愕《きょうがく》することとなった。なんと詩織本人が、子供の行方不明者届を出したいと創成署に沢村を訪ねてきたのだ。

沢村は詩織を会議室に通し、深田に同席を頼んだ。子を持つ母親として、詩織の様子を確認してもらいたかったからだ。

コートを脱いだ詩織は、淡いブルーのニットワンピースにグレーのショートブーツ姿だった。腕には繊細な作りの金のブレスレットが揺れている。

「昨日は、元ご主人のところにいるというお話だったのでは?」

「それが昨日、元主人に電話してみたら、愛梨は行ってないというのがわかったんです」

深田が困惑した視線を向けてきた。彼女も察したように、詩織の話は明らかにおかしかった。

「そもそも愛梨ちゃんがいなくなったのはいつですか」

詩織が首を傾げる。

「十日くらい前だったかしら」

「十日も前からいなくなってたんですか」深田がびっくりした声を上げた。「そんなに長い間子供が行方不明で、おかしいと思わなかったんですか」

「深田」と沢村は、彼女に冷静になるよう促した。

「すみません」

深田は口元を引き締めた。だがその横顔には、詩織への不信感がありありと浮き出ていた。

「それは、これまでにも度々元主人が、愛梨を連れ出すことがあったからです」

「その間、学校はどうしてたんですか」

「学校へは行かせてません」

「ええっ」深田の声がまた鋭くなった。「それってどういうことですか」

「今時の小学生はとても陰湿だからです。苛めで自殺する子供だって後を絶たないじゃないですか。うちの愛梨はとても優しくて大人しい子です。そんな子が小学校に行ってどんな目に合うかと思ったら、とても心配で学校には行かせられません」

「でも小学校は義務教育なんですよ」

「違反したら何か罰を受けるんですか」

「それは……」深田が絶句する。

「教育基本法の第五条で、保護者には子供を学校へ通わせる義務があることを謳っています」

深田に代わって、沢村が答えた。

「この義務を怠れば、十万円以下の罰金に処せられることもあるんですよ」

「だったら十万円を払います」詩織は取り乱すことなく答えた。「それであの子を守れるなら、喜んで払います」

「そういう問題じゃないでしょう」と深田。

「そうですか」

とぼけているのか本当に理解できないのか、詩織が小首を傾げる。このままでは埒《らち》が明かないので、沢村は話を先に進めることにした。

「届を出すにあたってお子さんの写真が必要になるんですが、今日はお持ちになってますか」

「はい」

詩織は膝の上に置いてあったバッグから一枚の写真を取り出し、沢村の方に滑らせた。

沢村は写真を手に取って、それから詩織を見つめ返した。

「これだけですか。他に現在の愛梨ちゃんを写した写真はありませんか」

詩織が持ってきた写真に写っているのは、どう見ても二、三歳くらいとしか思えない幼い少女だったのだ。

「ありません。愛梨は写真が嫌いで、カメラを向けると顔を隠してしまうほどなんです」

深田が再び、なんとも言えぬ表情を浮かべた。

「わかりました。こちらは一応お預かりさせていただきます」

それから沢村は、詩織から愛梨の身体的特徴や、いなくなった時の具体的状況などを聞き取り、行方不明者届を作成した。

「よろしくお願いします」

詩織は二人に頭を下げて、会議室を出て行った。

「なんなんでしょう、あの人」深田が憤然とする。「いくら写真嫌いだからって、現在の写真が一枚もないなんてあり得ますか。私なんか子供の寝顔だって撮りまくりなのに」

「写真はあるのかもしれない。でもこちらには見せたくないってことかもね」

沢村は手帳から写真を一枚取り出し、詩織から預かった写真と並べて深田に見せた。

「こっちのピンクのスカートの子が島崎陽菜」

「陽菜って例の誘拐された？」

沢村は頷いた。

「どうかな、似てると思う？」

深田は真剣な表情で二枚の写真を見比べていた。

「不思議ですね……。じっくり見ていくと目とか口元とか一つ一つのパーツは違うのに、二人を知らない人間にこの写真を見せたら、同じ少女のものと勘違いするかもしれませんね」

「愛梨ちゃんは陽菜ちゃんより五ヵ月先に生まれてる。傍《はた》から見てどっちが年上とかわからないものなの？」

「難しいところですね。成長の早い子もいれば遅い子もいる。トイレトレーニングなんかも早ければ、三歳までに終えられる子もいるし、遅ければ四歳までかかる子もいます。この頃の成長は本当に個人差が大きくて、他人がよその子供の年齢を当てるのは難しいと思います」

深田の答えは、沢村の知りたかったこと全てに答えてくれていた。

深田に礼を言って、沢村は戸川に報告をしに行った。

「この行方不明の件、少し調べてみたいんですが」

「なぜだ。母親の狂言の可能性でもあるのか」

「はい」

「根拠は？」

沢村は会議室でのやり取りを説明した。

「確かに不審と言えば不審だが……」

「それだけではないんです」

沢村は少し迷ってから、陽菜のことを話した。

「母親の川上詩織は二〇一三年の誘拐事件の目撃者です。しかも誘拐された子供と彼女の子供は年齢がほぼ一緒なんです」

戸川の片方の眉が上がった。

「川上詩織はこの誘拐事件に、なんらかの関わりがあると思います」

「突拍子もない話だな」

「わかります。でも陽菜ちゃんの遺体が発見されたその少し前くらいから、元旦那と再婚相手は愛梨ちゃんに会わせてもらってないんです」

「単なる偶然ということは？」

「もちろんその可能性はあります。ただ今回、わざわざ自分の方から届を出したいと言ってきたのは、警察が調べればいずれ愛梨ちゃんの行方不明がバレると考え、先手を打ってきた可能性があります」

二年前の時もそうだった。単に目撃証言の確認をしに行っただけの沢村に、詩織は先手を打って弁護士に連絡した。あれは多分、捜査の手が自分に伸びるのを、恐れてのことだったのだ。

「それだけの理由じゃ駄目だ」

「しかし課長――」

沢村が反論するより先に、戸川が口を開いた。

「母親の言動が怪しいのは確かだ。誘拐事件云々《うんぬん》は抜きにして、まずは母親の周辺を洗え」

「ありがとうございます」

「ちゃんと刑事課と協力しろよ」

最後は戸川らしく、釘《くぎ》を刺すことを忘れなかった。

沢村は刑事課で小森と話した後、三好家へ向かった。宮の森の閑静な高級住宅地に、三好家の邸宅はあった。

パンツスーツにゆったりしたロングカーディガンといった、洗練された装いの奈緒子だったが、沢村から事情を聞くと、取り乱したような顔になった。

「愛梨ちゃんがいなくなったって、どういうことですか」

「川上さんはてっきり、こちらへ来ていたものだと思っていたと」

「うちへ？　いいえ、まさか――」と言いかけて、奈緒子がはっとしたように口を噤んだ。

「何か心当たりでも」

「実は愛梨ちゃんを三好家で引き取る、という話があったんです」

「いつ頃ですか」

「数年前から話はあったんですが、具体的になったのは義父が亡くなってからです」

愛梨の祖父で三好宝飾店の会長だった三好順三《じゅんぞう》は、二〇一八年の夏に亡くなっていた。

「義父は認知症を患っていて、長く施設に入院していました。以前は詩織さんも、愛梨ちゃんを連れてお見舞いに訪れていましたが、いつからか詩織さん一人だけになって……」

「具体的にいつ頃から川上さん一人になったんでしょうか？」

「はっきりとは覚えてませんが、亡くなる半年前くらいからだったでしょうか。義父はもうその頃には症状が進んで、家族の顔も見分けがつかないほどでしたから、愛梨ちゃんを見ても誰だかわからなかったと思います。それは子供にはショックでしょうから、それで詩織さんも連れて来なくなったんじゃないでしょうか」

「通夜やお葬式の時はどうだったんですか？」

「その時も詩織さん一人でした。愛梨ちゃんは風邪を引いているので、人混みには連れ出せないと言って」

沢村は頷いて、先を続けるよう促した。

「でも主人は、それならそれで四十九日や他の日に連れてくるのが筋だろうと腹を立てて、愛梨を連れて来ないなら養育費は払わないし、義父の遺言についても無効にしてやると詩織さんに告げたんです」

「遺言の内容を教えていただけますか？」

奈緒子の話によれば、愛梨には将来の進学費用として、十分な額が遺《のこ》されることになっていた。そしてその資産の管理は、親権者である母親の詩織が行う内容だった。だが智孝は、順三の認知症の進行を理由に、遺言そのものの効力を失効させようとしていたらしい。

「それからしばらくして、詩織さんの弁護士の方から連絡が入って、遺言を無効にはできないし、養育費を払わないなら裁判に訴えると言われたんです」

「その弁護士ってもしかして、兵頭百合子ですか」

奈緒子が頷いた。

「すると主人が、こうなったら何が何でも愛梨ちゃんの親権を取ると言い出して、収拾がつかない状況になってしまったんです。随分勝手な話だとは思ったんですが……」

詩織と別れた時、三好智孝は愛梨の親権を放棄している。当時は子供に興味がなかったのだと、奈緒子は話した。

「でも主人も歳を取って心境が変わったようでした。それに私も、愛梨ちゃんがうちに来てくれるなら嬉しかったので、うまくいけばいいと思っていました」

「川上さんからは何か言ってきましたか」

「詩織さんはすごく怒ってしまって、私にも直接電話がかかってきました。そして、子供を産んだこともないあなたに愛梨を育てられるわけがない、と言われました」

奈緒子が苦しそうに笑った。実際はもっと酷い暴言だったのだろう、ということは察しがついた。

「不妊治療もしたんですけど、駄目でした」

奈緒子の姿に、妹の麻衣子の姿が重なった。

「そんなごたごたがあって、結局強引にことを進めても傷つくのは愛梨ちゃんですから、主人にも親権を争うのは止めて欲しいとお願いしました。でも詩織さんにしてみれば、遺言の件も未だにモメていて、主人にはかなり不信感を抱いていたと思います。ですから、主人が強引に愛梨ちゃんを連れ去ったと誤解するのも、無理はなかったかもしれません」

奈緒子から話を聞きながら、沢村は自分の中で漠然と思い描いていただけの推測が、はっきりと形作られていくのを感じていた。

愛梨を三好家で引き取ることに、詩織は強い拒絶反応を見せた。それは普通に考えれば、愛《いと》しい我が子をよそにやりたくないという母親として当然の気持ちだろう。

だがもし、周囲から愛梨だと思われていた少女が陽菜だったとしたら、順三が亡くなった時にはもう、その少女はこの世にいなかったことになる。詩織としては、話を進められては困ることになったはずだ。

もっともここまでは、沢村の単なる仮説にすぎない。これを証明するには、誰の目にも明らかな証拠が必要だった。

「以前、愛梨ちゃんがここへ泊ったことがあるとお聞きしましたが、その経緯はなんだったんでしょうか」

もし愛梨と陽菜がすり替わっていたとしたら、それが発覚しないよう、詩織は片時も娘から目を離さなかったはずだ。それなのになぜその日は、娘を一人で三好家に預けることになったのか。そこが気になっていた。

「あの時は詩織さんのお父さんが肝臓癌《がん》で、詩織さんは肝臓の生体肝移植を考えていたそうなんです。それでドナーとして適合するかどうかいろいろ検査などがあって入院しなくてはならなくなって、愛梨ちゃんをうちで預かることになりました」

最愛の父親が癌に冒され、自分が肝臓を提供すれば助けられるかもしれないとなれば、詩織としても娘を三好家に預けるより仕方なかったのだろう。

だがその苦渋の選択がひょっとすると、事件解決に一筋の光明をもたらしてくれるかもしれなかった。

「その時に使った寝具などは残っていないでしょうか」

「寝具は愛梨ちゃんのために特別に用意したものではなく、来客用の物を使いました。その後もうちの母が泊りに来た時などに、洗って何度か使っています」

「他に何か愛梨ちゃんが使っていたもので、この家に残っているものはありませんか」

「いいえ、なかったと……あ、そういえば」と奈緒子が何かを思い出した。

「その時、愛梨ちゃんの誕生日が近かったので、『オズの魔法使い』という本をプレゼントしました。でも帰る時に、私からもらったことを知るとお母さんが嫌がるからって、置いていきました」

「まだここにあるんですか」

「はい。ここに置いておけば、愛梨ちゃんがまた遊びに来てくれるんじゃないかと思って」

「愛梨ちゃんはその本を自分で読んでたんですね」

「え、ええ」

「すみません。その本、そのまま手を触れないでいてください」

沢村は携帯を取り出し、リビングを離れて玄関へ移動した。そして戸川に連絡して、状況を説明した。

「ひょっとするとこの本に、DNAが残っているかもしれません。それと陽菜ちゃんのものを照合すれば、私の推測の裏付けが取れると思います」

「そんな古い本から証拠なんて取れるのか」

「わかりません。でも可能性はゼロではないと思います」

考え込んでいるのか、戸川が沈黙した。沢村はじりじりしながら待った。

「わかった。刑事課と相談して折り返す」

戸川が電話を切った。

「あの、どういうことですか」

振り返ると、奈緒子が立っていた。彼女の目に疑念の色が浮かんでいる。

「実はいままで黙っていたんですが」と沢村は仕方なく、事情を説明した。「ここへ泊った愛梨ちゃんは、本当の愛梨ちゃんじゃないかもしれません」

奈緒子の目が大きく見開かれた。

「それはどういう意味ですか」

「まだ詳しくはお話しできません。それより、ここへ泊った時、愛梨ちゃんの様子で変わったことはありませんでしたか。どんなことでもかまいません。愛梨ちゃんと話した会話の内容でも」

奈緒子はまだ動揺しているようだが、沢村の問いに懸命に答えようとした。やはり聡明《そうめい》な女性だ。

「そう言えば愛梨ちゃん、おかしなことを言ってました。『私の本当のお母さんはどこにいるの？』って」

沢村は小さく息を呑《の》んだ。

「てっきりホームシックにかかったのだと思って、明日になったら迎えに来るわよって答えたんですけど……」

その時、沢村の携帯が振動した。「失礼」と奈緒子に断り、電話に出る。驚いたことに、電話は奈良からだった。

「すぐに鑑識とうちの刑事をやる」

それだけ言って、電話は切れた。相変わらずせっかちだ。しかしこれで一課が動き出す。後はＤＮＡ検査の結果を待つだけだった。

＊

数日後、奈良から直接、検査の結果を知らせる電話があった。

「ＤＮＡは無理だった」

駄目だったか、と沢村が落胆しかけた時だ。

「その代わり指紋が残ってた。そいつがこっちの保管してた陽菜ちゃんのものと一致した」

これで少なくとも、三好家に泊った少女が愛梨ではなく陽菜であったことがはっきりした。

「焦《じ》らしましたね」

「怒るな、怒るな」

奈良が笑った。彼の興奮が伝わってくる。

「これから川上詩織を任意で引っ張る。明日にはそっちに帳場も立つ予定だ」

本来は中南署の事件だが、今回被疑者が創成署の管轄内にいるため、本部はそう判断したようだ。

「捜査は奈良さんが？」

「そうだ。偶然とはいえ、こんな巡りあわせもあるんだな」

奈良の声には、感慨が籠っていた。捜査一課にいても、他に事件を抱えていれば出番のないこともある。今回、奈良の率いるチームがこの事件を担当するのも、本当に巡りあわせとしか言えなかった。奈良の班には瀧本がいる。陽菜ちゃん事件の解決は瀧本の悲願だ。今度こそ解決するチャンスだった。

その二日後、沢村は戸川に呼ばれた。

「明日から捜査本部を拡大するそうだ。うちからも人を出せと言われた」

「詩織はだんまりだそうですね」

「ああ、相当しぶといらしい」

弱い犯人なら、任意の段階で観念して洗いざらい白状してしまう者も少なくない。ところが詩織は何を聞いても、知らない、自分は関係ない、を貫き通しているそうだ。

今後捜査本部は詩織をいったん解放し、詩織と渡瀬の関係を徹底的に洗うらしい。

「それでどうする、お前は？」

いつもはこちらの仕事が滞ると言って、人を出すのを渋る戸川が、今回は沢村に行けと暗に仄めかしているように聞こえた。

再捜査の道筋をつけたのは沢村だ。本部に加わって、今度こそ解決を見届けたいという思いはあった。

しかし沢村は首を横に振った。

「いいえ、今回はこっちの仕事を片付けたいと思います」

「いいのか」

「はい。愛梨ちゃんの行方不明事件は、いまも継続中です。これを放り出して、他の事件にあたるわけにはいきません」

そしてこれこそが、生安の仕事だと思った。

「寺島を使っていいですか」

自分の名前が出たのが聞こえたのか、自席から寺島が心配そうに首を伸ばしていた。

「あいつで大丈夫か」

「はい。そろそろ頑張ってもらわないと」

そう告げて沢村が席に戻ると、携帯が振動した。電話は東陽生命の関谷伸子からだった。

「ほら、前に何かあったら電話してって言ってたから」と断って、関谷が話し始めた。

「この間、詩織ちゃんと同じ店で働いてた子に会ったの。話聞きたいんじゃないかと思って」

この間の沢村とのやり取りで、関谷は何か感じ取ったようだ。沢村は相手の名前と連絡先を聞き、礼を言って電話を切った。

「寺島、ちょっといい」

沢村は寺島を自分の席に呼んだ。また怒られるのか、とでも思ったのか、緊張した顔で近づいてきた寺島に、事件のあらましを説明した。

関谷から紹介された女性は、札幌市営地下鉄の北24条駅の近くでスナック『都』を営む須藤《すどう》都《みやこ》だった。詩織とはススキノ時代に、半年ほどだが同じクラブで働いていたのだ。

「年が近かったし、同じシングルマザーだったから最初の頃はちょくちょく話してたんだ」

須藤が開店の準備をしながら、話し始めた。

「夜間保育は高いじゃない。だから家に子供だけ置いてくる子は多かった。私は心配だから、実家の母に見てもらってたけど。ある時、詩織に心配ないのって聞いたら、うちの子は自分が出かける時にはちゃんと寝てるし、いざとなったら子供用の睡眠薬もあるからって」

「睡眠薬って、本当にそう彼女が言ったんですか」

寺島が目を見開いた。

「私も驚いちゃったわよ。そんなの子供に飲ませて大丈夫なのって聞いたら、平気よ、アメリカじゃ普通なんだよって」

「その睡眠薬、どこで手に入れたかわかりますか」と沢村。

「お客さんじゃないかな。当時、その手の薬をさばいてる人がいたから」

「名前は覚えてます？」

「確か、谷なんとか、谷……谷本《たにもと》、そう谷本周治《しゅうじ》」

「仕事はわかりますか」

「貿易会社の社長って言ってたけど、本当かどうかは知らない」

沢村は最後に、渡瀬の顔写真を見せた。

「この人、当時お店に来てませんでした？」

「お客さんにはいなかったと思う」

須藤に礼を言って、沢村と寺島は店を出た。

「子供に睡眠薬って本当でしょうか」

「どうかな」

「これからどうするんですか」

「まずはこの谷本って男の居場所を見つけないと……」

どうやって、と聞いて来るかと思ったが、寺島は「そうですね」と呟いて、横で真剣な顔をしていた。

「薬を扱ってたなら、刑事課に聞けば何かわかるかも」

沢村は刑事課に電話をして、谷本の素性を洗ってもらうよう、小森に依頼した。大至急で調べてもらう代わりに、いつか『きのとや』のケーキバイキングを奢《おご》ると約束した。

ケーキバイキングが効いたのかわからないが、小森の調べで、その日のうちに谷本周治の居所がわかった。

谷本はいま、ススキノの外れで輸入雑貨店を経営していた。かつては違法な薬の売買や金貸しもしていたというが、沢村たちが訪ねて行くと、いまは真っ当に暮らしている、ということを強調した。

店の前にはガネーシャが置かれ、狭い店内には無国籍な商品が並べられ、お香の匂いがした。真っ当な暮らしと言われても、本当かどうか疑わしかった。

「知らないですよ、睡眠薬なんて」

そろそろ六十に手が届こうかという谷本は、ラベンダー色のセーターにレンガ色のチノパンを穿き、サングラスを掛けていた。これにベレー帽を被れば、うさん臭さに拍車がかかるところだ。

「谷本さん、私たち薬物担当の刑事に見えます？」

沢村は寺島の方へ顎をしゃくった。今日も化粧はばっちりだ。

「だって生安でしょう、お宅ら」

「睡眠薬の売買なら、もう時効ですけどね」

マトリョーシカを眺めながら、沢村は言った。薬機法違反なら時効は三年だ。

谷本は諦めたのか、口を開いた。

「そう、売ってたよ。ただし睡眠導入剤だよ。ゾルピデム」

「ぞるぴ？」

メモを取っていた寺島が聞き返した。

「ゾルピデム。アメリカではアンビエン、日本ではマイスリー」

「それを川上詩織さんにも売った？」

「いや」

「谷本さん」沢村が睨んだ。

「売ったんじゃなく、ただでやってた。当時は付き合ってたから」

「彼女は愛人だったってこと？」

「これでも昔はモテたんだ」

谷本が自慢げに言う。モテたというよりは、単にホステスと客の関係だったように見えた。

「仕事から帰っても熟睡できないって。でもあまり強い薬は嫌だって言うから、ゾルピデムを分けてやった」

「付き合ってた頃、彼女から子供の話を聞いたことはありますか？」

「子供がいるとは聞いてたけど、あんまり詳しくは知らないな」

「さっきのゾルピデム、その子供が飲んでたってことは？」

「いや、まさか。眠剤を子供に飲ませるなんて普通考えないよ」

谷本の驚きに、わざとらしさは感じなかった。

「ところで、昔は金貸しもやってたんだって」

「大昔の話だよ。いまはもうやってない」

「その頃の客に渡瀬勝っていなかった？」

「いたよ」

あっさりと谷本が認めた。沢村と寺島が思わず顔を見合わせた。

「あいつが事件を起こした時、訪ねてきた警察にもそう答えた。こっちも散々、共犯を疑われてさ。ひどい目にあったよ」

「詩織も渡瀬と会ったことがあるの？」

「いや、無いと思うけど」

「でもあなたが金貸しをやってたのは、知ってたんでしょう」

「何度か詩織の前でそういう電話をしたことはあるよ。でも……」

谷本が不審そうに沢村を見つめた。

「これ、なんの捜査？」

沢村と寺島は谷本の元を切り上げた。


「これって凄いことじゃないんですか」

地下鉄への道を歩きながら、寺島が興奮したように話しかけてきた。

「そうね。確かに思いがけない収穫だった」

小森には、ケーキバイキングでは足りないかもしれない。

「これで二人の接点が証明されたら、捜査本部は詩織の逮捕状を請求しますよね。私たち大手柄じゃないですか」

「それはもう少し先の話になると思う」

「でも、詩織のところに陽菜ちゃんがいたのは、間違いないじゃないですか。そして渡瀬との接点。これだけあれば、詩織を逮捕できるんじゃないですか」

「それは全部、状況証拠。詩織が誘拐に関わっていた可能性はあるけど、渡瀬が死んだ後、どこかに放置されていた陽菜ちゃんを、詩織が保護した可能性だってある」

「そんな馬鹿馬鹿しい」

「合理的疑いと言って、裁判ではあらゆる可能性が検討されるの。いま言った例もそう。だから警察は少しでも合理的疑いの可能性があれば、徹底的にそれを排除しなきゃならない。司法の世界では、疑わしきは被告人の利益に、というからね」

寺島は納得できない、という顔をしている。沢村はもう少し、かみ砕いて説明することにした。

「渡瀬と詩織に接点があったとしても、二人が共謀して陽菜ちゃんを誘拐したという証拠はまだない。そして詩織が陽菜ちゃんを殺したという証拠も、その遺体を遺棄したという証拠も」

「なんだか、気の遠くなるような話ですね」寺島が大きくため息を漏らした。「私には無理だな。生安で良かった」

寺島の独り言を聞き流しながら、沢村は携帯を取り出し、奈良に報告を入れた。

電話に出た奈良の声は、心なしか疲れているようだった。捜査全体の方針は管理官が決めるが、捜査の事実上の指揮官は、班長と呼ばれる奈良の仕事だ。

沢村の報告を聞いて、奈良が送話口を押さえ、近くにいた捜査員を呼んだ。「おい、谷本周治って名前、誰か覚えてるか」「確か渡瀬の通話記録のリストに名前がありました」途端に、捜査員たちが慌ただしくなるのがわかった。

「沢村、お手柄だ。谷本の店には至急捜査員を向かわせる」

奈良の声に力強さが戻ったのを確認して、沢村は電話を切った。

「この後はどうするんですか」

沢村は腕時計を確認した。

「ちょっと遠いけど、屯田《とんでん》まで行ってみる？」

「行きます」と威勢よく答えてから、「屯田って、何をしに行くんですか」と寺島が首を捻った。

渡瀬が死んだ後、公開捜査を行うにあたって、警察はマスコミを通じて陽菜の顔写真を公開した。そして寄せられた情報は、全て裏取捜査を行った。だがどれも空振りに終わっていた。

「その目撃情報の中に、陽菜ちゃんじゃなく愛梨ちゃんのものが混じってたかもしれない、ということですか」

「可能性はあると思ってる」

当時、陽菜を捜していた捜査員たちは、目撃情報のうち時系列の合わない証言は、事実確認そのものをきちんと行っていない可能性があった。

屯田まではJRも市営地下鉄も通っていないため、二人は札幌駅まで移動し、JR札沼《さっしょう》線で太平《たいへい》駅に向かった。この辺りは札幌でも北部に位置し、降雪量の多さでも知られている。まだ十二月だというのに、駅前のロータリーは既に真っ白だ。二人はタクシーに乗った。目的地までは車で五分程だ。

『風雅の里』というグループホームは、鉄筋コンクリートの三階建てで、広い玄関を入るとすぐ右手に受付があった。

あらかじめ連絡してあったので、二人はすぐに食堂に通された。ほどなくして、車椅子に乗った一人の女性が現れた。

夕食までまだ少し時間があるせいか、食堂は閑散としていた。中村静子《なかむらしずこ》という女性は、車椅子に乗っていたがなかなか元気そうに見えた。

「中村さんですね。沢村と言います。こちらは寺島です」

「はい、はい。二人とも女性のお巡りさんなのね」

中村は二人の身分証を、興味深く見比べながら言った。

「電話でも少しお伝えしましたが、以前、島崎陽菜ちゃんを目撃した件で警察にお電話をいただきましたよね」

「ごめんなさいね。私勘違いしちゃって。電話をした後に息子から、母さんがあのマンションにいたのは事件の前だろうって。あの時来たお巡りさんにも話したけど、私捕まっちゃうの？」

「いいえ。実はもう一度、その時のお話を教えていただきたくて」

中村は誘拐事件当時、既に札幌市内のマンションから『風雅の里』に移っていて、彼女が目撃したという少女も事件に関係ないとされていた。

「あれはね、夜の遅い時間だった。私はいつも八時過ぎには布団に入るんだけど、十二時過ぎくらいにおトイレに行きたくて目が覚めちゃうの。その日もおトイレに起きて、ふと気が付くと、廊下からママ、ママって小さい女の子の声が聞こえてきてね。びっくりして廊下に出たら、まだちっちゃい子が廊下をうろついてたの。慌てて、お家《うち》はって聞いたら、同じ階の住人の家でね。お母さんはって聞いたら、いないっていうから、その夜はうちに泊めて、翌朝、お家まで連れてったの」

「それは一度きりでしたか」

「いいえ、何度かあったわね。それである時、母親に言ってやったのよ。もし今度、この子が一人で歩いてるところを見つけたら、警察に連絡しますからねって。息子からは余計なことをするな、って叱られたけど、あんな小さい子を一人にしておくなんて、ひどい話じゃない」

「注意してからは、子供が一人で歩くことはなくなったんですか」

「それがその後でね、私、本当になんにもないところで躓《つまず》いて転んじゃって。息子からもう一人暮らしはさせておけないって、ここに移って来ちゃったの」

だから、その子がどうなったのかは知らないと、中村は答えた。

「その子が陽菜ちゃん、公開された写真の子にそっくりだったんですね」

「私はそう思ったんだけど、実際は違ったんでしょう」

中村が申し訳なさそうに肩を竦めた。

「そう言えば名前も違ったのよね」

「なんという名前だったか覚えてますか」

「ええっとね、あい……なんとかって、とても可愛らしい名前だったんだけど、あい——」

「愛梨ちゃんじゃないですか」と寺島が口を挟んだ。これは誘導質問と言って、聞き込みでは絶対にやってはいけないことだ。

「そう、愛梨ちゃん」

中村の顔がぱっと明るくなった。

沢村は軽く寺島を睨んでから、再び尋ねた。

「苗字《みょうじ》は覚えてますか」

「そこまではちょっと」

二人は礼を言って、中村の元を後にした。


ホームの玄関で電話をしてタクシーを待つ間、寺島が首を竦めながら声をかけてきた。

「さっきはすみませんでした。つい……」

「今度からは気を付けて。今後もし、彼女の証言が証拠として採用されることになっても、さっきのように誘導を受けたとわかったら全てが台無しになる」

「すみません」

寺島は心から反省しているようだった。

「お腹空《なか》いたね。軽くご飯でも食べて帰ろうか」

そう声をかけると、寺島の顔に笑みが戻った。その立ち直りの早さに、沢村は思わず苦笑した。

食べて帰ろうとは言ったものの、太平駅の近くには目ぼしい飲食店が見つからなかった。そこで札幌駅まで戻ってから、アピアの地下にある喫茶店に入った。奥まった場所にあるせいか、ピーク時でも客の数が少ないこの店は密《ひそ》かな穴場だった。

二人はコーヒーと軽食を頼んだ。店内はジャズが流れ、カウンターにいる従業員に話を聞かれる心配もなかった。

「当時、中村さんに話を聞きに行った捜査員は、どうして虐待だって通報しなかったんでしょうか」

ホットサンドを頬張り、寺島は憤慨したような口ぶりで訴えた。

「捜査中の事件に関係ないからって、そのままにしておくって酷くないですか」

「当時は捜査員たちも必死だったから」

沢村は言い訳にもならない言葉を口にした。当時の捜査員たちの苦労もわかるだけに、彼らを責めるような真似はしたくなかった。

だが一方で、寺島の言う通りなのだ。警察の仕事は、起こった事件の捜査をするだけではない。これから起こるかもしれない事件を未然に防ぐのも仕事だ。

それにもし、中村の話を聞いた捜査員が、あるいは報告を受けた上司が、母子の件を生安か地域に回していればひょっとして、後に続く悲劇を防げたかもしれなかったのだ。

沢村は苦い思いを飲みこむように、コーヒーに口を付けた。

＊

陽菜ちゃん事件の方は、目立った進展のないまま年が明けた。

その日、全道は朝から吹雪《ふぶ》いて、大荒れの天気だった。札幌駅を出発した電車にも遅れが生じた。

小樽から乗り換えた電車は、通常より速度を落として走っていた。車窓には、荒れた灰色の日本海が映し出されている。

一両編成の車内は天気の影響もあってか、乗客は少なかった。日本人は沢村たちの他に数名で、後は中国人らしき観光客のグループだった。こんな日に観光で出かけても、見るところなどほとんどないだろうに、彼らは雪そのものが珍しいようだった。

課長の戸川から一日だけという許可を貰い、沢村は詩織の実家を訪ねていくことにした。深田が産休に入り、代わりの人員は来月の初めまで来ない。いつまでも愛梨の捜索にばかり、関わっているわけにはいかなかった。

詩織の実家へ行って、愛梨の手がかりが見つかる保証はなかった。それでも最後に一度、詩織が生まれた場所を見てみたかったのだ。

「係長って、どこのファンデーション使ってるんですか」

呑気《のんき》な寺島の声が、沢村の思考を遮った。彼女は電車に乗ってからずっと、私物のスマートフォンでメイクやファッションのサイトを熱心に眺めていた。

「あ、すみません、つい」

また無駄話をして怒られると思ったのか、寺島が顔を伏せた。

「美聖堂。ブランド名は忘れた」

どうせ暇なのだ、しばらく寺島の話に付き合うことにした。

「あそこのってすぐ崩れちゃいません？」

「化粧が崩れる一番の原因は乾燥なんだって。それと下地作り。下地に時間をかけるだけで全然違うらしい」

「詳しいですね」

「妹が美容部員なの、美聖堂の」

「私も昔は、ＢＡになりたかったんです」

そうか、ビューティアドバイザーを略して、ＢＡと呼ぶのか。

「それがどうして、警察官になったの。ＢＡの方がお洒落を楽しめたんじゃない？」

「大学生の時、通学の電車の中で痴漢に合ったんです。友達にその話をしたら、いつも派手な化粧をしてるから狙われたんじゃないかって。まるでこっちが悪いみたいに言われて……」

寺島が当時を思い出したように、唇を噛んだ。

「でもその時、勇気を出して警察に相談したら、その時の警察官が、お洒落をすることは悪くない、悪いのは痴漢した奴だから、って。そいつは我々警察が必ず逮捕しますからって」

「いい話」

「でも捕まらなかったんですけどね、犯人」

沢村は思わず吹き出した。

「ともかくその時、私も誰かに、悪いのはあなたじゃなくて犯人だ、って言ってあげたいなと思って」

照れたように寺島が笑った。

警察官としてあまり熱心ではないと思っていた寺島が、こんな純粋な気持ちで警察官になったということに沢村は驚いていた。

そして同時に羨ましくもあった。きっとこの純粋な思いは、彼女がこの先の人生で岐路に立った時、必ず力になってくれるだろうという気がしたのだ。

それに引き換え、自分は何をやっているのだろう。

相沢からは年明け早々にも正式な返事が欲しいと言われていた。

沢村は無理を承知で、いま抱えている事件が終わるまで返事を待って欲しいと伝えた。

愛梨の捜索に時間を割けるのは、恐らく今日で最後になるだろう。

これ以上相沢を待たせるわけにもいかない。

警察官を続けるのか辞めるのか、もうそろそろ結論を出すべき時だった。

余市駅《よいち》に到着すると、一瞬の晴れ間が顔を覗かせた。このまま晴れてくれることを願いながら、タクシーを探した。

詩織の実家は、余市駅から車で十分程走った海沿いにあった。父親の信一郎《しんいちろう》はかつて、余市で寿司屋を構えていた。しかし数年前に体調を崩し、いまは小樽市内の病院に入院している。そしてここ数日は体調が優れず、信一郎に直接話を聞くのは難しいというので、再婚相手の遼子《りょうこ》と会うことになった。

詩織の母親は詩織が十歳の時に、亡くなっている。再婚相手の遼子は、信一郎の寿司屋の従業員だった。再婚したのは詩織が中学生の時。すぐに夏奈《なつな》という妹が生まれた。夏奈はいま、札幌の短大の保育科に通っている。そんな話を遼子から聞いて、沢村は本題に入った。

「愛梨ちゃんがここへ、最後に来たのはいつのことですか」

「主人が倒れて、入院することが決まった時です。二年前くらいでしょうか」

「それからは一度も来てないんですか」

「はい。詩織ちゃんが一人で主人を見舞うことはありましたけど、愛梨ちゃんは一緒じゃありませんでした」

遼子の顔が曇った。

「愛梨ちゃんが行方不明だなんて、本当どういうことなんでしょう」

遼子には単に、愛梨が行方不明になってその捜索のため、としか来訪の目的を告げていない。

「主人には愛梨ちゃんがいなくなったことは、話してないんです」

「どこが悪いんですか」

「以前治療した肝臓癌が再発して、余命は数ヵ月と言われています」

「詩織さんはそれをご存知なんですか」

「はい。だから主人も、亡くなる前に一目、愛梨ちゃんに会いたいと……」

遼子が涙を拭う仕草をした。

「奥さんの目から見て、愛梨ちゃんはどんなお子さんでしたか」

「大人しい子でしたね」遼子が言った。「こちらが話しかけても、はいとかいいえとかしか言わないような……」

遼子が語尾を濁らせた。

「不躾なことをお聞きしますが、奥さんは詩織さんとはあまり、うまく行ってなかったんじゃないですか」

「ええ」遼子はあっさりと認め、小さくため息をついた。「再婚が早かったんでしょう。せめて詩織ちゃんが高校に上がるまで、待った方が良かったのかもしれません」

「何か目立って反抗的な態度を取るといったことは、ありましたか」

「いいえ、表面上は特にありませんでした。ただ……」

遼子の口が再び重くなった。

「夏奈に買ってやった物がたびたび無くなるということがあって、初めは娘の不注意を叱ったんですが、あまりにも続いて、それも家の中から無くなるので、ひょっとしたら、って」

「詩織さんが盗ったということですか」

「一度、詩織ちゃんの部屋を掃除した時、机の引き出しに、夏奈が無くしたと言っていた髪留めが入っていたことがありました」

だが遼子はそれを問い詰めることもできず、そのままうやむやになったと話した。

「詩織ちゃんはきっと、父親の愛情を夏奈に取られたと思ったのかもしれません」

「詩織さんはお父さん子だったんですね」

「ええ、それはもうお父さんべったりで。高校生になってからも、しょっちゅう二人でカラオケに行ったり、札幌に遊びに行ったりしてましたね。プリクラっていうんですか。そういうのも二人でたくさん写してました。あの年頃で父親と一緒に行動したがるなんて、最初は珍しいなって思ってましたけど、本当に仲が良かったですね」

「その当時のご家族の写真があれば、見せていただけませんか」

アルバムがあると遼子が言うので、持ってきてもらった。アルバムは全部で十数冊にも上り、表紙には全て手書きで年代が書かれていた。父親の信一郎がまとめたものだという。

沢村は、『詩織一九九五年〜』と書かれたアルバムを手に取った。一枚目に、少女の詩織がお弁当を広げたレジャーシートの上で、微笑みながらピースサインを作っていた。

「係長、この子、お化粧してませんか」

別のアルバムを手に取っていた寺島の方へ顔を向けた。

寺島が見ていたのは、病室のベッドの上の信一郎を囲むようにして撮られた家族写真だ。遼子、詩織、そして夏奈らしい若い女性の隣に、小学生くらいの少女が写っていた。肩まであるまっすぐな黒髪。はっきりした目鼻立ちで、子役タレントのような美貌の少女。

「この子が愛梨ちゃんですね」

遼子が頷いた。

改めて写真を見ると、寺島の言う通り、化粧をしているようだった。

「うちに来る時はいつもそうでした。それがモデルみたいに可愛くて、変な感じじゃなかったですね」と遼子が話した。

「これはいつの写真ですか」

「二年ほど前ですね。主人の最初の肝臓癌の時で、詩織ちゃんたちがお見舞いに来てくれて……」

遼子が言葉を詰まらせた。

「詩織ちゃんから肝臓移植という話もあったんですが――」

詩織はドナーとして手術前検査も受けたが、結局、移植手術は見送られたのだと言う。そしてこの時が、遼子たちが愛梨と会った最後になった。

遼子の説明を聞きながら、沢村は手元にある詩織の写真と、愛梨と呼ばれる少女の写真を見比べた。そしてあることに気が付いた。

そうか。愛梨と陽菜が似ているのではなかった。陽菜と詩織の子供時代がそっくりなのだ。だからこそ事件の目撃者は、詩織が陽菜を連れて歩くところを目撃しながら真の母子だと信じて疑わなかったのだ。

沢村は遼子に頼んで、二人の写真を貸してもらった。

「どうか必ず愛梨ちゃんを見つけ出してください」

遼子の声には、主人が亡くなる前に、と暗に告げるような切なる響きが込められていた。

川上家を出た二人が次に向かったのは、詩織の高校時代の同級生の家だ。当時の同級生たちは、半数がそのまま余市に残り、あとは小樽市や札幌市などに移っていた。

その同級生は、結婚して一度は札幌に暮らしていたが、離婚していまは、実家の食品加工場を手伝っている女性だった。

「詩織を好きだった女子はいなかったわ」

元同級生は、段ボールに手際よく製品を詰め込みながら、当時を振り返るように話し始めた。

「あの子、同時になん股かけるのも平気でさ。それで彼氏たちに浮気がバレると、あの大きい目に涙を溜めてじっと相手の目を見つめるの。そしたら男子は全員コロッと騙されて」

沢村たちの背後で、段ボールを結束バンドで固定する機械が騒々しく動き始めた。元同級生がひと際声を大きくした。

「あたしも彼氏取られたんだわ。野球部の人だった。格好良かったんだよ。彼氏取られたのは他にも大勢いた」

その同級生の家を出た頃から、再び天候は荒れだした。風を付けて雪が降り、駅までの道のりを、タクシーは激しくワイパーを動かしながら慎重に運転していた。

「これは汽車も駄目かもしんないよ、お客さん」

タクシーの運転手が懸念した通り、余市駅に到着すると、電車に遅延が発生していると告げられた。駅の狭い待合室には、途方に暮れたような観光客が大勢詰め掛けていた。

駅の電光掲示板から明かりが消え、復旧の目途が立っていないことを示している。駅前からは小樽行きのバスも出ていた。だがこちらも吹雪で道路が通行止めとなり、いつ出発できるかわからない状態だった。

沢村と寺島は、どうにか壁際に隙間を見つけて、もたれかかって休みながら、電車の復旧を待つことにした。

「高校の時、うちのクラスにもいました。異常に男子受けのいい女子。私も大嫌いだったなあ」と寺島が口を尖らせた。その喜怒哀楽の豊かな横顔を見ているうち、ふと悪戯心《いたずらごころ》が芽生えてしまった。

「足立と付き合ってるの？」

「そ……」

沢村の質問に不意を衝《つ》かれたのか、寺島は完全に言葉を失った。

「ま、まさか、足立さんとなんて、付き合ってません」

派手な見た目とは裏腹に、古風な誤魔化し方だった。

「別に付き合っててもいいじゃない」

「でも上にバレたら、どっちかが異動になるって」

「それは結婚した場合。するの？」

「ち、違います、しません、まだそんな」

寺島が真っ赤になって否定したところで、駅のアナウンスが聞こえた。電車が動き出すまで、まだしばらくかかるらしい。待合室にいる客たちから、絶望的などよめきが漏れた。

「何か飲み物買ってきますね」

と言った寺島に、沢村は二人分のお金を渡し、ココアを頼んだ。

さっきまで興奮気味だった客たちのざわめきが、少しずつ落ち着きを取り戻してきた。騒いだところで動かないものは動かないと諦めたのだろう。

疲れた。壁に頭を凭《もた》せかけると、少しの間、目を瞑った。頭の芯がぼんやりして、考えがまとまらなかった。

ただ一つはっきりしていることがあった。

それは愛梨はもう、見つからないだろうということだった。


雪のため小樽駅からの電車の接続も遅れ、二人が署に戻ったのは夜の十一時を回った頃だった。階段を上がりかけて、不意に上の方が騒がしくなった。捜査本部の置かれている階だ。

「課長、捜査に何か進展があったんですか」

「いまは何も話せることはない」

「被疑者の情報は？」

踊り場で壁際に寄った二人の側を、大勢の記者たちに囲まれながら、一課長が足早に通り過ぎて行った。その後ろに奈良の姿が見えた。沢村に気づいて、「明日の朝一番で、詩織を詐欺容疑で引っ張る」と耳打ちして行った。

「どうして、詐欺罪なんですか」

生安に戻るなり、寺島が不思議そうに聞いた。

「これまでの証拠はどれも、詩織と一連の事件とを直接結び付ける物じゃない。だから捜査本部はともかく詩織を拘束して、自供を引き出そうと考えてるんだと思う」

奈良たちは、詩織が一時、陽菜を愛梨と偽り、元旦那から養育費を受け取っていたとして、詐欺事件とする方針へ動いたようだ。

「それって別件逮捕じゃないんですか」

沢村は頷いた。あまり褒められたやり方ではないが、捜査本部としては賭けに出たのかもしれない。だが果たして、本部の目論見《もくろみ》通りに行くだろうか。

そもそも養育費搾取程度であれば在宅起訴が妥当であり、逮捕して勾留するというやり方は波紋を呼びそうだ。

窓の外で、風が唸りを上げているのが聞こえた。

「報告書は明日でいい。それと帰りのタクシー代は経費で落とすから、領収証を貰っておいて」

いまからでは地下鉄の終電にも間に合わなかった。沢村も帰り支度を始めた。

体が重い。帰りの電車はぎゅうぎゅう詰めでずっと立ちっぱなしだった。だが体にまとわりつくこの疲労感は、そのせいばかりではなかった。

「係長、私たちはこれから何をすればいいんですか」

顔を上げると、寺島が不安そうにこちらを見つめていた。

「私たちはここまで」

「そんな、もっと探しましょうよ」

必死さを覗かせる寺島に、これから告げる言葉はさぞや残酷なことだろう。

「愛梨ちゃんは多分もう、生きてないと思う」

寺島がごくっと唾を飲む音が聞こえた。

「詩織は養育費に生活を頼ってた。それと元旦那の父親の遺産も、当てにしてたんだと思う。ところが愛梨ちゃんがある日亡くなってしまって、彼女は身代わりを用意することを思いついた」

「それが陽菜ちゃん……」

「多分、間違いないと思う」

「愛梨ちゃんも、詩織が殺したと思いますか」

沢村はその問いには答えなかった。

「後は全部本部の仕事。詩織の自供を引き出してもらうしかない」

外では相変わらず、窓を叩くようにして冬の嵐が吹き付けていた。

六

詩織は詐欺容疑で取り調べを受けていた。朝刊には出ていない。恐らく警察が、記事にすることを抑えているのだろう。

沢村はそこに、捜査本部の自信の無さを見て取った。別件逮捕から本筋の事件の解決に至った例は多い。だが今回、養育費の不正受給で追及しようにも、警察は愛梨の生死についてさえ、確証を得ているわけではないのだ。沢村は漠然と、詩織は落ちないだろうと予感した。

その夜遅くに、沢村は浅野と下の階の自動販売機の前で遭遇した。浅野は今回の事件の取調官に抜擢《ばってき》されていた。疲労の色が濃かった。

沢村が聞く前に、浅野が話し始めた。誰かに聞いて欲しいのだろうと思った。

浅野によれば、今日の午前八時半きっかりに詩織の取り調べは始まった。

しかし、「弁護士が来るまで、何もお話しする気はありません」と詩織は最初にそう宣言すると、後は徹底して黙秘を続けた。一日目の時間が無為に過ぎて行った。

沢村はやっぱりという感想を持った。

詩織は見た目の印象こそ儚《はかな》げで、か弱い風情がある。しかし実際はかなり計算高く強《したた》かだ。黙秘を続けるのも、警察は事件の直接的証拠を摑んでいないと踏んでいるのだろう。

「次はどうするの」

「上はもう一度、任意で引っ張ると言ってる。だがそれが最後のチャンスだろう」

任意聴取には限界がある。法的な問題もあって、そう何度もかけることはできなかった。

「何か突破口でもあればいいんだが」

浅野が缶コーヒーをぐっと飲み干した。

「絶対何かあるはずなんだ。あの女の弱みみたいなものが。それさえわかれば詩織は落とせる。ただそれがなんなのか、皆目見当がつかない」

浅野は苛立った顔つきで、空き缶をゴミ箱に放り投げた。

＊

室内にほんのり、シンナーの臭いがした。ほっそりと華奢《きゃしゃ》な少女の指に、赤いマニキュアが施されていく。その上にピンセットでビーズを置き、花の形を描いた。

「上手なのね」

感心して見入っていた沢村が感想を漏らすと、冬華ははにかむように笑った。

冬華は春から、NPO法人が運営する道東のある施設に入ることが決まった。そこはいわゆる婦人保護施設だが、入所者たちは希望すれば職業訓練を受けることができ、高校卒業の資格を取ることもできた。

「そこを出た後は、家に帰らないで一人で暮らしてもいいって。兵頭先生が住むとこや、就職の世話もしてくれるって」

初めて会った時とは対照的な、冬華の明るい表情だった。

「まどかは――」

そして冬華は初めて、死んだまどかの名前を口にした。一瞬、不安そうに左の二の腕を摩《さす》った。そこにはまだ、押し付けられた煙草の火傷の痕が残っている。だが今度は発作を起こすことなく、冬華は話を続けた。

「まどかはいつも私を庇ってくれたの。あの日も工藤に殴られた私を庇って、それでまどかは……」

沢村は急がず、冬華が落ち着くのを待った。

そして冬華は、ぽつり、ぽつりと、まどかが殺された時の状況を話し始めた。リンチの主犯は工藤、芳野は脅されるまま、まどかの遺体を天狗岳へ運び、埋めたことがわかった。

「ごめんなさい……私……怖くて……、まどかはいつも私のこと、守ってくれたのに、ごめんなさい……」

顔を覆って泣き出した冬華の背を、沢村は摩った。

「私、証言します。まどかのために」

「ありがとう。よく決心してくれたね。この後、他の刑事たちから何回も話を聞かれると思うけど、大丈夫？」

「だって、それがまどかのためだもん」

冬華は涙を拭いながら、力強く頷いた。

その夜、沢村の手には、兵頭百合子の名刺があった。

あれから詩織は釈放された。検察は勾留請求を行ったが、裁判所から却下されたのだ。捜査本部もこれは予期していたらしく即座に、任意同行をかけると決定した。だがこれに兵頭が待ったをかけた。

これまでの依頼人に対する警察の捜査は、著しく個人の権利を侵害するものである。従って任意聴取の依頼には断固として応じる気はない。そんな旨の通知が刑事部長宛てに届いたのは昨日だった。

刑事部長は兵頭と折衝を行い、依頼人が任意聴取に応じるよう説得を試みた、との話だった。だが兵頭に折れる気配はなかったという。

〈――うちの事務所に来ない？〉

兵頭の考え方には未だに相いれないものがある。だが彼女の、不幸な女性を救いたいという気持ちは本物だと思った。

だからひょっとして――。

沢村は覚悟を決めて、兵頭に電話をかけた。

電話はすぐに繋がった。

「冬華ちゃんの件、ありがとうございました」

「早く立ち直ってくれるといいけど」

夜も遅いせいか、兵頭の声にも疲れが滲んでいる。

「今日はもう一つ、先生にお願いがあってお電話しました」

「あら、うちに来る気になった？」

「任意聴取に応じるよう、川上さんを説得していただけませんか」

「それは無理よ。私たち弁護士は依頼人の利益を守るのが仕事。大体今回の件は、状況証拠だけで依頼人から自白を引き出そうなんて、警察の側に無理があるとしか思えません」

「それは重々承知しています。警察もこれが最後のチャンスだと見ています。しかし川上さんにとっても、これが最後のチャンスだと思うんです」

「どういう意味かしら」

「このままだと川上さんは死ぬまで、心の中に秘密を抱えていくことになります。そしてその秘密は、一人で抱えていくには重すぎるものだと思います。ですから彼女にも話すチャンスをあげてください」

「面白い理屈ね。でも弁護士として、彼女に話をさせるわけにはいきません」

「では、陽菜ちゃんのお母さんのことはどうですか。彼女は未だに苦しんでいます。誰が陽菜ちゃんを殺したのか。どうして殺されなければならなかったのか。それがわからない限り、彼女もまた救われません。ですから彼女を救うためにも、川上さんに全てを話してもらいたいんです」

沢村の訴えを聞いて、兵頭がいまどんな顔をしているのかわからなかった。少しは葛藤があるのだろうか。長い沈黙の中で、沢村は待ち続けた。そして兵頭が言った。

「お気の毒だけど、彼女は私の依頼人じゃない」

電話が切れた。駄目だったか。沢村はため息をついた。

＊

枕元に置いてあった携帯の振動で、沢村は目を覚ました。デジタル時計は零時半を指している。

「奈良だ。こんな時間に悪いな」

「いえ、大丈夫です」

沢村はベッドから起き上がった。

「兵頭弁護士から刑事部長宛てに連絡があった。川上詩織が任意聴取に応じるそうだ」

沢村の鼓動が速くなった。

「ただし、条件がある」

兵頭は川上詩織の任意聴取について、三つの条件を突き付けた。一つ、任意の事情聴取は三回までとし、一日の拘束時間は八時間を上限とすること。二つ、取り調べは全て録音録画すること。そして三つ目、取り調べは沢村が行うこと、というものだ。

「どうするか、上はまだ揉めてる。だが準備だけはしておきたい。明日朝八時、捜査本部に顔を出してくれ」

「わかりました」

奈良との電話を終えて、しばらく沢村は放心状態だった。少し眠っておかなければと思うのだが、目が冴えてしまった。

上は恐らく、沢村の取り調べに難色を示すはずだ。経験不足という点は、どうしても否めないからだ。浅野にも落とせなかった詩織を、自分が落とせるという自信もない。

沢村は寝返りを打った。自供が取れなかったらどうなるだろう。不意にそんな不安が頭を過った。

三回の任意聴取で詩織から決定的な自供を引き出せなければ、彼女を解放するしかない。そうなれば再び事件は未解決となり、新たな証拠が見つかるまで、また長い年月を待たなければならないだろう。

いや、ひょっとするとこのまま、迷宮入りしてしまう可能性もあった。

せっかくここまで追い詰めたのにみすみす逃げられてしまっては、悔しい、のひと言では足りなかった。

それに——。

沢村には別の気がかりもあった。

片桐には三月まで調査を待って欲しいと頼んだ。恐らくその約束は守ってくれるだろう。だがこのまま事件が終わらず、三月の期限を迎えてしまったらどうなるだろう。

片桐は確かに、岡本に比べれば話のわかる相手に思えた。しかしそれでも、一度ターゲットとして狙いを定めた沢村を、このまま自由にしておいてくれるほど甘い人物でもないだろう。

誰が捜査資料をリークしたのか。それがはっきりしなければ、誰かがスケープゴートにされるのだ。

そして自分ほどそれに適当な人材もいないだろう。

沢村は再び寝返りを打ち、暗い天井を見つめながら大きくため息を漏らした。

ここでそのことを悩んでいても始まらない。いまは目の前の事件に集中するべき時だった。

沢村は雑念を振り払って、どうしたら詩織を落とせるか、と考えた。

浅野も話していた通り、何か突破口はあるはずだ。詩織の弱い部分。例えば沢村にとって笠原の死がそうであるように、それを突きつけられると理性では抑えようがなくなり、動揺し、冷静ではいられなくなるようなことが。

そんなことを考えているうちに、いつしか眠りに落ちて行った。

*

用意された一室に、ラフマニノフが静かに流れている。ピアノ協奏曲第二番ハ短調。演奏はウラディーミル・アシュケナージ。沢村のお気に入りの一曲だ。

仮眠を取った後、沢村は全ての捜査資料を読み返して、時系列ごとに出来事を書き出していった。

二〇〇九年十二月　愛梨誕生
二〇一〇年　五月　陽菜誕生
二〇一三年　三月　中村静子が愛梨らしき幼女を保護
二〇一三年　六月　陽菜誘拐される

二〇一七年十二月　三好家で一晩陽菜を預かる
　以後、陽菜目撃情報なし
二〇一七年十二月　陽菜死体遺棄

間違いない。愛梨は二〇一三年の三月から六月の間に亡くなり、陽菜とすり替えられたのだ。

沢村はファイルから、愛梨と陽菜の写真を取り出した。どちらも健康で、愛らしく、一片の憂いもなくただ笑っている。二人ともこれから先、自分たちの運命にどんなことが待ち受けているのか、知る由もなかったことだろう。

少女たちの写真を見つめているうち、やっと覚悟が決まったように思った。

かつて、その理不尽さに絶望して、大学を去ることしか沢村にはできなかった。

教授会に呼び出され、笠原の死についてマスコミはもちろん、誰にも何も話さないように、と因果を含めるように言われて、抗《あらが》いもせずに逃げ出した。

だが本当は、あなた方は人ひとりが亡くなったことの責任の重さを考えないんですか、とそう叫びたかった。

でもできなかった。あの理不尽な世界に背を向け、暗いトンネルの中をただ泣きながら進むうち、笠原を思い出すことさえ苦痛になっていった。だから心の中に蓋をして閉じ込め、ずっと思い出さないようにすることしかできなかったのだ。

だがそんな態度は、笠原の死を葬り去ろうとした大学と何が違ったのだろう。

誰かが笠原のことを覚えていてやらねば、彼の死が報われない。

あの時沢村がすべきだったのは、アカデミアの世界に残って、その理不尽さと戦い続けることだったのだ。

もう同じ過ちは繰り返したくなかった。

だからこそ岡本たちから辞職を迫られて、その理不尽さには耐えられなかった。

組織に歯向かった代償として、これからの自分の将来が閉ざされることになっても構わない。この先、監察からどんな処分を下されようとも、もうそれに怯えることはしない。

この子たちの事件を残して、自分はここを去るわけにはいかないのだ。

写真の少女たちが、沢村に笑いかけてくれているようだった。

可哀そうにね。おうちに帰りたかったでしょうにね。

沢村は二人の少女のどちらへともなく、そっと心の内で語りかけた。そしてアシュケナージのピアノが、二人への鎮魂になることを願った。


静かにドアが開いて奈良が入ってきた。

「よお、ベートーベンか」

「ラフマニノフです」

「そっちか」

沢村は笑いながら、スマートフォンのボリュームを下げた。

「奈良さんは相変わらず陽水《ようすい》ですか」

奈良は頷きながら、マイクを握る真似をした。

「いいんですか、こんなところで油売ってて」

「俺の出るまくじゃねえよ。ったく、いつまで揉めてんだって」

奈良は投げやりに言って、近くにあったパイプ椅子を引き寄せた。

奈良の目が少女たちの写真に留まった。

「詩織って女、お前はどう思う」

「極度のファザコン、というのは間違いないでしょう」

「例えば？」

「奈良さんのところはお嬢さん、高校生でしたっけ。一緒にカラオケ行ったり、プリクラ写したりします？」

「いやあ、うちなんかあれだ。非番の時たまに車で学校まで送ってやるんだけどよ。お父さんと一緒にいるとこなんか友達に見られたら恥ずかしいから、途中で降ろしてって、こうだぞ。一緒に歩くなんて小学校の低学年までだ」

「詩織は子供の頃から父親べったりで、どこへ行くにも何をするにも父親と一緒だったそうです。これはやっぱりファザコンということだと思いますね。だからこそ再婚はショックだったみたいで、年が離れた妹にも意地悪だったそうです。きっと父親の愛情を取られたように思ったんじゃないでしょうか」

「再婚くらいで父親の心が離れると思うなんて、娘心はわからん」

高校生の娘を持つ奈良は、やけに実感の籠った声を漏らした。

「娘の方も意外と、父親の気持ちには鈍感ですから」

沢村も実感を込めて言った。アシュケナージのピアノが、奈良と沢村の間を静かに流れていった。

「よく調べたもんだ」

奈良の視線が再び、二人の少女たちを捉えた。

「まさか子供がすり替わってたなんて、俺たちには想像もつかなかった」

「わかったのはたまたまです。昔、瀧本さんが母子を調べようとしていたことを思い出したんです」

暗くなった窓の外で、風が音を立てて舞っていた。今夜は再び、冬の嵐が襲ってきそうだった。

奈良が突然思い出し笑いをした。

「あの時、お前を中南署で預かるって聞かされた時は、正直どんな世間知らずなお嬢さんが来るのかって、俺と瀧さんとで噂してたな。もうこんな現場でなんかやってられない、本部に戻りたい。そう泣きついてくるのも時間の問題だろうなんて思ったもんだ。だが違ったな。お前は良くやってたよ」

奈良の顔が当時を懐かしむように柔らかくなった。

「瀧さんはお前を凄く買ってたんだぞ。たった一年じゃ教えてやりたいことの半分も伝えられなかったって、よく零してたな」

〈自分もここでは係長と同じく新参者です。一緒に頑張っていきましょう〉

あの日、沢村は瀧本との出会いが自分の運命を変えるかもしれないという、漠然とした予感を持った。

そしてその予感は当たった。

「瀧本さん、本当はどこが悪いんですか」

「さあな」

今度の捜査本部に瀧本が加わらないと教えられた時も、沢村の質問に奈良はそう答えた。本当に体調が悪かったとしても、あの瀧本が大人しく休んでいるはずはない。

沢村はどうしても胸騒ぎを抑えることができなかった。

すると奈良の口から突然、「違ったな」という言葉が漏れた。

「え、何がです？」

「お前は女性広報課長じゃない。女性刑事一課長だ」

その昔、奈良が沢村の未来を予想したことがあった。そのことだろう。

沢村は小さく笑った。

「残念ながら奈良さんの予想は、今度も外れですよ」

沢村は、先日の岡本との一件を話した。その話を文字通り目を丸くして聞いていた奈良は、最後に声を上げて笑った。

「それはいい。監察の奴ら、ざまあみろだ」

「稚内に飛ばされたら、蟹《かに》でも送りますね」

「心配すんな。いざとなったら、うちで一本釣りしてやる」

沢村は思わず、奈良の顔を見つめた。

「どうした、そんな鳩《はと》がなんとかみたいな顔して」

「奈良さんにはもう見限られたと思ってました」

今度は奈良が驚く番だった。

「一度や二度勝手に捜査したくらいで誰が見限るか。それなら瀧さんや浅野なんか百万回くらいそうしてる」

「じゃあどうして、捜査本部を外したんですか」

奈良が少し弱ったような顔で顎を触った。

「ただの捜査員なら、多少はねっ返りくらいの方がちょうどいい。だが上に立つ人間は、下の人間の意見にいちいち惑わされてちゃ駄目なんだよ。もしそうするなら、下の人間のやったことは全部自分がおっかぶるくらいの覚悟がなきゃ、やっちゃいけない。さもなきゃ一生部下を恨むことになるんだぞ」

奈良が沢村を見つめた。そこには真剣に沢村を思いやるような眼差しがあった。

「知ってたんですね」

「お前が俺に相談もなく勝手に動いた。となりゃ、原因は瀧さんから頼まれたって他にはないだろうからな」

奈良は椅子の背にもたれかかり、遠くを見るような目になった。

「あのままじゃお前はまた、瀧さんの言うことを聞いただろう。だから外したんだ」

それが苦渋の決断であったことを物語るように、奈良は強く口元を引き締めた。

沢村は思わず唇を噛んだ。

当時の自分の未熟さが恥ずかしかった。

「真面目な話、近いうちに本部の刑事の椅子が一つ空く。お前どうだ、やってみるか」

刑事の椅子が空く——。沢村ははっとして、顔を上げた。

「その空きってもしかして——」

最後まで言おうとする前に、管理官が部屋に入ってきた。

「班長、沢村、ちょっと来い」


管理官の後について別室に入ると、そこには浅野の姿もあった。

「明日の朝八時、川上詩織に任意同行をかける。取り調べは本部の取調室を使う」

本部には今年導入されたばかりの、最新の録画機材を揃えた取調室がある。本来、任意聴取に録音録画の義務はない。だが今回、上層部はその要求を呑むことにしたのだ。

「取調官については、これまで通り浅野警部補が担当する。補佐官として、沢村警部補、君が入れ」

補佐官であっても、取調官に違いはない。これなら兵頭側の条件を、破ったことにならないという理屈だった。

＊

一夜明けて約束通り、兵頭に付き添われて、川上詩織が警察本部に到着した。

上質なキャメル色のコートの下は白いワンピース姿だった。耳には金のピアスが揺れている。その姿はおよそ、事件の被疑者には見えなかった。

女性警官に誘導されて、詩織は目を伏せながら取調室に入った。沢村はその様子を、モニターを通して別室で見ていた。

不安そうには見せている。だが内心はきっと落ち着き払っているに違いない。

荷物を預け、椅子に座った詩織は自分の手を見つめていた。今日のネイルの色は淡いピンクだった。仕上がりで気になるところがあるのか、しきりと左手の中指の爪を擦っている。

取調室という非日常的な空間に入れられて、詩織はなぜあんなに平然としていられるのだ。どんな悪人でも普通はもっと落ち着かなくなるはずだ。

隣に立つ浅野を窺うと、彼も困惑しているのがわかった。

「よし、行こう」

浅野は自分自身に、活を入れるように声を上げた。


取調室に入って、二人は自己紹介をした。

「あら」と沢村の方へ、詩織が微笑みかけてきた。また会ったわね。そう語りかけているようだった。

午前中の取り調べでは、詩織は無言を貫いた。だが昼の休憩を挟み、訪れた兵頭と何か相談した結果、午後の取り調べからは少しずつ、浅野の質問に応じるようになった。

「愛梨ちゃんと偽って、元旦那の家に泊めたのが陽菜ちゃんだったことは調べがついてるんだよ。そろそろ本当のことを言ったらどうなの」

「なんのことだかわかりません」

「それなら愛梨ちゃんはどこに行ったの」

「愛梨は家出しました」

「いつ」

「知りません」

「陽菜ちゃんはどこから連れてきたの」

「陽菜ちゃんなんて知りません」

「渡瀬とはどういう関係だ」

「そんな人知りません」

「わかりません」「聞かれていることの意味がわかりません」「答えたくありません」。完全黙秘でこそ無くなったが、浅野の質問に対し、詩織はずっとこんな調子だった。

沢村は浅野の肩越しに、詩織の表情を窺っていた。まるで悪びれたところがない。

「二〇一三年の六月二十七日、どこで何をしてたんですか」

「二〇一三年？」詩織が首を傾げ、一瞬、ふふと、無邪気に笑った。「そんな大昔のこと覚えてません」

「あなたは当時保険のセールスで、手稲に住む篠塚《しのづか》という顧客の家を訪ねてたんじゃないのか」

「篠塚さん、懐かしい」また、ふふと詩織が笑う。今度は若干の媚《こび》が含まれていた。寺島ならきっと、「嫌な女」と感想を漏らすところだろう。

浅野は感情を抑え込むようにして、一つ呼吸を整えた。刑事の大事な資質の一つに忍耐がある。早くから一課のホープと期待されていただけあり、浅野は詩織相手によく耐えていた。

「そしてその帰り、あなたは国道五号線に続く道の途中で、幼い子供を連れた男性の姿を目撃したと警察に話した」

「ああ」と詩織が小さく頷いた。「六月二十七日って、その日だったんですね」

詩織は悪びれた様子もなく答えた。

「その後、どこへ行きました」

「多分、営業所に戻ったと思います」

「どうやって」

詩織がまた首を傾げる。

「多分、ＪＲで」

「車に乗ったんじゃないのか」

「仕事に車は使いません」

「手稲駅の近くにある『軽川神社』、知ってますよね」

詩織は答えなかった。

「そこの神主とあなたの顧客だった篠塚さんは、高校時代の同級生だった。そこであなたは篠塚さんに頼んで、神社の駐車場を少しの間使わせて欲しいと頼んだ。そうでしょう」

「覚えてません」

「その日あなたが駐車場に停めた車は、ダイハツのピンクのタント。あなたはこの車を二〇一八年の一月まで保有していた。どうして売ったんですか」

「もう古かったし、あまり乗らなかったから」

あいかわらず詩織の態度に、動揺の色は見えない。

沢村にはわからなかった。

直接的証拠がないとは言え、これだけ状況証拠を積み上げられて、詩織はなぜあんな態度を取り続けられるのだろう。

これでは埒が明かないと思ったのか、浅野の質問は死体遺棄に移った。

「――遺体の遺棄場所となったあきやま整備板金工場。ここのオーナーの秋山元治《あきやまもとはる》氏も、セールス時代、あなたの顧客だった人物ですね。当時あなたは何度か秋山氏の元を訪れて、敷地にある古い倉庫には、鍵がかかっていないことを知っていた。違いますか」

「さあ、よく覚えてません」

「じゃあ、この毛布に見覚えは」

浅野が現場で見つかった毛布の写真を見せた。それが今回の切り札だった。

「知りません」

「でもあなたはこれと同じ毛布を所有していたでしょう。これはあなたの父親の信一郎氏が、愛梨ちゃんへプレゼントしたものですよね」

「ああ」と彼女は何か思い出したように口を開いた。「確かに持ってましたけど、フリーマーケットで売りました」

「フリーマーケット……」

「ええ。もうずっと前。いつだったかな？　忘れちゃった」

ふふ、と詩織が笑った。

「ふざけるな！」

浅野が机を叩いた。止めに入ろうとした沢村に、大丈夫だ、というように手を上げた。

その様子を詩織が見つめている。微かに憂いを帯びた瞳で、僅かに首を傾げて。それはまるで、私何か悪いことしましたか？　とでも言っているようだった。

もしかして――。沢村の脳裏にある考えが閃いた。

＊

一日目が終わった。来た時と同様、弁護士に伴われて詩織は帰って行った。

「くそ」

浅野が持っていたペンを、机に投げつけた。沢村は床に落ちたペンを拾って浅野に渡した。

「お疲れ様」

浅野は打つ手なし、といった表情で立ち尽くしていた。

「あの女、どうしてあんな態度なんだ……」

「彼女は多分、浅野さんに甘えてるんだと思う」

「甘えてるって……」

浅野が絶句した様な顔になった。

「ちょっといい？」

沢村は浅野と別室に移動し、そこに奈良も呼んだ。

「さっき言った、彼女が俺に甘えてるってどういう意味だ？」

腰を下ろすなり、浅野が答えを急かしてきた。

「彼女は、浅野さんには絶対しゃべらないってこと」

「おい。いくら何でもそれは――」

「わかってる。最後まで聞いて」

腹を立てた浅野を宥めて、沢村は続けた。

「詩織のあの態度の謎がずっとわからなかった。でもさっき、彼女が浅野さんを見た時の顔で思ったの。詩織にとって浅野さんは、高校時代、同級生たちから奪い取った彼氏たちと同じようなものなんだって。野球部のエースやサッカー部の主将といった、学校中の人気者たちのね」

浅野がなんとも言えぬ表情で、顔を掻いた。

沢村は次に奈良の方を窺った。

「その彼らは、いつも詩織を許してたと、かつての同級生が話してました。浮気されようと、なん股かけられようと。だから詩織はどんなに取り調べを受けても、相手が浅野さんである限りは、自分は許されるものだと信じてるんです」

腕組をした奈良が、小さく唸った。

「しかしそれとは逆に、女性には敵意を抱いています。特に父親や元旦那の再婚相手に対しては。詩織にとって彼女たちは、自分から大切な物を盗んだ相手。決して男性たちの方が彼女たちを選んだ、とは思っていません。そして彼女たちには、ある共通点があります。どちらも女性として自立し、仕事の上でもパートナーになっています。だからきっと、私のことも好きではないでしょう」

「嫌いなタイプのお前が取り調べれば、詩織も感情を露わにして隙が生まれると？」

「恐らくは」

「面白い考えだが、どうやって上を説得するか……」

奈良が難しい顔で空を睨んだ。沢村を取調室に入れるかどうかだけで何時間も会議にかけたくらいだ。一筋縄ではいかないだろう。だが沢村は、一か八か、自分の考えを試してみたいと思った。

「明日、詩織と話をさせてください。もし駄目だと思ったら、すぐに浅野さんと替わります」

奈良が今度はさっきよりも大きく唸った。しばらく誰も何も言わなかった。それが長い沈黙に感じられた時、ようやく奈良が口を開いた。

「よし、わかった。責任は俺が取る」

沢村は礼を言った。奈良の進退もかかっている以上、明日の作戦は絶対に失敗できない。だからこそ入念な準備が必要だった。

「もう一つお願いがあります。明日は少しだけ服務規程には目を瞑っててください」

怪訝《けげん》な顔をした奈良と浅野に、沢村はある計画を打ち明けた。

＊

二日目の聴取が始まった。今日の詩織は、ピンクのモヘアのセーターに花柄のスカート姿だった。

午前中は昨日と変わらない調子で進んだ。

昼の休憩を挟んで取り調べを再開する前に、詩織は化粧を直しにもう一度トイレに行きたいと言った。

「ここで直したら。トイレは落ち着かないでしょう」

沢村は女性警察官に頼み、詩織のバッグを持ってきてもらった。浅野が席を外し、詩織がバッグから化粧ポーチを取り出した。

「フランのポーチね。私もそのブランド好き」

何気なく話題を振りながら、沢村も詩織の前に座って化粧を直し始めた。しばらく二人の間に会話はなかった。やがて詩織が、沢村の手を見つめていることに気づいた。

「刑事さんもネイルができるの？」

「本当は駄目。だけどこういう仕事は気が滅入《めい》るから、特別にね」

笑って、口紅を塗り直した。

「口紅、いい色ね」

「ありがとう。妹がＢＡなの。新色が出るとよくサンプルをくれる」

沢村は手にハンドクリームを塗りながら、世間話を始めた。

「そう言えばあなたにも妹さんがいたわよね。こっちの短大に通ってるんでしょう。たまには会って食事くらいするの？」

詩織の表情が硬くなった。

「妹さんのこと嫌い？」

「妹なんかじゃない」

詩織は化粧道具をしまい始めた。

「わかる。私も昔は大嫌いだった。父は私より妹の方を可愛がって、なんでも好きな物を買ってあげてたの。本当に憎らしかったな」

詩織は無言だったが、こちらの話を聞いていることはわかった。

「妹さんの話が嫌なら、愛梨ちゃんの話をしない？」

詩織の瞳孔が微かに開いた。

沢村は自分が座っていた机から、ファイルを持ってきた。中から一枚の写真を抜き取って、詩織の前に滑らせる。詩織の実家から借りてきた愛梨の写真だ。

「これは一歳くらい？」

詩織が頷く。愛梨と一緒に詩織の父親が写っている。

「可愛い子ね」

詩織は黙ったまま、愛梨の写真に見入っていた。

「あなたは確か二十四歳で結婚して、その翌年に愛梨ちゃんが生まれたのよね。その後、愛梨ちゃんが一歳の時に離婚した。理由を聞いてもいい？」

詩織が顔を上げた。瞬きを一つする。

「元旦那さんによれば、あなたの金遣いが荒くてそれが嫌になったということだけど」

詩織が薄っすら笑った。

「あら、違うの？」

「別れたのは向こうが浮気したからよ」

「それが本当なら酷い話ね」

沢村は大げさに眉をひそめて見せた。

「ひょっとしていまの奥さん？」

「ええ」

たった一言だが、十分に怨嗟《えんさ》の籠った声音だった。

「義理のお父さんも、いまの奥さんよりあなたの方を可愛がってたって聞いたけど……。あなたも、義理のお父さんが亡くなった時はショックだったでしょうね」

「ええ。実の父のようだったから」

「じゃあ義理のお父さんから、愛梨ちゃんに会いたいと言われたら拒めなかったでしょうね」

「もちろん。義父は愛梨のことも凄く可愛がってましたから」

「それなのに、どうして急に会わせなくなったの？」

詩織が黙り込んだ。

「もしかして、会わせたくても会わせられない事情ができたとか？」

詩織はじっと、沢村を見つめ返した。その時、女性警察官と浅野が入ってきた。詩織のバッグと沢村の化粧ポーチを預かって、警察官だけが出て行った。

「ほら、これ。忘れ物」

浅野がペンを差し出してきた。打ち合わせ通りだ。

「ありがとう」

沢村は少しだけ甘えて見えるように、浅野に笑いかけた。その様子をじっと詩織が見ている。

「さて、何の話をしてたんだっけ」

沢村は詩織に向き直った。

「あ、そうそう、なぜ愛梨ちゃんをお義父さんに会わせなくなったのか。ひょっとしてその頃、愛梨ちゃんはもう亡くなってたんじゃない？」

詩織の眉が微かに動いたような気がした。

「あなたが殺したの？」

「まさか」

「そう、だったらいまどこにいるんだろう。この写真もこの写真も、全部あなたが愛梨ちゃんを写したものでしょう」

沢村は詩織の前に、さらに写真を並べていった。詩織が父の信一郎に送った愛梨の写真だ。ハイハイしているところ、哺乳瓶でミルクを飲んでいるところ、動物園ではしゃいでいるところ。

「愛梨ちゃんを可愛がってたのね」

詩織の視線が愛梨の写真に注がれる。あるいは一緒に写っている父親を見つめているのかもしれなかった。

父親の信一郎はもう長くない。そんな父親のために詩織は肝臓まで提供しようとした。そして信一郎のために取った詩織の行動が、結果として彼女の犯罪を解き明かす糸口となったのだ。

詩織の唇が微かに震えた。何かを言おうとしているのだと思った。

「教えて、愛梨ちゃんはいまどこにいるの」

「愛梨は亡くなりました」

「それはいつ」

「七年前です」

そして詩織が、愛梨の亡くなった時の様子を話し始めた。

仕事から帰ってきたら愛梨が浴槽に沈んでいた。お風呂のお湯はうっかり捨て忘れたもの。虐待を疑われるのを恐れて通報はしなかった。

「つまり、その日たまたま、前の日に使ったお風呂のお湯を捨てるのを忘れていた。すると愛梨ちゃんもたまたま一人でお風呂場に入り、誤って中へ落ちて溺死した。本当にそうなの？」

「そうよ！　いつもはそんなことしたりしない。お湯を捨て忘れるなんて絶対にしないし、愛梨だって私が出かけてる間はおとなしく一人で待ってるような子だったのに、私、疲れてて本当に――」

突然詩織が机に顔を突っ伏し、激しく泣きじゃくり始めた。

「嘘はやめて」

「……え？」

顔を上げた詩織に、沢村は畳みかけるように言った。

「あなたが以前住んでたマンションの住人に話を聞いた。真夜中に、ママ、ママとあなたを探して、愛梨ちゃんが廊下を歩きまわるところを何度も見たって。不憫《ふびん》に思ったその人は、何度か愛梨ちゃんを朝まで預かったそうよ。そしてある時、その人はあなたに警告した。今度また愛梨ちゃんが一人でいるところを見つけたら、警察に通報すると」

「それからは注意して、愛梨が一人で外に出ないようにしてた」

「そのために睡眠薬を使ったの？」

「え？」

「ホステス時代、あなたが子供なんて睡眠薬で眠らせればいいと言った、と元同僚のホステスが証言してるの」

「嘘よ。その子はきっと私を妬んで、そんなことを言ったのよ」

「じゃあ睡眠薬はどうしたの。あなたが店の客の一人から貰ってたことはわかってる」

「私が使った」

「じゃああなたはお店から帰って、愛梨ちゃんを一人にしたまま、睡眠薬で眠っていたということ？」

「だって、しょうがないじゃない。疲れてたのよ。一人で子供の面倒を見るのがどれほど大変かあなたにわかる？」

詩織が沢村を睨みつけた。その視線を受け流して沢村は質問を続けた。

「愛梨ちゃんはどうして、一人でお風呂場になんか行ったの」

「知らない、そんなこと」

「あなたが服用していたのはゾルピデム、睡眠導入剤よね。持続時間が短く、比較的安全性は高いと言われている。でも人によっては副作用が出ることがある。例えばふらつきやせん妄。もしこんな薬を小さな子供が飲んだとしたら、どうなるのかな」

内心の苛々を抑え込もうとしているのか、詩織は手の平に指を食い込ませた。

「副作用の危険があることをあなたはわかってた。いつものように愛梨ちゃんを薬で眠らせて、あなたは仕事に出かけた。ところが夜中に一人で目を覚ました愛梨ちゃんはせん妄状態に陥り、あなたの姿を求めて家中をさまよい歩いた。おぼつかない足取りであちこちに小さな体をぶつけながら、『ママ、ママ』ってあなたを探し回った。その時不運にもお風呂場のドアは開いていた。そして中に入った愛梨ちゃんは溺れた。違う？」

詩織はまだ、手を握ったり広げたりをしている。

「うっかりお風呂の水を捨て忘れたなんて、それも嘘なんじゃない。あなたは夜中に目を覚ました愛梨ちゃんが、うっかり浴槽に落ちてくれたらいいなと思って、わざと水を張ったままにしてたんじゃない？」

ふっ、という、微かに息を吸い込むような音が聞こえた。それは徐々に大きくなっていき、やがて詩織の口から、明らかな笑い声となって室内に響き渡った。

「すっごい、想像力」詩織が言った。「わかった。刑事さん、あなた子供産んだことないでしょう？」

沢村は面食らって、一瞬返す言葉に詰まった。

「ないわ」

ようやくのことで答えると、詩織が意地の悪い顔を覗かせた。

「やっぱりね。母親ならどんなに可愛い子供だって、一度や二度、憎たらしい、邪魔くさいと思うものなの。ついつい手を上げてしまうことだってある。でもそれは本気じゃない。我が子を殺そうと思って殺せる母親なんていない。愛梨が邪魔だから私が殺そうと思った？　馬鹿言わないで。あれは事故よ。子供も産んだことないのに、わかるような顔をして偉そうに言わないで」

最後はほとんど叫ぶようだった。

「そうね、確かに私にはわからない」

沢村は詩織の視線を避けるように顔を伏せた。

「昔、すごく好きな人がいたの。結婚まで考えてたくらい。でもその人との関係が終わって、せっかく新しい恋のチャンスが巡ってきても、どうしてもあと一歩が踏み出せなかった」

浅野がこちらを見ているのがわかった。

「結局、昔の彼を忘れられないまま今日まで来てしまったのね……お陰で未だに独り身」

沢村はボールペンを弄びながら、自嘲気味に笑った。

「たくさん勉強したのに、子供みたいな恋愛しかしてこなかったのね、可哀そうな人」

詩織はさも同情したように言いながら、内心は沢村を見下していることがわかった。

「そうね、そのことは否定しない」

沢村はゆっくりと視線を詩織に戻した。

「でもね、だからこそ不思議なの」

詩織はまだ勝ち誇った顔をしていた。

「あなたは母親なら、子供を心から憎むことはないと言ったけど、それなら愛梨ちゃんの遺体はどうしたの。どこかに捨てたの。愛していた我が子の遺体を暗い土の中に埋めた？」

「違う」

「それは土には埋めなかったということ？」

詩織は答えなかった。

「愛梨ちゃんが亡くなったのは事故だったのよね。不幸な事故」

詩織が頷いた。

「だったら安心して。死体遺棄罪の時効は三年。だからあなたが遺体をどこかに捨てたのだとしても、もうそれは罪に問われない。愛梨ちゃんの遺体はどこに埋めたの？」

「……埋めたんじゃない」

「そう。じゃあどうしたの」

沢村は優しい声を出した。

「湖に……」

「どこの湖？」

「朝里《あさり》にあるダムの湖」

沢村は浅野を振り返った。

「オタルナイ湖だな。朝里ダムの人造湖だ」

沢村は頷き、再び詩織に向き直った。

「そのオタルナイ湖に愛梨ちゃんの遺体を遺棄したのね」

「ええ」

「オタルナイ湖を選んだのはどうして」

「前に湖の側の公園へ愛梨を連れて行ったことがある。その時、愛梨はとても楽しそうだった。だから大好きな場所の近くで眠らせてあげたかった……」

詩織は声を詰まらせ、指先で目尻を拭った。

「本当に愛梨ちゃんを愛してたのね」

沢村が同情を寄せると、詩織は小さく鼻を啜った。

「じゃあもう一つ教えて。亡くなった時、愛梨ちゃんの体重は何キロだったの」

「え？」

詩織が怪訝な顔をする。

「体重よ。覚えてない？」

「多分、十キロとかそれくらいだった」

沢村はファイルの中の資料を捲った。

「ここに愛梨ちゃんの三歳児健診の時の記録がある。これによれば愛梨ちゃんの体重は十三・

一キロだった」

「正確に覚えてなかったからってそれがなんなの。健診にもちゃんと連れて行ってたし、記録にも問題はないと書かれてるはずでしょう」

「ええ、愛梨ちゃんの発育状態にはなんの問題もなかった。私が知りたいのは、十三キロの子供の遺体を湖の底に沈めるには、一体何キロの重りが必要なんだろう、ってこと」

詩織が唇を嚙んだ。

「人間の体は、体重の重い大人だって水中に沈めようと思っても、重りなしじゃすぐに浮かび上がってくるの。だから愛梨ちゃんを湖に沈めるには重りが必要だったはず」

沢村はいったん言葉を区切り、詩織の反応を窺った。詩織は再び、手の平に爪を強く立てていた。もし彼女が言った通り、愛梨が風呂場で溺死したならその遺体の肺には水が溜まり、すぐに湖に沈んでいたかもしれない。だが詩織はそのことを知らないはずだ。

「愛梨ちゃんを沈めるのに使った重りは、どうやって手に入れたの。家から何か重りになるようなものを持って行った？　それとも湖の周辺で適当な石を拾って、遺体と一緒に鞄に詰めた？」

「黙れ」

「聞こえなかった。もう一度言って」

「黙れと言ったの」

詩織がヒステリックに喚《わめ》き立《た》てた。

「じゃあ鞄が湖の底に沈むまで、どのくらい時間がかかったのかな。三十秒、一分、それ以上？　愛梨ちゃんが沈むまでの間、何を考えてたの。愛梨ちゃんと重りの詰まった鞄がゆっくりと湖の底へ沈んでいくのを見て、母親であるあなたはどう思ったの。これで邪魔な子供がいなくなって清々した。そう思ったんじゃない？」

「うるさい、黙れ」

詩織が両手で机を叩いた。

「私は愛梨を殺してない。実の子は殺さない！」

「それはつまり、陽菜ちゃんの方は殺したという意味？　彼女は実の子じゃないから？」

「違う、いまのは……、そういう意味じゃない。二人とも殺してない、事故よ」

詩織のふり絞るような最後の言葉に、浅野が小さく声を漏らした。

「陽菜ちゃんが死んだのも事故なの。なぜそう言い切れるの。あなたその場にいたの？」

「違う」

詩織は激しく首を振った。

「愛梨ちゃんと同じように、陽菜ちゃんもひとりぼっちであそこに放置したの？」

「知らない、私……知らない、知らない」

詩織ははっきりと、狼狽え始めた。

「そう言えば、愛梨ちゃんのことで一つ聞き忘れてた。亡くなった時の愛梨ちゃんの服装を教えてくれない？」

詩織が怪しむように沢村を凝視した。

「覚えてない？」

「覚えてるわ。サニーちゃんのパジャマよ。ピンク色の。いつもそればっかり着てた」

「やっぱりお母さんなんだね。ちゃんと覚えてた」

詩織の唇が小さく震えた。

「陽菜ちゃんのお母さんも同じ。陽菜ちゃんが誘拐されて七年近く経ったいまでも、あの日の陽菜ちゃんのことは覚えてるって。ピンクのスカートに白いTシャツ。その胸元には大好きなサニーちゃんの絵が描いてあった」

沢村は再び、ファイルから一枚の写真を取り出した。陽菜が家の庭で笑っている写真だ。詩織の目が大きく見開かれ、体の震えが大きくなった。

「あなた、陽菜ちゃんに何をしたの？」

直後、べそをかくように詩織の顔が歪んだ。

「……陽菜を殴りました」

「どうして？」

「本当のお母さんのところに、帰りたいって言うから」

「それは誰のこと？」

「島崎さんのことです」

「陽菜ちゃんは思い出したのね」

詩織が頷く。

「あの子をうちに連れてきてから、ずっと私を本当の母親だと信じ込ませようとしてきました。でもあの夜、急にお母さんのところに帰りたいって泣き出して、いくら叱っても泣きやまないから、かっとなってつい、手が出て……。そしたら愛梨は——」

詩織は陽菜を愛梨と呼んだ。わざとなのか、本当に混同しているのかわからなかった。沢村は敢えてその点を指摘せず、詩織の好きなように話をさせた。

詩織の供述によれば、殴られた後、陽菜は後ろに転倒し、床に後頭部を激しく打ち付けた。そのまま意識を失ったので、休ませるために布団に寝かせた。

「救急車を呼ぼうと思ったけど、そんなことをすれば私が誘拐したことがバレてしまうと思って、一晩そのままにしておきました。でも朝起きたら、愛梨はもう息をしてなくて……」

詩織は嗚咽《おえつ》を漏らしながら、供述を続けた。後から後から涙が溢れ出し、顔がぐしゃぐしゃになっている。

「あの時、ためらわずに救急車を呼んでいれば……」

「意識を失った陽菜ちゃんを布団に休ませてから、あなたは何をしてたの？」

詩織が鼻を啜った。

「側にいました。一晩中付き添って、普通に寝てるように見えたから、まさか死ぬなんて思ってなくて……」

「一晩中、様子を見てたのね。その時、何もおかしな点はなかった？」

「はい、ありませんでした」

「それは少しおかしいな」

「え……？」

「鑑定書によれば、陽菜ちゃんの死因は頭の怪我が原因じゃないから」

詩織の涙が止まった。よくここまで器用にコントロールできるものだ。

「陽菜ちゃんの口の中からは、僅かな繊維が見つかった。調べた結果、この繊維の正体はある枕カバーのものだった。これがどういう意味かわかる？」

「なぜ私がわかるんですか？」

「だってさっき言ってたでしょう。陽菜ちゃんに一晩中付き添ってたって——」

「それは、それはちょっとくらいうとうとすることだってあったし、その間に愛梨は俯《うつぶ》せになって顔を枕に押し付けたのかもしれないし、何が起こったかなんか私にわかるわけない」

沢村の言葉を遮って、詩織が早口で喚きたてた。

「もう、嘘はやめて」

「嘘なんかついてない。酷い」

詩織が浅野を見つめた。わかるでしょう、私、この刑事さんに苛められてるの、助けて。まるでそう訴えているようだった。

「あなたの言う通り、もし陽菜ちゃんが自分で俯せになって枕に顔を押し当てたのだとしたら、普通は苦しくてもがくはずだし、途中で体勢を変えるはずなの」

「愛梨は頭を打ってたから、そうよ、きっと一人では元に戻れなかったの。でも私、それに気づいてあげられなくて……」

「いいえ、違う。暴れたの。陽菜ちゃんは呼吸ができなくなって、苦しくてもがいた。少しでも息が吸えるよう口を開けて、懸命に生きようとした。だから繊維が口の中に残り、爪にもあなたのモヘアのセーターの繊維が残った。だからあなたはそれを見てたはずなの」

「違う……」

詩織が呆然と呟いた。

「そろそろ本当のことを話して」

「違う、違う、私は殺してない」

殺してないと詩織は繰り返した。もう最後のあがきにしか見えなかった。

「兵頭先生から任意の聴取に応じるよう説得された時、拒むこともできたのになぜ応じようと思ったの？」

詩織は俯いたままだった。

「私は、あなたも真実を話すチャンスが欲しいんだと思ったんだけど、違う？」

詩織は膝の上で、爪が食い込むほど強く拳を握りしめていた。

「あなたがいま隠そうとしている秘密は、このまま一生抱えていくには重すぎる。だから話して楽になりなさい。そして本当のお母さんのところに、陽菜ちゃんを返してあげなさい」

「返す……？」

「陽菜ちゃんが遺体で見つかった時、お母さんはね、こう思ったそうよ。陽菜を誘拐した人は陽菜をちゃんと可愛がってくれたんだろうか、陽菜を辛い目に合わせたりはしなかったんだろうか、そして亡くなった時、陽菜は苦しんだんだろうかって」

詩織の血の気を失った唇が、戦慄《わなな》いていた。机の上を見つめる瞳も、もう何も見ていないことはわかった。

「さっき、私に言ったわよね。子供を産んだことが無い人に母親の気持ちなんてわからないって。だったらあなたには、陽菜ちゃんのお母さんが今頃どんな気持ちかわかるんじゃない。陽菜ちゃんがどうして亡くなったのか。それがわからなければ陽菜ちゃんを本当に、ご両親のところに返したことにはならないと思う」

詩織の目から静かに涙が溢れてきた。そして、心の底から振り絞るような声で泣いた。

今度こそ、完オチだった。しばらく泣いた後、詩織はほとんど放心したように空を見つめていた。だがやがて、全てを諦めたように話し始めた。

「……眠っていたはずの陽菜ちゃんが夜中に急に目を覚まして、大声で喚き始めたんです。部屋中を動き回って、慌ててベッドに連れ戻しても喚くのをやめなくて、だから……だから……、黙って欲しかった。ただ黙って欲しかった、それだけです」

「何をしたの？」

「枕を……」

詩織は言葉を詰まらせながら答えた。

「枕を陽菜ちゃんの顔に押し当てました。陽菜ちゃんはしばらく暴れて、そのうち声が聞こえなくなって、枕をよけるともう、息をしてませんでした」

沢村は長く息を吐き出した。恐らく陽菜は、頭部に負った外傷のせいで錯乱状態に陥ったのだろう。その時病院に連れて行っていれば助かったかもしれないのに――。

「私が陽菜ちゃんを誘拐しようと思ったのは――」

詩織の口から、陽菜ちゃん事件の真実が語られるのを聞きながら、沢村はやるせない気持ちを味わっていた。

羽振りがいいくせに、谷本はホテル代には金を使うことを惜しんだ。やるだけなら高いホテルは必要ないという理屈らしい。

「だからもう貸せないって。どうしてもって言うならまず、貸してる金を返すのが筋だろう」

谷本の電話で目が覚めた。金貸しをしているというこの男は、ホステス時代の店の常連客だった。しつこくアフターに誘われて、何回か相手をしてやっているうちに体の関係を持つようになった。自慢話が鬱陶しいが、会えば必ずお小遣いをくれるので、店を辞めた後も関係は続けていた。

谷本が寝入った隙に、詩織は彼のスマートフォンを盗み見た。谷本の右手の人差し指を摑み、指紋認証でロックを解除する。そして、履歴に残っていた電話番号を、自分のスマートフォンで写真に撮った。

それから数日おいて、札幌駅の公衆電話から渡瀬に連絡した。見ず知らずの女からの電話に、渡瀬は初め不審を抱いたようだ。

「お金が必要でしょう。いまから言うことをしてくれたら、二十万円払う。どう、やる？」

「本当にその家のチャイムを鳴らすだけでいいのか」

思った通り、二十万円という金額に渡瀬は食いついてきた。

「そう、あの家の奥さんにムカついてんの。だから仕返し」

*

詩織はわざとはすっぱな女のふりをした。

「金はいつ払ってくれる？」

渡瀬にはかなりまずいところから借りたお金があり、返済に窮していることは谷本との会話でわかっていた。

お金は大通のカフェで渡した。店はランチ時で、誰も二人に注目していなかった。さらに詩織の方は、鬘《かつら》とサングラスで変装していた。一方の渡瀬は髭面《ひげづら》で目の下には隈《くま》ができ、詩織の素性を怪しむ余裕もないようだった。指示通り仕事をすれば、次もまた依頼すると伝えると俄《が》然《ぜん》張り切り出した。

詩織は決行の日を明日と伝えた。梅雨がないと言われる北海道だが、蝦夷《えぞ》梅雨といって六月は、ぐずぐずとした雨模様の天候が続く。

そんな時、陽菜は散歩には行かず、庭で遊ぶ時間が多くなる。そのことは既に調べが付いていた。顧客の篠塚との約束も既に取り付けた。陽菜の祖母の歌子も、午後からは習い事に出かけてしまう。あとは予定通りその時間に、母親と陽菜が庭で遊んでくれるのを待つだけだ。

陽菜を見つけたのは偶然だった。篠塚に新しい保険を勧めた帰り、庭で遊ぶところに遭遇したのだ。愛梨と同い年くらいだった。母親といろいろ立ち話をし、陽菜にサニーちゃんのボールペンをあげた。だがその時はまだ、攫おうとまでは考えていなかった。

事情が変わったのは、最近になって三好順三の認知症が進み、しょっちゅう愛梨に会わせろとうるさくなってきたことだ。会わせたくともその愛梨はもういない。なんとか誤魔化していたが、これ以上引き延ばすと智孝がまた、養育費を打ち切ると脅しをかけてきそうだった。それだけではない。認知症が進行する順三を言いくるめ、やっとのことで書かせた遺言まで、反故《ほご》にされてしまいそうだった。

でも分かっている。あれは智孝の本心ではない。あの女、奈緒子が裏で糸を引いているのだ。本当に憎らしい、嫌な女。

だから一度だけ、ほんの数日、陽菜を借りようと思った。役目が終わったら島崎家に帰してやればいい。そうすれば大事にはならないだろう。だってみんな、私を責めたりはしなかった。

誘拐は思っていた以上にうまく行った。渡瀬がチャイムを鳴らし、母親のすみれがいなくなった隙に、詩織は陽菜に声をかけた。

「陽菜ちゃん、こんにちは」

詩織は手に、サニーちゃんのぬいぐるみを持っていた。営業所の所長にどうしてもと頼み込み、本社に掛け合ってもらったのだ。

陽菜がサニーちゃんを好きなのは、ボールペンをプレゼントした時からわかっていた。愛梨と同じだ――。汚れているから洗うと言っても聞かずに、同じサニーちゃんのパジャマを着続けた愛梨。可愛い愛梨。大好きな愛梨――。

詩織は涙を拭って、近づいてきた陽菜を抱き上げた。愛梨と同じような匂いがした。ぎゅっと抱き締めてからぬいぐるみを預け、足早にその場を立ち去った。

夜になって、陽菜は母親を恋しがって泣き始めた。

「ママはね、陽菜ちゃんのこともういらないんだって」

陽菜が大泣きした。泣き顔は愛梨の方が可愛かったな。そう思いながら、詩織は陽菜に言い聞かせた。

「でもね、陽菜ちゃんが私の言いつけを守っていい子にしてたら、必ず迎えに来てくれるって。だから大人しく待っていようね」

陽菜は幼いながらに、詩織の言葉を理解したようだ。以来、陽菜は泣かない子になった。

だが数日間借りるだけという詩織の計画は、間もなく破綻する。風邪と言って仕事を休んでいた時、昼のニュースで、渡瀬が電車に轢《ひ》かれて死んだことを知ったのだ。そして渡瀬が、身代金を要求していたこともわかった。

渡瀬は恐らく、チャイムを鳴らしてすぐにあの場を立ち去らなかったのだ。そして詩織が陽菜を攫うところをどこかで目撃していたのだろう。借金を返すためには詩織に貰ったお金だけでは足りない。だから犯行を思いついたのだろう。

馬鹿な男。いまどき身代金誘拐なんて、成功するはずもないのに。

渡瀬との関係は、極力こちらの身元がバレないように気を使った。死んでくれたのは助かったが、万が一ということもある。

詩織は警察に電話を掛けた。ニュースで見たんですけど、私、犯人の男を見たかもしれません――。

刑事だという男たちが、入れ替わり立ち替わり話を聞きに来た。だが誰も、奥の部屋にいた陽菜には気が付かなかった。

ほどなくして詩織は、引っ越すことを決めた。そしてほとぼりが冷めるまで、陽菜を返すことは諦めることにした。

＊

詩織の供述が続いていた。身代金の要求は、渡瀬の単独犯行でほぼ間違いなかった。当時の捜査本部の見立ては、必ずしも誤りではなかったのだ。

「あの子の全身をきれいに洗ってあげて、本当はお気に入りのワンピースを着せてあげたかったけど、もう体が硬くなってて……。化粧をしたのは、いつもあの子にはそうしていて……、外に連れて行くなら、綺麗にしてあげなきゃって思ったからです」

詩織の頬には、幾筋もの涙の痕が残っていた。彼女自身はもう、どれほど化粧が崩れようと気にしてはいないようだった。

そして供述は、遺体を遺棄した時の状況に移った。

「初めは愛梨と同じ、オタルナイ湖へ連れて行こうと思いました。でも峠は雪が降って、道路も凍っているようだったので、そこまで行く自信がありませんでした。その時、昔の保険のお客さんで、秋山さんのことを思い出しました。倉庫はいつも鍵をかけていないと話していて、ひょっとしたらと思って行ってみたら、昔と同じようにかかっていませんでした」

「それからどうしたの？」

「車から降ろそうとしましたが、とても重くて、運ぶのに苦労しました。倉庫の中は真っ暗で、何かにぶつかって陽菜ちゃんを落としてしまいました。でも持ち上げる力も残ってなかったので、引きずって、奥に置きました」

「遺体はそのまま、裸で放置してきたの？」

「いいえ、あの子が大好きだったサニーちゃんの毛布に包んであげました」

エピローグ

二月も終わりが近づいて、北海道にも遅い春の兆しが芽生え始めていた。

沢村が住宅街を歩いていると、庭先で一人の青年が冬の間に厚く積もっていた雪の塊を、日の当たる場所へせっせとスコップで掻き出していた。作業の途中で暑くなったのか、脱いだジャケットを腰に巻き付けて一息入れた。顔立ちも体つきも父親にそっくりだった。瀧本の息子の旭《あきら》だ。

「こんにちは」

声をかけた沢村に一瞬きょとんとしてから、「こんにちは」と慌てて頭を下げた。旭と最後に会った時はまだ中学生だったが、いまは父親と同じ、西海大高校の柔道部に所属している。

「お母さん」

旭が母親の道世《みちよ》を呼びに行った。

居間は静かだった。玄関先から、旭が作業する音だけが微かに聞こえてくる。

「兆候らしきものが現れたのは、いまから三、四年ほど前のことです。最初は些細なことでも凄く怒りっぽくなって……。刑事なんてやってると、家でも厳しいイメージがあるかもしれませんが、私、結婚してから主人が、家で大声を上げるところを一度も見たことがありませんでした。それが短気で怒りっぽくなって、でもその後、自分でそのことを気に病んで落ち込むんです。自分でもなぜそんなに怒ったのかわからないようでした。私は最初、ストレスのせいじゃないかと思いました。一課の仕事は激務で、症状が現れる直前も事件の捜査で三ヵ月近く、休みなしで働いていましたから」

道世はこみ上げるものを堪えるように、いったん言葉を切った。

「それで少しゆっくりする意味もあって、主人の方から所轄へ異動を申し出たんです。ところが所轄に移ってようやくのんびりできると思ったのもつかの間、陽菜ちゃんの遺体が見つかって、主人はしばらく落ち込んでいました。そこへ追い打ちをかけるように、かつて目をかけていた藤井さんという警察官の方が自殺されて、一気に症状が進んだように見えました」

道世はエプロンのポケットからハンカチを取り出し、そっと目頭を拭った。以前は髪も染めて身ぎれいにしていた女性だが、いまは髪に白いものの方が目立った。

「一課へ戻るよう言われた時、本当は断るべきでした。でもどうしても、陽菜ちゃんの事件が忘れられなかったんでしょうね。主人は復帰するにあたって、特命班への配属を希望しました」

特命班は未解決事件を専門に捜査するチームだ。だが瀧本の捜査能力を買っていた上層部は、再び第一線の強行犯係へ配属した。

「それでも本部にいれば特命班の動きはわかりましたし、空いた時間に捜査もできるから、と異動には前向きでした。でもその間にもどんどん症状は進んで、焦っていたと思います」

「捜査資料を持ち出したことは、いつ知ったんですか」

「病院で若年性認知症と診断されてしばらくたった時、部屋に捜査資料が置きっぱなしになっていて。近ごろは情報管理が厳しくなって、持ち出せなくなった、やりづらくなったと零していたので、おかしいとは思ってたんです。それで、どうしたのかと聞いたら、主人はなにも覚えてなくて。それどころか、いつ持ち出したのかさえ記憶にないようでした……」

道世が手の中のハンカチを握りしめた。

「その時、もう職場に隠しておくのは、限界じゃないかと思いました。でも、認知症だとわかれば、主人は警察を辞めなければなりません。家のローンもまだ残っていて、息子の高校のことも考えると躊躇してしまいました」

また家の中が静まり返った。いつの間にか、旭の作業の音もやんでいる。そこへ、階段を降りてくる足音が聞こえた。そして、「道世、おい、あれは――」

瀧本が居間に入ってきて、沢村がいるのに気づいた。

「あ、これは失礼」

瀧本が軽く頭を下げる。その顔はまるで、沢村とは初対面のようだった。

「こちら、沢村さん」

道世が涙ぐみそうになりながら、沢村を紹介する。

「どうも。妻がいつもお世話になってます」

「こちらこそ」

沢村は衝撃のあまり、そう答えるのが精一杯で、瀧本に頭を下げた。

「ごゆっくりしていってください」

瀧本が微笑む。瀧本は茶色いスラックスに白いシャツと、その上にキャメル色のVネックのセーターを着ていた。そのまま立ち去ろうとする瀧本に、道世が声をかける。

「あなた、何か探してたんじゃないの」

瀧本の顔から一瞬、表情が失《う》せた。まるで、自分はいまなぜここにいるのか、急にわからなくなったようだった。

「いや、急がないから、後でいいよ」

瀧本は軽く手を振り、居間を出て行った。道世はその後ろ姿をじっと見送っていた。階段を上がっていく音が小さくなってから、道世は沢村に向き直った。

「すみません」

ここへ来るまで、確信があったわけではない。麻衣子とのことがあって、自分も少しは父に関心を持たなければと思い、認知症に関する本を何冊か読んでみた。そこに出てきた症状。瀧本のこれまでの、不可解とも思える言動の数々。取調室で突然怒鳴り出したり、顔の表情が無くなっていたり——。そういうことがなんとなく、当てはまるような気がしたのだ。

瀧本は沢村を裏切ったのではなかった。彼は自分が沢村に何を頼んだのか、そして自分が何を調べようとしていたのかさえ、覚えてはいなかったのだ。

いったん席を外した道世が、一冊の大学ノートを手に戻ってきた。

ノートの表面に書かれた文字には見覚えがある。瀧本の字だ。

「症状が進んで、一課に戻った頃からつけるようになった日記です」

道世が見ても構わないと言ったので、沢村は「失礼します」と断って、ページを捲った。

ノートの初めの方は、人物の覚書だった。最初に奈良の名前があった。その名前は赤いペンで囲われている。

『奈良勝也《かつや》。階級・警部。現一課の班長。白髪交じりで色黒。口は悪いが気のいい人物。酒好き。高校の後輩で親友』

その後に一課の上司や同僚たちの名前が続いた。そして最後に、沢村は自分の名前を見つけた。

『沢村依理子。階級・警部補。創成署生活安全課係長。中南署時代の上司。長身で細身。髪は短い（いまはどうだ？）優秀な女性。刑事としての素質あり』そして沢村の名前にも、奈良と同じように赤いペンで丸がつけられていた。

さらにページを捲っていくと、日付とその日に起こった出来事が記されていた。その日の天気、ニュースの内容、食べたもの、現場で誰が何を言ったか、瀧本はそれに対してどう答えたか、およそ必要と思われることは何でも書き留めていたようだ。

そこには、日々、自分の頭の中から記憶が零《こぼ》れ落《お》ちていく恐怖と戦いながら、それでも懸命に刑事の職務を全うしようとしている瀧本の姿が見えた。

『――日。沢村係長から電話。シシドウフユカについての相談』と書かれた箇所で、沢村の目が留まった。沢村からの相談内容が詳しく書いてあり、その最後には再び赤いペンで、『これは絶対に忘れてはいけないこと！』と大きく書いてあった。

沢村は瀧本と電話で会話した日のことを思い出した。

考えてみればおかしな点があった。瀧本は確か、浅野に工藤文江の別の事件を調べさせていたはずだった。それなのに、冬華のことを相談した沢村が、文江の名前を出しても特に何も言わなかった。もうあの時は、文江のことも忘れてしまっていたのだろう。

沢村はなおもページを捲った。だが次第に瀧本の筆致が乱れ始め、子供の落書きのようなページが現れるようになった。

「調子のいい時と悪い時があって、本人は書いてるつもりでも、文字になってない時があるんです」

道世が寂しそうに微笑んだ。

沢村は礼を言ってノートを道世に返した。

「捜査資料は、奥さんがそれぞれ送られたんですか」

「はい」と道世は申し訳なさそうに頷いた。

「主人が捜査資料を持ち出して、しばらく経った頃です。いきなり、資料をそれぞれ、出版社と沢村さんに送るよう私に言ってきました。初めはどうしてそんなことをするのか、訳がわかりませんでした。でもそのうち、気づいたんです。主人は日々、記憶が失われていく中で、あの事件が未解決で終わってしまうのが無念でならないのだと」

そして道世は言われた通り、出版社と沢村に資料を送ることにした。瀧本の指示は、出版社へは『藤井俊太郎』名で、そして沢村には『島崎陽菜』名で送れということだけだった。

「なぜ、そうしたのかはわかりません。ただ私は、送ったことが警察にばれたらどうしようと、それだけが心配でした。でも主人にはもう何も聞けませんでした」

そこで道世は、素人ながら懸命に方法を考えた。

「混雑した郵便局なら、対応した職員も私のことをよく覚えていないだろうと思って、そこから発送することにしました」

そして道世は帽子と眼鏡で変装し、札幌駅の郵便局へ向かった。

「思った通り、荷物を出す窓口は混雑していて、職員は皆、忙しそうにしていました。私は防犯カメラからはなるべく顔を背けて、急いで荷物を出しました。戻ってからもずっとドキドキしていて、いつ警察が訪ねてくるか気が気じゃありませんでした。それからまもなく、『ノースウォッチャー』に私が送った資料が載りました。新聞や地元テレビのニュースでも取り上げられて、私はいよいよ警察が来ると思いました」

そして恐くなった道世は、しばらく沢村へ荷物を出すのを躊躇していたと打ち明けた。

「でもしばらく経っても何も起こらなくて、それで今度は沢村さん宛ての荷物を出しに行くことにしました。服装も変えて、郵便局も札幌の本局にして……」

マスコミは、基本的に情報提供者の情報を警察には渡さない。警察もまさか、直接接触したのではなく、郵送で捜査資料が送られたとは考えていなかったから、道世に捜査の手が伸びることはなかったのだ。

全て話し終えて、道世は肩の荷が下りたような顔をしていた。

「これからどうなさるんですか」

「主人は近いうちに退職することになると思います。もう刑事は無理ですから。再就職も難しいでしょう」

警察官は不祥事さえ起こさなければ、退職後も再就職先には困らない。しかし瀧本の場合、仮に雇ってくれる企業があったとしても、働くことは難しいだろう。

「今後は私も働きに出ようと思います。自宅も売って、息子には進学を諦めてもらうかもしれません……」

そう言うと、道世はついに堪え切れなくなったのか、堰《せき》を切ったように泣き始めた。

＊

沢村は退職願を鞄にしまい、自宅マンションを後にした。退職の際、警察には所定の様式がある。それでも敢えて退職願を書いたのは、向こうの思惑に乗って退職するのではない、という意思を示すためだった。

道警本部の光景も、今日で見納めになるかもしれなかった。今頃になって少し残念だった。澪に紹介された大学の職は既に断った。これからまたしばらく、不安定な生活が続く。そう思うと不安がないわけではないが、不思議なほど恐れはなかった。

それはきっと、警察を辞めるという決断が、この組織から敗走するためのものではないからだろう。

これはある人の名誉を守るための価値ある撤退だ。

沢村はそう信じて、エレベーターのボタンを押した。

会議室で少しの間待たされた。沢村はここの窓から、札幌市の西側が一望できることに初めて気が付いた。連なった建物の遥か向こうには、澄み渡った大空を背景に、雪を頂いた山々が輝いていた。

そこへ片桐の入ってくる気配がした。

「お待たせして申し訳ない」

片桐が窓を背にして着席し、沢村も向かい側に腰を下ろして、背筋を伸ばした。一つ大きく息を吐く。

「結論から申し上げます。捜査資料をリークした人物は見つけられませんでした」

片桐の表情は変わらなかった。

「ですから、そちらとして処分をする者が必要なら、私が辞めます」

沢村は用意してきた退職願を、片桐に差し出した。それを受け取った片桐は、封筒の表面をしばらく眺めていた。

前回、片桐と取り引きした時、捜査資料を送ってきたのは瀧本だろうと薄々見当はついていた。その時点では、事件が無事に解決した暁には彼を説得して、監察官室に名乗り出てもらうつもりでいた。だが彼の状態を知ったいま、彼を突き出すような真似はできなかった。

「残念だがこれは受け取れないな」と片桐が退職願を返してよこした。

「なぜです？」

あんなに辞めさせたがっていたではないか。

「今回の件で誰かを処分するつもりはない。と言うより、できないと言った方がいいだろう」

その不可解な言葉に首を捻ると、片桐が傍らのファイルから、例の記事のコピーを取り出した。

「この記事を最初に読んだ時、どうしても腑に落ちないことがあった。それはここに、あるべきものがなかったからだ」

「あるべきもの？」

聞き返した沢村に、片桐は幾つかの新聞記事の切り抜きを見せ、それぞれに線の引いてある箇所を示した。


――ある捜査員が苦々しい顔でこう語った。「上の方が犯人像を絞り切れていない。現場の捜査員たちは、ただ振り回されるばかりだ」

――「今回問題を起こした連中だけじゃありませんよ。署内の風紀は乱れきってました」と署員の一人は顔を曇らせた。


苦々しい顔でこう語った――。署員の一人は顔を曇らせた――。

沢村は顔を上げた。

「捜査員の意見がない……？」

「その通り。普通こんなことはあり得ない。裏金事件も大熊事件もそうだった。たとえ動機がなんであれ、必ずそこにはリークした者の言葉が表れる。不満、憤り、やるせなさ、そして自分自身の保身」

片桐の言葉に沢村は改めて記事を読み返した。確かに『ノースウォッチャー』の記事には、記者の一方的な批判しかなかった。

「つまりこれは、裏取せずに掲載された記事だったということだ。まともな報道機関なら、たとえ捜査資料が送られてきたとしても、それをそのまま載せるような真似はしない。必ずリーク元と連絡を取ろうとするし、その動機も明らかにする。ではなぜそんな記事をあのノースウォッチャー社が採用したのか。向こうにはどうしても、これを掲載しなければならない事情があったということだ。そう考えて、リークされた資料をもう一度調べてみた」

記事のコピーを捲り、片桐が該当の箇所をペンで示した。

「これは身代金受け渡し時の捜査員の配置図と、無線の割当表だ。確かにあの時は、犯人を死亡させるという警察側の失態があった。その点については当時、散々批判を浴びて、捜査責任者だった刑事部長が更迭されてる。それならなぜいまになって、こんなものをリークする必要があったのか」

「藤井巡査長の汚名を雪《すす》ぐため、ですね」

「そうだ。この資料を見れば、藤井巡査長にはなんの落ち度もなかったことは明らかだ。リークした人物は橋場記者に、というより、世間にそう証明したかったんだろう」

そうか。おおよその事情を察していたから片桐は、前回あんなにも落ち着いていたのだ。

「ともかく、リークした目的が内部告発ではないと分かって、警察組織に不満を持つ者は調査対象から除外した。逆に対象となったのは、組織や仕事に誇りを抱いている者たちだ。中でも藤井巡査長と親しかった者たちからは全員、話を聞いた。ただし一人だけできなかった者がいる」

沢村は目を見開いた。

「君も気づいた通り、動機があり、実行することが可能だったのは、瀧本巡査部長しかいなかった。そして彼ほど、陽菜ちゃん事件の解決に執念を燃やした警察官はいない。だが認知症になって、自分で解決することは難しくなった。そこで君に事件の解決を託すことにしたんだろう」

片桐の洞察力には、舌を巻くしかなかった。

「だから前回、事件を捜査することを許してくれたんですね」

沢村は目の前の退職願を見つめた。今回の件で誰も処分はできないと片桐は言った。認知症であれば、瀧本の責任能力は問えないということだろう。それなら——。

「今後、瀧本さんはどうなるんですか」

「年度末まで警務部付きとして、その後は依願退職扱いになる」

「退職ではなく、配置替えでは駄目でしょうか。例えばデスクワークとかは？」

依願退職なら退職金は出るが、一家の今後の生活を考えれば、少しでも長く警察官でいた方がいい。

「いまの症状でデスクワークは無理だ」

「これまでずっと組織に忠誠を尽くしてきた警察官を、組織はもう守らないということですか」

そもそも瀧本が若年性認知症になったのも、度重なる事件捜査のストレスが遠因かもしれないのだ。

「働けなくなった警察官を組織に残してはおけない」

片桐の非情な言葉に、むなしさがこみ上げてきた。そして何もできない自分の無力さに腹が立った。結局、笠原の時と同じなのか。

俯いたままの沢村の前に、片桐が一枚の書類を差し出してきた。

「デスクワークは無理だが、代わりにこれならどうだろうか」

書類には特殊公務災害という文字が見えた。特殊公務災害とは簡単に言うなら、警察官用の労災だ。確か認定されれば、年金などが上積みになると聞いたことがあった。

「認知症でも、公務災害に認定されるんですか」

「前例はないが、なんとかなるだろう」

「ありがとうございます」

「たまには組織が、個人を守ってみても罰は当たらない。だろ？」

片桐が笑い、腕時計を確認した。そろそろ時間のようだ。沢村は帰り支度を始めた。

「エレベーターのところまで送っていこう」

片桐が先に立って行こうとした。

「管理官」

ふとある疑問が湧き上がって、片桐を呼び止めた。

「先ほどのお話だと、管理官は初めから瀧本さんだとわかっていたように思えるんですが、それならなぜ私を調べてたんですか」

「資料漏洩の件で君を調べたことなど一度もない」

「え？」

「私は最初から言っていたじゃないか。これは単なる人事面談だと」

沢村は思わず口を開けた。

「岡本さんたちにも、そう言っておいたはずなんだが」

片桐が首を捻った。食えない人だ。沢村は密かに笑いをかみ殺した。

「田伏警部は監察官室の人間だ」

「あ」と小さく声を漏らし、片桐たちに初めて自己紹介された時の場面を思い出した。あの時、警務部という言葉で単純に二人の階級を比較して、片桐を田伏の直属の上司だと思い込んでしまっていた。だが違ったのだ。田伏の上司は岡本だったのだ。恐らく田伏の目的は片桐の動向を監視して、岡本に報告することだったに違いない。

となれば片桐は、二人の関心が瀧本に向かないよう、沢村を囮《おとり》に使ったのだろうか。もしそうだとすれば、その点について片桐に抗議すべきだろうか。

だが沢村は不思議と腹が立たなかった。

結果を見れば、片桐のやったことは正しかったと言えるからだ。

二人は廊下を歩き始めた。

「君は本当に警察を辞めるつもりだったのか」

「あの時は、それしか手が思いつきませんでした」

「いまは？」

沢村は唇を軽く噛んだ。

「今回無事に事件を解決できたことで、少し欲が出ました。それにちょっとだけ、警察官としての誇りも」

片桐が微笑んで、エレベーターのボタンを押した。

「うちへ来る気はないか」

「警務にですか」

「君には素質がある」

なんのだろう。まさか監察向きということはないだろう。

「ありがとうございます。でもいまはとても、そこまで考える気になれません」

沢村は答えを曖昧にして、エレベーターに乗り込んだ。

「考えておいてくれ。うちにくれば、定年までに警視正も夢じゃない」

片桐の言葉と笑顔を残して、エレベーターの扉が閉まった。

「警視正……?」

沢村は微かに眉を寄せると、まさかね、とゆっくり頭を振った。

◇人事発令（三月一日付）
巡査部長
警務部付　瀧本光士郎《こうしろう》（道警本部刑事部）
◇人事発令（三月三十一日付）
任警部補　退職

瀧本光士郎（警務部付）

『内部調査報告書（極秘）　閲覧権限（警視正以上）

中略――リーク元の特定について調査が行われたが、いずれも関与を示す物証も動機も乏しく、人物の特定は困難であると結論づける。

よって情報漏洩については、被疑者不詳として送検するものとする。また、捜査資料の持ち出しを容易とした原因についても、既に改善策が取られ、関係者の処分も行われたことから、これ以上の調査については行わないものとする。

三月三十一日　警務部監察官室監察室長』

＊

どこかから雀《すずめ》の声が聞こえてくる。だが実家の周りの陽の当たらない場所には、ちらほら雪も残っていて、巣作りにはまだ少し気が早いように思えた。

柔らかな日差しの入り込んだ台所では、麻衣子が昼食の支度に取りかかろうとしていた。

「お父さんに、お昼何がいいか聞いてきて」

どうせ、なんでもいいというに決まっているのに、と思ったが、沢村は父を探しに行った。書斎のドアが開いていた。珍しい。そう思いながら、足を踏み入れた。ここへはほとんど入ったことがなかった。ここは父の聖域であり、家族との境界線でもあったからだ。

父の書斎には本棚がぐるりと、父の机を取り囲むように配置されていた。この家を建てる時、他は全て母に任せきりだった父が、唯一こだわった場所だ。

しかし父の当初の計画では、本棚は天井の高さまで隙間なく本を詰め込む予定だった。ところが、万一にでも大地震が起こって父が本の下敷きになることを危惧し、母が猛反対したのだ。それまで父のやることには一切口を挟んだことのなかった母の、人生で唯一の抵抗だった。

結局、本棚は父の肩の高さまで、という制限が付けられてしまったが、年々増えていく一方の本は、ついに本棚には収まりきらなくなり、本棚の上やコーヒーテーブルの上にも積み上げられて、本当に大地震が来たら大惨事になりそうだった。

そんな父の書斎を久しぶりに覗いて、ある変化に気が付いた。本棚にびっしりと並べられていた本が、少なくなっているのだ。見ると、床の上に本棚から抜かれた本が積み上げられていた。

書斎の窓が少し開き、レースのカーテンが揺れている。虫干しにはまだ風が冷たいように思った。

「麻衣子か」

机の下から父の声がした。下にもぐって、何かをしていたらしい。父はまさか沢村が書斎にいるとは思わなかったのだろう。「私」と沢村は答えた。

どっこいしょ、と立ち上がった父が腰を摩った。

「Ｗｉ Ｆｉの調子がおかしくなったんだ」

沢村が机の下を覗き込んだ。机の脚の部分に取り付けられた、ルーターのランプが消えている。もしや、と電源コードの先を辿ると、やっぱりコンセントから外れていた。コードを差し込むと、ルーターの灯が点滅を始め、やがてＷｉ Ｆｉの接続が確認できるようになった。

「すまんな、依理子」

父が一安心といったように息を漏らした。

「それより、この本どうするの」

「少し整理しておこうと思ってな。いざという時、お前たちに迷惑はかけられん」

沢村はびっくりして、父を見つめ返した。迷惑？　私たちに？　父がそんなことを考えているとは、思ってもみなかった。

「そんな顔をしなくても頭の方はまだ大丈夫だ。だが『およそ事 予《あらかじ》めすれば則ち立ち、予めせざれば則ち廃す』というからな」

『中庸』からの言葉だ。それが父の冗談だとわかるまで、時間が少しかかった。

沢村は処分するという本を一冊手に取った。

高校生の時、トルコへの旅行が中止になって、沢村たちはアメリカへ行った。そこでは父の大学時代の友人だった社会科学の教授の家に世話になった。その人は父とは全く違うタイプの学者で、姉妹を観光やショッピングにも連れて行ってくれた。沢村はその教授から借りた本を読み、それについて夜遅くまで議論をした。そして社会科学という分野に興味を持ち、父と同じような研究者の世界を志そうと決めたのだ。

だがもし、あの時トルコに行っていれば、麻衣子が言った通り自分の興味は父と同じ東洋学に向いていたかもしれなかった。

「お父さん、この本、私がもらってもいい？」

「あ、ああ、もちろん」

父の驚いた顔を見るのは久しぶりだった。

「だがそれはちょっと、初学者には難しいかもしれないな」

「じゃあどれから読んだらいいかな」

「いや、ここにはないな」と言ってから、父は急にそわそわし始めた。

「良ければ、今度来る時までにリストを作っておいてやろう」

「うん、お願い」

沢村の言葉に、父は明らかに嬉しそうな顔を見せた。

「ちょっと二人とも。またこんなところでサボって。お姉ちゃんも少しはこっちを手伝ってよ」

書斎の入り口に麻衣子が立って、こちらを睨んでいた。

「ごめん、ごめん」

「お父さん、お昼何がいい？」

「なんでもいいな」

「もう、いつもそれなんだから。じゃあお蕎麦《そば》にするけど、後で文句言わないでよ」

麻衣子が台所へ戻って行った。あれから大介と話し合って、もう一年、二人は頑張ってみることにしたそうだ。

風が冷たくなってきた。春はまだ少し先のようだ。

「風邪引くよ」

父にそう声をかけて、沢村は書斎の窓を閉めた。

主要参考資料

◆書籍

今井良『警視庁監察係』(小学館、二〇一七年)

小川泰平『現場刑事の掟』(イースト・プレス、二〇一一年)

小川泰平『警察の裏側』(イースト・プレス、二〇一三年)

澤井康生『「捜査本部」というすごい仕組み』(マイナビ、二〇一三年)

水月昭道『高学歴ワーキングプア 「フリーター生産工場」としての大学院』(光文社、二〇〇七年)

飯塚 訓『完全自供——殺人魔大久保清vs.捜査官』(講談社、二〇〇三年)

マックス・ヴェーバー『社会科学と社会政策にかかわる認識の「客観性」』(富永祐治・立野保男訳、折原浩補訳、岩波書店、一九九八年)

リチャード・E・ルーベンスタイン『中世の覚醒——アリストテレス再発見から知の革命へ』(小沢千恵子訳、紀伊國屋書店、二〇〇八年)

◆ウェブサイト

「北海道警察」

https://www.police.pref.hokkaido.lg.jp/sub_menu/01_site_menu.html

「広島県警察」

https://www.pref.hiroshima.lg.jp/site/saiyou/010-saiyou-shounin.html
「警察ナビ」
https://police.yamanekosuke.com/

◆その他、ウェブ版を含む新聞各紙を参照しました。

●江戸川乱歩賞の沿革

江戸川乱歩賞は、一九五四年、故江戸川乱歩が還暦記念として日本探偵作家クラブ（一般社団法人日本推理作家協会の前身）に寄付した百万円を基金として創設された。

第一回が中島河太郎「探偵小説辞典」、第二回が早川書房「ハヤカワ・ポケット・ミステリ」の出版に贈られたのち、第三回からは、書下ろしの長篇小説を募集して、その最高作品に贈るという現在の方向に定められた。

以後の受賞者と作品名は別表の通りだが、これら受賞者諸氏の活躍により、江戸川乱歩賞は次第に認められ、今や賞の権威は完全に確立したと言ってよいであろう。

この賞の選考は、二段階にわけて行われる。すなわち、日本推理作家協会が委嘱した予選委員七名が、全応募作品の中より、候補作数篇を選出する予選委員会、さらにその候補作から受賞作を決定する本選である。

●選考経過

本年度江戸川乱歩賞は、一月末日の締切りまでに応募総数三百八十六篇が集まり、予選委員（香山二三郎、川出正樹、末國善己、千街晶之、廣澤吉泰、三橋曉、村上貴史の七氏）により最終的に左記の候補作五篇が選出された。

日野瑛太郎　「キッドナップ・ショウ」
伏尾美紀　「センパーファイ　――常に忠誠を――」
水谷朔也　「ドロップトキシン」
箕輪尊文　「夜が明けたら」
桃ノ雑派　「老虎残夢」

この五篇から、五月十七日（月）、リモート選考会において、選考委員、綾辻行人・新井素子・京極夏彦・月村了衛・貫井徳郎の五氏の出席のもとに、慎重なる審議の結果、伏尾美紀「センパーファイ　――常に忠誠を――」（刊行時『北緯43度のコールドケース』に改題）、桃野雑派（桃ノ雑派から改名）「老虎残夢」を受賞作に決定。授賞式は十一月に豊島区にて行われる。

一般社団法人　日本推理作家協会

●選評（五十音順）

選評

綾辻行人

伏尾美紀『センパーファイ――常に忠誠を――』と桃野雑派『老虎残夢』への授賞が決まった。両作とも問題点は少なくないが、それを補って余りある魅力を持つ。魅力の質も異なる。二作授賞は自然な流れだった。

『老虎残夢』の作者は前回、『インディゴ・ラッシュ』で最終候補に残っている。受賞には届かなかったが、珍しい題材と冒頭の謎の奇抜さが印象的な作品だった。同じ作者が今回は、中国・南宋の時代を舞台とする「武俠小説×本格ミステリー」を書いてきた、というところでまず、大いに意表を衝かれた。

「武俠×本格」には、秋梨惟喬《あきなしこれちか》さんの「もろこし」シリーズという優れた作例があるので、「本邦初！」とは謳えないにせよ、この作品におけるある種の「特殊設定」はなかなかインパクトがあり、愉快ですらある。外功、内功、軽功を鍛錬した武術の達人たちが居揃う中で発生する変死事件。現場は密室的な状況にあった湖上の楼閣。文章もキャラクターの立て方も、前作より格段に巧い。武俠小説でありつつも、あくまで論理的に真相を解き明かしていくスタンスにはブレがなく、スリリングな謎解きの演出も◎である。ただ、本格ミステリーとしての穴もいくつか目につくので、刊行までにできるだけの手当てをしてほしい。

『センパーファイ』は北海道・札幌を舞台とした警察小説。特に序盤、書き方がちょっと読者に不親切すぎて首を傾げたくなったが、中盤以降は気にならなくなり、加速度的に物語に引き込まれた。ミステリーの中心となる誘拐事件の構図に新味があり、それを追う警察官たちのドラマもよく書けている。小説としてこなれていないところも多い作品だが、刊行に向けてのブラッシュアップ次第で相当に良くなるものと思う。

他の三作のうち、日野瑛太郎『キッドナップ・ショウ』は惜しい一作だった。完成度という点では○なのである。達者な書きっぷりで、全体のまとまりもいい。このまま商品として流通していてもおかしくない。だが、ミステリーとしての評価となると、どうしても「早々に真相を予想できてしまう」ところがネックになる。それでも楽しく読める作品ではあるのだが、乱歩賞受賞作に推すことは躊躇われた。

水谷朔也『ドロップトキシン』。時は二〇二〇年、コロナ禍が始まった年の秋。所はマダガスカルの、未開部族が住む架空の離島。――という物語に挑戦した心意気は買いたいし、主人公の元厚労省技官が問題の島へ渡るまでの過程にもリアルな面白さがある。ところが、せっかく設定した特異な舞台＝社会の掘り下げが浅すぎて、どうも物足りない。あまつさえ、最後に明かされる黒幕の「陰謀」があまりにも非科学的・非現実的なため、物語内のリアリティバランスが崩れてしまっている。これは失敗だろう。

箕輪尊文『夜が明けたら』はある意味、不可解な作品だった。魅力的な謎もなければサスペンスもない。独創的な仕掛けもロジックの妙もない。文章の良さで読ませるわけでもなく、世界観や人物の造形が際立っているわけでもなく……いったい作者は何を書きたかったのだろう、という謎ばかりが残った。

選評　新井素子

『センパーファイ――常に忠誠を――』。まず、うわあって思った。いいお話だし、メインの誘拐は納得がいくし、面白い。なのに、読後感が「うわあ」。これ、作者が詰め込みすぎているからだ。だから印象がこうなってしまう。けれど。この作者、根本的に能力がある人だと思う。読み返せば理解できる、そういう書き方をしているんだから。

整理をして欲しい。順番、内容を整理すれば、このお話、ずっと読みやすくなるし、こんだけ詰めこんでも楽しく読めると思う。

あと、ラスト。主人公が犯人を追い込むあたりはいい。でも、そのきっかけ。ここに、もうワン・エピソード、欲しかった。

『老虎残夢』。このお話、とてもさくさく読めた。しかも、全体的に端正。理詰めでミステリ書こうとしているのがよく判る。この姿勢はとても素敵だと思うし、謎のプレゼンテーションの仕方も、これ以上ないってくらい直球勝負だった。

ただ、細部に少し問題がない訳ではない。けれど、それは、直せる瑕疵だ。

と言う訳で、今回は、二作同時受賞ということになった。おめでとうございます。お二方の次回作を、楽しみにしております。

『キッドナップ・ショウ』。実は今回、私はこのお話が一番好きだった。読後感、大変よかったし、ここに描かれているオタクのみなさんが、私、本当に、好きっ！　ただ。このお話の最大の弱点は……美咲が走り出した瞬間、誘拐の動機やラストまで、推測できちゃうってことなんだよね。

けど、このお話の本質は、ファンがいればアイドルはとても強い力を出せる、それがオタクの力だ、オタクの力を信じろっていうもので……これはこれで大好きなんだけど、確かにミステリとしてはちょっと違うかも。

『ドロップトキシン』。途中まではとても楽しかった。そっかー、厚生労働省のひとってほんとに大変なんだな、NPOで井戸を掘ってるって凄いなって思えた。けど……。

ヤンフェイが出てきたあたりでもう駄目。私としては主張したい。ジャングルの中で、テントが住居で、上下水道がないにもかかわらず、致死性細菌を半年も取り扱ったりしないで欲しい。これじゃ、陰謀巡らす前にヤンフェイが死ぬ。あまり細菌をなめないで下さい。

『夜が明けたら』。もの凄く、登場人物の感情が、変。大体が、萌香、和明の消息を知りたいからって、何故自分の母親を脅す？　そのくらい萌香が訳判らなくなってるって解釈もできるけど、その後も、全部、変。

というか、このお話。どこかの段階で誰かが誰かを問い詰めていたら、それで終っていると思う。みんながみんな、何故か〝問い詰めない〟、そんな雰囲気になっているんだけれど、この〝雰囲気〟それ自体が変だってことに、作者は気がついて欲しい。

選評　京極夏彦

今回は悩ましい選考となった。

『夜が明けたら』の〝前例のない謎を創出しそれをリアリズムに落とし込もう〟という努力は評価すべきだと考えるが、残念ながら成功はしていない。年齢、性別、社会的立場の差異があるにも拘らず、登場人物はいずれも行動原理が不明瞭かつ未成熟である。リアルな設定に反してメンタルが幼過ぎるため出来ごとに対する説得力がなくなってしまった。また冒頭の一文で核心となる部分の予想がついてしまう。アンフェアになることを避けようとした結果なのだろうが、構成を見直すべきだったのではないか。更なる精進を望む。

『ドロップトキシン』の冒頭から中盤にかけての展開は心地よく、リアリティもある。マダガスカルの離島という舞台も提示される謎も魅力的である。しかし小説の器に対し、用意された仕掛けはいかにも小振りなものであり、一方で暴かれる真相はあまりにも非現実的で、こちらは器のサイズを越えている。こうしたスケールのミスマッチが作中リアリティを大きく殺ぎ落とす結果を招いている。離島の文化習俗・信仰などをオミットしてしまったこともそれを手伝っているだろう。読ませる力は十二分にあると思われる。惜しい。

『キッドナップ・ショウ』は可読性も高く、非常によく纏まっている。素材となるアイドルグループやそのファンダムも生き生きと描かれているし、現状のＩＴ環境を踏まえた劇場型犯罪という設定も無理なく消化されており、痛快である。瑕疵はほとんどない。選考委員の一人より「このまま出版可能」という意見が出たが、同意できる。ただ、ストレスのない期待通りの展開であることは間違いなく、それは極めて今日的な書き方ではあるのだが、先が読めてしまうという意味でミステリとしての感興を殺ぐものではあるだろう。

『老虎残夢』は南宋を舞台とした武俠小説の体裁を採るが、一方で一種の密室を扱った特殊設定ミステリでもある。漢詩などの引用部分も含め、筆致は闊達かつ周到で外連味もある。そのせいか、幾分ステレオタイプなキャラクター造形や荒唐無稽な設定も気になることはなく、十分に面白く読める。但し、〝本格〟ミステリとして捉えるならば、精度に欠けると言わざるを得ない。特殊な設定を採る以上、用意した設定に対しより一層の誠実さと緻密さが必要となるだろう。残念ながらその点において、本作は不備が散見している。

『センパーファイ――常に忠誠を――』は謎／解決ともによく練られており、警察組織の在り方や捜査手順なども過不足なく書けている。心理描写、情景描写も濃かで、ディテールに関しては申し分がない。だが、惜しむらくは小説としての体裁が整えられていない。群像劇としての警察小説の体裁で始まるのだが、最終的には主人公を視点人物とする物語として収斂する。構造的にブレがあるため、視点も不用意に揺れることになり、非常に判りにくい。主役が誰なのかが明確になるのも中盤以降である。その点だけは看過しがたい。

全作一長一短がある。議論の結果、難点が修正可能であること、そして不備を上回る魅力を持つと判断された二作が受賞となった。今後の活躍に期待したい。

選評

月村了衛

『老虎残夢』を推すつもりで選考会に臨みました。本格ミステリとして多くの欠陥があることは他の委員の指摘する通りです。また主人公カップルが同性であることに必然性をまったく見出せませんでした。同性であることは問題ではありませんが、本格ミステリとして応募する以上は、全体を構成する要素の一つ一つにもっと慎重であるべきだと思います。しかし昨年最終選考に残った前作とはまったく異なる題材、筆致を選択した度胸と、格段の進歩を見せてくれた努力とに敬意を表します。その情熱を忘れることなく、今後も真摯に作品と向かい合えば、さらに豊穣な世界を見出してくれるものと信じます。

『センパーファイ——常に忠誠を——』は、候補作中最も興味深い謎を提示していながら、同時に最も読みにくい作品でもありました。それは小説としての拙さに由来するものです。また警察小説としての部分に新鮮味はなく、本筋や時系列をいたずらに分かりにくくしているだけで、全部不要であると思いました。しかしそうした問題は小説技術の向上により解決可能であり、作者の資質に期待したいとする他の委員の意見も尤もであると考えましたので、授賞に同意しました。

『キッドナップ・ショウ』は、逆に最も読みやすく、商業レベルに達していると言ってもいい作品でした。題名から劇場型の誘拐犯罪を扱った作品であることは明らかですが、肝心の真相がここまで〈読める〉ものだと、駆け引きの醍醐味どころか、それまでのサスペンスさえすべて無効化されてしまいます。つまり「ミステリーであること」が皮肉にも作品の良さを損なっているのです。例えば「主人公が走り出す前に真相を見抜いてしまう」ような構成にすれば、あの走りはもっとエモーショナルなものになっていたのではと愚考します。好感の持てる作品であっただけに残念でなりません。

『ドロップトキシン』は舞台となる島の生活風俗についてほとんど触れられておらず、まずそこで小説としての失望を覚えました。パズラーに徹するならば舞台も人物も記号でよしとするのも一つの見識ですが、謎解きの真相も合理性に欠ける部分が多々あり、評価できませんでした。

『夜が明けたら』の作者は一昨年も最終候補に残った方ですが、残念ながらそのときに指摘された欠点が今回もそのまま残っていると感じました。今作は特に主人公の人物像がはっきりせず、行動の理由が理解できない。従って何の話か分からず興味を維持しづらいという、よくないパターンに陥っています。青春小説として読むことも可能ですが、やはり弱い。作者は「語り」についてもっと自覚的であるべきでしょう。

厳しい言葉を書き連ねましたが、それこそが選考委員を拝命した者の務めであり、応募者全員の努力に報いるものであると信じ敢えて記しました。
受賞された御両名を讃えますとともに、応募された皆様の一層の奮起を期待します。

選評　貫井徳郎

今年はハイレベルな争いでした。しかし、読んでいる途中はすごく面白いのに、最後に至ってがっかりという作品が三本もありました。ネタの良し悪しを見分けられていないという印象です。これだけ小説を書く力があるのだから、書き始める前にネタを吟味しなければなりません。

その一本目、『キッドナップ・ショウ』は非常に達者な作品でした。アイドルオタクの世界は興味深く、文章が安定していました。ですが、誘拐ものとしてはオーソドックスで、真相が見えやすく、しかも一番つまらないところに着地してしまいました。誘拐もので、実は狂言でしたという真相は本当に白けます。しかし、もっといいネタを中心に構築すれば、いいものが書ける力はあります。再挑戦を期待します。

二本目『ドロップトキシン』は、全体の九割まではこれが受賞作でいいのではないかと思って読んでいました。篠田節子さんのミステリー版といった趣で、舞台設定も事件も面白いです。真相が明かされ始めてからも、肯定的な評価は変わりませんでした。ああ、それなのに、このラストはない。なぜこんな荒唐無稽な陰謀論に落とし込んでしまったのか。すべて台なしです。しかも、この陰謀論がなくても物語は成立しているのがもったいない。ネタの良し悪しを見分ける目がないのが致命的でした。だからこそ、いいネタを使えばいずれ受賞できると思います。再挑戦を待っています。

『夜が明けたら』は選考委員全員の評価が低かったです。小説には、書き手の人生観が滲みます。それが幼すぎて、大人の読み物になっていません。

『センパーファイ』は候補作中、一番小説が下手でした。しかし、小説は書いているうちにうまくなる。それよりは、後から鍛えられないセンスやアイディアを評価しました。加えて、小説は下手なのに人物の肉づけはうまいのですね。しかもミステリーとして謎が魅力的で、捜査の過程がきちんと描かれているから、下手でも楽しく読める。真相も面白く、犯人像は強烈でした。この人の将来性は買うべきだと考え、受賞作に推しました。

評価に困ったのが、『老虎残夢』でした。最後にがっかりの三本目は、実はこれです。武俠小説世界での本格ミステリーですから、まず設定が面白い。事件も人物もいい。閉ざされた空間、限られた人物たちなのに、読んでいて退屈しません。これで解決がすごかったら傑作だと思っていたら、最後に肩透かしでした。しかしそれは、伏線不足のせいです。伏線さえ強化すればいい作品になるのは間違いなく、加筆が条件での授賞はよくあること。でも、本格の場合は伏線の張り方も評価ポイントだしな、と迷ってしまいました。選考会では票が集まり、ぼくもダブル授賞に賛成しました。どちらも手直しの上、いい作品になるでしょう。非常に満足のいく選考会でした。

＊選考会の意見を踏まえ、刊行にあたり、応募作を加筆・修正いたしました。

江戸川乱歩賞受賞リスト（第3回より書下ろし作品を募集）

第1回（昭和30年）「探偵小説辞典」 中島河太郎
第2回（昭和31年）「ハヤカワ・ポケット・ミステリ」の出版 早川書房
第3回（昭和32年）「猫は知っていた」 仁木悦子
第4回（昭和33年）「濡れた心」 多岐川恭
第5回（昭和34年）「危険な関係」 新章文子
第6回（昭和35年）受賞作品なし
第7回（昭和36年）「枯草の根」 陳舜臣
第8回（昭和37年）「大いなる幻影」 戸川昌子
「華やかな死体」 佐賀潜
第9回（昭和38年）「孤独なアスファルト」 藤村正太
第10回（昭和39年）「蟻の木の下で」 西東登
第11回（昭和40年）「天使の傷痕」 西村京太郎
第12回（昭和41年）「殺人の棋譜」 斎藤栄
第13回（昭和42年）「伯林――一八八八年」 海渡英祐
第14回（昭和43年）受賞作品なし
第15回（昭和44年）「高層の死角」 森村誠一
第16回（昭和45年）「殺意の演奏」 大谷羊太郎
第17回（昭和46年）受賞作品なし
第18回（昭和47年）「仮面法廷」 和久峻三
第19回（昭和48年）「アルキメデスは手を汚さない」 小峰元
第20回（昭和49年）「暗黒告知」 小林久三
第21回（昭和50年）「蝶たちは今……」 日下圭介
第22回（昭和51年）「五十万年の死角」 伴野朗
第23回（昭和52年）「透明な季節」 梶龍雄
「時をきざむ潮」 藤本泉
第24回（昭和53年）「ぼくらの時代」 栗本薫
第25回（昭和54年）「プラハからの道化たち」 高柳芳夫
第26回（昭和55年）「猿丸幻視行」 井沢元彦
第27回（昭和56年）「原子炉の蟹」 長井彬
第28回（昭和57年）「黄金流砂」 中津文彦
「焦茶色のパステル」 岡嶋二人
第29回（昭和58年）「写楽殺人事件」 高橋克彦
第30回（昭和59年）「天女の末裔」 鳥井加南子
第31回（昭和60年）「モーツァルトは子守唄を歌わない」 森雅裕
「放課後」 東野圭吾
第32回（昭和61年）「花園の迷宮」 山崎洋子

第33回（昭和62年）「風のターン・ロード」　石井　敏弘
第34回（昭和63年）「白色の残像」　坂本　光一
第35回（平成元年）「浅草エノケン一座の嵐」　長坂　秀佳
第36回（平成2年）「剣の道殺人事件」　鳥羽　亮
「フェニックスの弔鐘」　阿部　陽一
第37回（平成3年）「連鎖」　真保　裕一
「ナイト・ダンサー」　鳴海　章
第38回（平成4年）「白く長い廊下」　川田弥一郎
第39回（平成5年）「顔に降りかかる雨」　桐野　夏生
第40回（平成6年）「検察捜査」　中嶋　博行
第41回（平成7年）「テロリストのパラソル」　藤原　伊織
第42回（平成8年）「左手に告げるなかれ」　渡辺　容子
第43回（平成9年）「破線のマリス」　野沢　尚
第44回（平成10年）「Twelve Y.O.」　福井　晴敏
「果つる底なき」　池井戸　潤
第45回（平成11年）「八月のマルクス」　新野　剛志
第46回（平成12年）「脳男」　首藤　瓜於
第47回（平成13年）「13階段」　高野　和明
第48回（平成14年）「滅びのモノクローム」　三浦　明博
第49回（平成15年）「マッチメイク」　不知火京介
「翳りゆく夏」　赤井　三尋

第50回（平成16年）「カタコンベ」　神山　裕右
第51回（平成17年）「天使のナイフ」　薬丸　岳
第52回（平成18年）「東京ダモイ」　鏑木　蓮
「三年坂 火の夢」　早瀬　乱
第53回（平成19年）「沈底魚」　曽根　圭介
第54回（平成20年）「誘拐児」　翔田　寛
「訣別の森」　末浦　広海
第55回（平成21年）「プリズン・トリック」　遠藤　武文
第56回（平成22年）「再会」　横関　大
第57回（平成23年）「よろずのことに気をつけよ」　川瀬　七緒
「完盗オンサイト」　玖村まゆみ
第58回（平成24年）「カラマーゾフの妹」　高野　史緒
第59回（平成25年）「襲名犯」　竹吉　優輔
第60回（平成26年）「闇に香る嘘」　下村　敦史
第61回（平成27年）「道徳の時間」　呉　勝浩
第62回（平成28年）「QJKJQ」　佐藤　究
第63回（平成29年）受賞作品なし
第64回（平成30年）「到達不能極」　斉藤　詠一
第65回（令和1年）「ノワールをまとう女」　神護かずみ
第66回（令和2年）「わたしが消える」　佐野　広実

第68回 江戸川乱歩賞応募規定

●選考委員（五十音順）

綾辻行人／新井素子／京極夏彦／柴田よしき／月村了衛

◉種類：広い意味の推理小説で、自作未発表のもの。

◉枚数：縦書き・一段組みとし、四百字詰め原稿用紙で350〜550枚（コピー不可）。ワープロ原稿の場合は必ず一行30字×40行で作成し、115〜185枚。郵送応募の場合は、A4判のマス目のない紙に印字のうえ、必ず通し番号を入れて、ダブルクリップなどで綴じて輸送段階でバラバラにならないようにしてください。

原稿データ形式はMS Word（docx）、テキスト（txt）、PDF（pdf）での投稿を推奨します。応募規定の原稿枚数規定を満たしたものに限り応募を受け付けます（いずれも超過・不足した場合は失格となります）。

ワープロ原稿の場合、四百字詰め原稿用紙換算では枚数計算がずれる場合があります。上記規定の一行30字×40行で規定枚数であれば問題ありません。

◉原稿の締切：2022年1月末日（当日消印有効）

◉原稿の送り先
【郵送での応募】〒112-8001 東京都文京区音羽2-12-21講談社 文芸第二出版部「江戸川乱歩賞係」宛て。【WEBでの応募】小説現代公式サイト内の江戸川乱歩賞ページ（http://shousetsu-gendai.kodansha.co.jp/special/edogawa.html）の「WEBから応募」をクリックし、専用WEB投稿フォームから必要事項を記入の上、1枚目に作品タイトルが記載された原稿ファイルのみをアップロードして投稿すること。

◉原稿のタイトル：郵送、WEBいずれも、原稿1枚目にタイトルを明記すること。

◉氏名等の明記
【郵送での応募】別紙に①住所②氏名（本名および筆名）③生年月日④学歴および筆歴⑤職業⑥電話番号⑦タイトル⑧四百字詰め原稿用紙、またはワープロ原稿での換算枚数を明記し、原稿の一番上に添付のこと。

【WEBでの応募】①〜⑧は投稿フォーム上に入力すること。
※筆名と本名の入力に間違いがないか投稿前に必ずご確認ください。選考途中での筆名の変更は認められません。
※筆歴について、過去にフィクション、ノンフィクション問わず出版経験がある、または他社の新人賞を受賞しているなどがある場合は必ず記載してください。また、他の新人賞への応募歴も可能な限り詳しく記載してください。
◉梗概
【郵送での応募】四百字詰め原稿用紙換算で3〜5枚の梗概を添付すること。
【WEBでの応募】梗概は投稿フォーム上に入力すること。
◉入選発表：2022年4月末頃にHP上で第一次、第二次予選選考経過、最終候補作を寸評つきで掲載。5月半ば以降に受賞者を掲載。同じ内容は同期間に発売される「小説現代」にも掲載されます。
◉賞：正賞として江戸川乱歩像。副賞として賞金500万円（複数受賞の場合は分割）ならびに講談社が出版する当該作の印税全額。
◉贈呈式：2022年11月に豊島区の協力を得て、東京都内で開催予定。
◉諸権利：〈出版権〉受賞作の出版権は、3年間講談社に帰属する。その際、規定の著作権使用料が著作権者に別途支払われる。また、文庫化の優先権は講談社が有する。〈映像化権〉映像に関する二次的利用についてはフジテレビ等が期限付きでの独占利用権を有する。その独占利用権の対価は受賞賞金に含まれる。作品の内容により映像化が困難な場合も賞金は規定通り支払われる。
◉応募原稿：応募原稿は一切返却しませんので控えのコピーをお取りのうえご応募ください。二重投稿はご遠慮ください（失格条件となりうる）。なお、応募原稿に関する問い合わせには応じられません。

主催／一般社団法人　日本推理作家協会
後援／講談社・フジテレビ　協力／豊島区

伏尾美紀（ふしお・みき）
1967年北海道生まれ。北海道在住。会社員を経て現在は産業翻訳者。長編ミステリーは執筆、応募ともに初めて。

北緯《ほくい》43度《ど》のコールドケース

第一刷発行　二〇二一年十月四日

著者　伏尾美紀《ふしおみき》
発行者　鈴木章一
発行所　株式会社　講談社
〒112-8001　東京都文京区音羽二―一二―二一
電話　出版　〇三―五三九五―三五〇五
販売　〇三―五三九五―五八一七
業務　〇三―五三九五―三六一五

本文データ制作　講談社デジタル製作
印刷所　豊国印刷株式会社
製本所　株式会社若林製本工場

定価はカバーに表示してあります。

落丁本・乱丁本は購入書店名を明記のうえ、小社業務宛にお送りください。送料小社負担にてお取り替えいたします。なお、この本についてのお問い合わせは、文芸第二出版部宛にお願いいたします。本書のコピー、スキャン、デジタル化等の無断複製は著作権法上での例外を除き禁じられています。本書を代行業者等の第三者に依頼してスキャンやデジタル化することはたとえ個人や家庭内の利用でも著作権法違反です。

©MIKI FUSHIO 2021
Printed in Japan　ISBN978-4-06-524996-3
N.D.C. 913　398p　19cm